テリ文庫

15〉

象牙色の嘲笑

〔新訳版〕

ロス・マクドナルド

小鷹信光・松下祥子訳

早川書房

7763

全乗組員に

象牙色の嘲笑

〔新訳版〕

登場人物

リュウ・アーチャー……………………………私立探偵
ルーシー・チャンピオン………………………メイド
アレックス・ノリス……………………………ルーシーの恋人
アナ（アニー）・ノリス………………………アレックスの母親
ミセス・シングルトン…………………………アロヨ・ビーチの名士
チャールズ（チャーリー）・シングルトン……ミセス・シングルトンの息子
シルヴィア・トリーン…………………………ミセス・シングルトンのコンパニオン
ユーナ・ラーキン………………………………依頼人
レオ………………………………………………ユーナの弟
サミュエル（サム）・ベニング………………医師
エリザベス（ベス）・ベニング………………サミュエルの妻
フロリダ（フロリー）・グティエレス………ベニングの医院の使用人
ブレーク…………………………………………警部補
ホレス・ワイルディング………………………画家。チャールズの友人
マックスフィールド・ハイス…………………免許を剝奪された私立探偵

第一章

その女はオフィスの入口で待ち構えていた。中背より低めのずんぐりした体つきだ。ブルーのタートルネック・セーターの上にブルーのパンツ・スーツを着て、ブルーのミンクのストールを巻いていたが、せっかくのミンクにも輪郭を和らげる効果はなかった。角張った顔はよく陽に焼け、黒い髪を襟あしで刈りあげた髪型とあいまって、女というより男の子っぽい感じだ。朝の八時半に起きて動き回りそうなタイプではない。徹夜明けなら話は別だが。

私がドアの錠を開けていると、彼女は脇へさがり、早起きのかいあって見つけた大きな毛虫を眺める鳥のような仕草でこちらを見上げた。「おはよう」と、私は声をかけた。

「ミスター・アーチャー？」

返事を待たずに、指が太くて短い茶色い手を差し出してきた。いくつもの指輪で武装したその手の握力は男顔負けだった。手を離すなり、私の肘のうしろにその手を当てがい、まるで自分の家のように私のオフィスに招じ入れてドアを閉めた。

「お会いできてうれしいわ、ミスター・アーチャー」

この女にはすでに苛立《いらだ》ってきていた。「どうしてです？」

「どうしてって、なにが？」

「私に会えてどうしてうれしいんです？」

「そのわけはね。まあ、腰をおろしてゆっくりしてから話しましょうよ」小柄でもかわいげのない女の我が物顔の態度は、胸のざわつくものだった。

「そのお話というのは？」

女はさっさと入口のそばの肘掛椅子に坐り、控えの間を見回した。さほど広くもないし、カネのかかった家具も置かれていない。そういう暮らし向きであることを頭に入れているようだったが、指輪の並んだ両の拳を膝の上で打ち鳴らしただけで、感想の言葉はなかった。どちらの手にも指輪は三つ。どれにもかなり大きなダイヤモンドが嵌《は》めこまれ、見たところ本物らしかった。

「やっていただきたい仕事があります」向かい側の壁の前に置かれた、へたりこんだ緑色の人工皮革の長椅子に向かって女は言った。さっきまでの少女じみた陽気さが消え、少年のような生真面目な態度に変わっていた。「大きな仕事とは思われないでしょうけど、たっぷりお支払いする用意はあります。日当五十ドルでいかがかしら？」

「それと、必要経費。誰の紹介でここに？」

「あら、誰のでもないわ。お坐りになって。あなたのお名前は昔から知っていました。ほんとに、ずっと昔から」

「そちらはご存じかもしれないが、私のほうはいっこうに」

視線が私に戻った。金持ちの貧民街見学もどきに控えの間を見回したあと、女の目は前よりくたびれ、老けて見えた。両目の下に親指を押しつけたような、緑がかった茶色の隈《くま》ができている。ほんとうに夜明かしをしたのかもしれない。それはともかく、少女っぽさや少年ぽさをのぞかせはするが、年回りはどう見ても五十代だ。アメリカ人というのは年をとらない。そのまま死んでいくのだ。知ってはいけないその事実を知っていると、女の目は告げていた。

「ユーナと呼んで」彼女は言った。

「ロサンジェルスにお住まいですか？」

「とも言えないわ。わたしがどこに住んでいるかはどうでもいい。大事なことはこちらから教えます、単刀直入がお望みなら」

「ぜひそう願いたいですね」

乾いたきびしい目が冷然と私を眺め回し、皮膚の上を這いずり回るのが感じられそうなその視線は口元で止まった。「見かけは合格よ。しゃべり方はちょっとハリウッド映画みたいに聞こえるけど」

お世辞を返す気分ではなかった。この女のずけずけした口調と、行儀がよいかと思えば無作法にと、ころころ変わる態度が気にさわった。何人もの人間と同時に話をしているような感じだが、どの一人をとっても半人前なのだ。

「保護色ですよ」視線をとらえ、しっかり見返した。「いろいろ違うタイプの人に会うものでね」

女は頬を赤らめはしなかった。一瞬、顔がちょっと鬱血《うっけつ》したように見えただけで、すぐ色は消え、彼女の中の半人前の少年が前に出てきて、話の要点に触れた。

「あのね、あなたは平気な顔をして依頼人の喉をかき切るほうなの？　これまでに、がっかりさせられた経験が何度もあるから」

「私立探偵に？」

「いろんな人間に。探偵だって人間でしょ」

「けさはお世辞の大盤振る舞いですね、ミセス――」

「ユーナと呼んでと言ったはずよ。そうお高くとまっちゃいないわ。あなた、信頼できるかしら。わたしがやってほしいことだけをやって、終わったらすっぱりやめてくれる？　おカネを受けとって、あとは自分の仕事に戻ってくれる？」

「カネ？」

「ほら」彼女はブルーの革製の小さなバッグからくしゃくしゃの紙幣を一枚とり出し、こちらに放り投げた。それが使い古しのクリネックスで、私は屑籠といったふうだった。私はそれを摑《つか》んだ。百ドル紙幣だったが、財布にはしまいこまなかった。

「手付金はいつでも雇い人の忠誠心を育てる助けになってくれる」私は言った。「もちろん、それでも私はあなたの喉をかき切りますが、そのときはまず麻酔をしてあげますよ」

女は天井をにらみ、険悪な口ぶりで言った。「ここいらの人たちって、どうしてみんなこんなに笑いをとりたがるの？　あなた、まださっきの質問に答えていないわ」

「お望みの仕事をやりますよ、違法でなく、納得のゆくことでさえあれば」

「違法なことをもちかけているんじゃありません」ぴしりと言った。「それに、納得のゆくことだと、約束します」

「それはけっこう」私は百ドル紙幣を財布の札入れ部分におさめ——仲間がいないので寂しそうに見える——奥の部屋に通じるドアを開けた。

そこには椅子は三脚。四脚めを置く余地はない。ベネチアン・ブラインドをあげ、デスクの背後の回転椅子に坐った。すすめた肘掛椅子はデスクごしに私と向き合っていたが、女は無視して、仕切り壁際の背のまっすぐな椅子のほうを選び、窓からの光が当たらない位置に坐った。

女はパンツ・スーツに包まれた脚を組み、煙草を短い金のホルダーに押しこんで、どっしりした金のライターで火をつけた。

「仕事の話だけど、ある人物の居どころをつきとめていただきたいの。以前わたしのところで働いていた、有色の女の子です。二週間前にうちから出ていきました。正確には九月一日。わたしにしてみれば、厄介払いができてせいせいしていますが、ただ、小物をちょっと持ち逃げされて。ルビーのイヤリング一組に、金のネックレス一本」

「保険は？」

「なし。実際、そう価値あるものじゃないんです。思い出の品というだけで――おわかりでしょう？　気持ちのうえで、わたしにはとても大事なものなの」思い出にひたる顔をつくろうとしたが、うまくいかなかった。

「警察の仕事のようですが」

「そうは思いません」顔がこわばり、茶色い丸太のようになった。「人の行方をつきとめることで生計を立てているんでしょう？　生計の足しになる仕事なのに、断わる理由を考えているの？」

私は財布から百ドル紙幣をとり出し、目の前のデスクに落とした。「らしいですね」

「そうぴりぴりしないで」彼女はぶすっとした口元を無理にゆがめて微笑をつくった。

「じつはね、ミスター・アーチャー、わたしってお人よしなの。一度でも自分のために働いてくれた人のことになると、たとえいやな目にあわされていても——まあその、責任を感じるのよね。ルーシーはいい子だと心から思っていたし、今でもそう。彼女を厄介ごとに巻きこむとか、そんなつもりはないんです。ルーシーの件で警察をわずらわせるなんて、夢にも思わない。ただあの子と話をして、物をとりかえす機会が欲しい、それだけ。そこで、あなたが助けてくださるんじゃないかって、とても期待していたのよ」

短い剛毛のまつげをおろし、きつい黒い目を半分隠した。頭の中ではバイオリンの奏でる音楽が遠くから聞こえているのかもしれない。私に聞こえるのは、一階下の大通りを走る車のエンジンやホーンの音ばかりだった。

「彼女はニグロだとおっしゃったでしょう」

「わたし、人種偏見なんか——」

「そういう意味じゃない。この市内では、黒人の女の子を見つけ出すのは不可能だ。経験があるんです」

「ルーシーはロサンジェルスにはいません。どこにいるかはわかっています」

「じゃ、どうして会いにいって話をしないんです？」

「そのつもりです。でもまず、彼女の動きを知っておきたいの。わたしが話をする前とあとに、誰と会っているか」

「アクセサリーをいくらかとりかえすにしては、妙に手のこんだやり方ですね。なんのためです？」

「あなたには関係ないわ」快活に少女っぽくしゃべろうとしたが、敵意が透けて見えた。

「おっしゃるとおりでしょう」私はデスクの上の紙幣を彼女のほうへ押しやり、立ちあがった。「野生の雁《がん》をつかまえるような当てのない追いかけっこになりそうだ。《タイムズ》に三行広告を出してみたらいかがです？　野生の雁を主食にしている調査員なら山ほどいますよ」

「あらあら、この人、正直なのね」彼女はそこにもう一人の自分が立っているかのように、横を向いて話した。「わかりました、ミスター・アーチャー、押し倒しであなたの勝ちみたい」

ぞっとしないイメージだったから、それなりにしらけた表情を見せてやった。

「急いでいるの。あちこち試して探偵を見つけている暇はありません。ちょっと厄介なはめになっているってことも、白状するわ」

「で、それはつまらない盗みやら、安物のアクセサリーとはなんの関係もない。もうちょっとましな話を考えればよかったんですよ。だが、もうよしてください」

「でっち上げはしません。これは事実です。わたしの家で働いていたあいだに、当然ながら、ルーシーはうちの家庭の事情を知るようになりました。彼女が出ていったとき、まあ確かに反感がありました。わたしのほうじゃなく、あの子のほうにね。もし彼女が話を広めれば、わたしが恥をかくことになりそうな材料が一つか二つあるんです。だから彼女が誰と会っているか、知りたいの。それがわかれば、あとは自分で結論を出します」

「その恥をかく材料とやらをもう少し教えていただければ――」

「お教えするつもりはありません、絶対に。そもそもあなたのところに来たのは、それが世間に漏れないようにするためです。さあ、これより率直な言い方はないでしょ？」

この女の話はまだ気に食わなかったが、二番目のほうが一番目よりはましだった。私はまた坐った。「彼女はどんな仕事をしていたんですか？」

女はふとためらった。「家事全般。メイドです。フルネームはルーシー・チャンピオン」

「場所は？」

「わたしのうちよ、もちろん。それがどこにあるか、あなたが知る必要はありません」

苛立ちをのみこんだ。「彼女は今どこにいるんです？　それも秘密ですか？」

「理不尽で疑り深い態度に見えるのは承知しています」彼女は言った。「なにしろ、手ひどくだまされた経験があるので。この仕事、引き受けてくださるのね？」

「まあ、引き受けましょう」

「彼女はベーラ・シティにいます、ヴァレーの北。正午前に着くには、急がないと。ここからだとたっぷり二時間かかるわ」

「どこかは知っています」

「よかった。友達がきのう、そこで彼女を見かけたの、メイン・ストリートのヒダルゴとの交差点に近いレストランでね。友達がウェイターから聞き出したところでは、ルーシーは毎日十二時から一時のあいだにその店で昼食をとるそうよ。カフェ兼酒屋の〈トムズ〉という店。行けばすぐ見つかります」

「ルーシーの写真があれば助かりますが」

「申し訳ないけど」反射的に両手を広げた仕草から、先祖は地中海北岸出身だとわかった。

「口で説明するしかないわ。きれいな子で、肌はごく薄い色だから、南アメリカ人か、カリフォルニアのスペイン系といっても通用する。とても大きな茶色の目、口はあの人種にしては大きくない。スタイルもいい、やせっぽちだけど」

「歳は？」

「歳とってはいないわ。わたしに――わたしとくらべたら、若いほうね」文法を意識して言い直し、年の比較で自分を若く見せている。「二十代前半でしょう」

「髪は？」

「黒、まっすぐなボブ。オイルで直毛にしてるのよ」

「身長は？」

「わたしより二インチくらい高い。わたしは五フィート二インチです」

「これという特徴がありますか?」

「脚がいちばんきれいね、本人もよくご承知だけど」ユーナはほかの女性を手放しでほめることができない。「鼻は上向きかげんで――キュートよ、ただ、鼻の穴がこっちをにらんでるっていうのが、どうもね」

「お友達が見かけたときはどんな服装でしたか?」

「白黒チェックのシャークスキン地のスーツ。だから人違いじゃないわ。わたしがそのスーツを二カ月ばかり前にあの子にあげたの。彼女、自分でサイズを直したのよ」

「だから、スーツをとりかえすつもりはないと」

この一言は神経を逆なでしたようだった。彼女はもう消えていた吸殻をホルダーから抜き、椅子の脇にあった灰皿の上で押しつぶした。「ずいぶんたくさん嫌味を頂戴してるわ、ミスター」

「あげるほうともらうほうがそろそろ釣り合ったころだ」私は言った。「勘定をつけているんでね。ともかく、百ドルでそうたっぷり買い物ができると思ってもらいたくない。このあたりでは、その点に気をつけないと。そちらは疑り深い。こちらはぴりぴりしている」

「なんだか熊にでも噛まれたみたいな言い方ね。ひょっとして、家庭生活に不満があるとか?」

「同じことをうかがおうとしてました」

「わたしの家庭生活なんか心配しないで。それこそ——ルーシーには話してほしくないことよ」ふいに気分が変わった。あるいはそんなふりを装ったのか。「やれやれ、自分の人生だもの、すべて含めて生きていくしかないわね。さてと、時間を無駄にしているわ。わたしが言うとおりにやってくださるの、それ以上でもそれ以下でもなく？」

「どっちみち、それ以上はやりませんよ。彼女は今日、レストランに現われないかもしれない。現われたら尾行して、どこへ行ったか、誰に会ったか、記録をつけます。それで、あなたに報告する？」

「ええ。できれば今日の午後に。ベーラ・シティのミッション・ホテルに泊まっています。ミセス・ラーキンに会いたいと言ってください」右手首につけた四角い金時計に目をやった。「そろそろ出かけたほうがいいわ。もし彼女が街を出たら、ただちにわたしに伝えて、あなたは彼女から離れずにいてください」

ユーナは迷いのない足どりで、すばやく外側のドアまで移動した。求めるもの二つのあいだの最短距離を行く歩き方だった。刈りあげた髪の下に見える首のうしろは筋肉が盛り上がっていて、まるで頭突きや鼻で掘るのを習慣にしている猪のようだ。戸口で振りかえり、さよならのしるしにさっと手を振ったついでに、ミンクのストールをひょいと引き上げた。人品の卑しさをあらわにするあの首筋を隠すためにストールを巻いているのだろうか。

私はデスクに戻り、電話受信サービスの交換台の番号を回した。受話器を片手に窓辺に立つと、ベネチアン・ブラインドの隙間から下の歩道が目に入った。元気旺盛な若い男女がおおぜい、蜂の群れのように幸福とカネを求めてぶんぶん飛び交っていた。

ユーナが出てきて群衆にまじった。高いところから見おろしているので、その黒っぽい姿は丈が縮まって見える。坂道を上っていった。どっしりした首にのった頭を前に突き出したところは、不可抗力が不動の目標を掃討すべく探索しているといったふうだった。ベルが五回鳴って交換台につながり、若い女の雑音まじりの声が答えた。私はこの週末は街にいない、と伝えた。

第二章

斜面の上方から、谷間の反対側の山並みが見えた。青いタイルの空に立てかけた花崗岩の厚板のようだ。眼下には、オークの影がつくるインクのしみが点々と散った茶色い九月の丘を縫って、道路がうねうねと延びていた。こちらの丘とあちらの山々とのあいだの谷底は、鮮やかな緑色のシュニール織物のような果樹園、隣には茶色いコーデュロイの耕地と、商業農園のみずみずしいパッチワークに覆われている。ベーラ・シティはその中にあった。ぶざまに広がった埃《ほこり》っぽい街だが、周囲に空間が多いせいで、きちんと整理されたミニチュアの街のように見える。私は丘を下って街へ入った。

さまざまな栽培者協同組合の包装出荷工場が、緑の畑のへりに飛行船格納庫のようにぽつぽつと建っている。乾ききった養樹園や郊外農場がトマトの苗や卵やアオイマメありますと宣伝している。道路沿いではガソリン・スタンドやドライヴイン食堂、楽観的な名前を掲げてうなだれているモーテルなどが商売をしている。大型トラックが道路を両方向に行き交い、油っぽい煙をたなびかせながら、ベーラ・シティを酷評するように轟音を長く大きく響かせていた。

幹線道路はこのコミュニティを明半球と暗半球にざっくり二分する社会的赤道だった。北側には白人が住み、銀行、教会、服飾店、食料品店、酒屋などを所有し、経営している。南側のもっと狭い地域には製氷工場、倉庫、洗濯屋などが雑多に並び、その隙間に肌の色の濃い人々、メキシコ人やニグロが住み、ベーラ・シティとその周辺の肉体労働の大部分を引き受けている。ヒダルゴ・ストリートは幹線道路と並行し、二ブロック南側だと思い出した。

かなり暑く、からからに乾いた日だった。乾燥した空気で鼻の奥がうずく。メイン・ストリートは真昼のラッシュで車が間断なくつながり、やかましくきらきらしていた。私は左折して東ヒダルゴ・ストリートに入り、すぐに駐車スペースを見つけた。黒、茶色、黄土色の顔の主婦たちが紙包みを抱え、買物カートを押して歩道を歩いていた。彼女たちを見おろす格好で大きなぼろ家が一軒建っていて、地震の記憶で発狂した目のような左右の窓には、片側に〈短期滞在者用貸室あります〉、反対側に〈手相見ます〉の広告が出ていた。メキシコ人の男の子と女の子が手をつないで、時間の止まった真昼の道を将来の年若い結婚へ向かってのんびり歩いていった。

どこからともなく一等兵が二人現われた。制服姿で青白い顔、現実世界にとらえられた若い幽霊のようだ。私は車から出て、二人についてメイン・ストリートを渡り、角に近い雑誌販売店に入った。〈トムズ・カフェ〉の点灯していないネオン・サインがほぼ筋向かいに見えた。〈生ビール〉。〈高発泡《スチーム》ビール〉。〈当店特製スパゲティお試しください〉。

兵士たちはコミック通らしい雰囲気を漂わせて本の棚を調べていたが、それぞれ五、六冊選ぶと、カネを払い、店を出た。

「ヤワなやつらだ」店員は言った。汚れた眼鏡をかけた、灰色の髪の男だった。「このごろじゃ、おむつの赤ん坊まで徴兵する。ゆりかごから墓場まで、ひとっとび。おれが海外《A》派遣軍《EF》にいたころはな」

私は生返事をしながら、窓辺に立ち、外を見た。〈トムズ・カフェ〉の客層はさまざまだ。会社員ふうのスーツ、労働者らしいつなぎ、スポーツシャツ、Ｔシャツにセーター姿の男たちが入っては出ていった。女たちはギンガムのドレス、ホールター・トップのサンドレス、スラックスとシャツ、色褪せた花柄のシルクのドレスの上に薄手のコートなどを着ていた。白人もまじっているが、過半数はニグロとメキシコ人だった。白黒シャークスキンのスーツは見かけなかった。

「おれがＡＥＦにいたころはな」カウンターの背後で、店員は昔を懐かしむようにまた小声で言った。

私は雑誌を一冊手にとり、読むふりをしながら、通りの反対側を行き来する人の群れを見守った。車の屋根の上にゆらめく陽炎《かげろう》を照らして、光が踊った。

店員の口調が変わった。「カネを払わないうちは、読んじゃ困るんだがね」

私が二十五セント玉を投げてやると、彼は満足した。「おわかりだろうが、商売は商売でね」

「ああ」私はＡＥＦの話を聞かされないように、つっけんどんに答えた。

埃に曇った窓を通して見ると、人々はごく初期のカラー映画の街頭シーンのエキストラのように見える。建物の正面は厚みがなく、あまりにも醜悪なので中身が想像できない。〈トムズ・カフェ〉の右隣は窓際にバイオリンと猟銃を並べた質屋、左隣は『少年同盟《ラ・リガ・デ・ムチャチョス》』の派手なポスターをべたべた貼りつけた映画館だった。群衆が前よりせかせかと動き始めたように思え、〈トムズ・カフェ〉の両開きのスイング・ドアに焦点を合わせた。黒い髪を短くし、白黒チェックのスーツを着た肌の色が比較的薄いニグロの娘が出てきて、歩道の端でふと立ち止まってから、南へ足を向けた。

「本をお忘れですよ」店員にうしろから声をかけられた。

通りを途中まで横切ったころ、娘はヒダルゴとメインの交差点に達していた。左へ曲がり、小股にさっさと歩いている。オイルをつけた髪に太陽があたってきらめいた。私のコンヴァーティブルから三フィートと離れていないあたりを通り過ぎた。私は運転席にするりと乗りこんで、エンジンをかけた。

ルーシーは自信たっぷりの身のこなしだった。細いウエストを軸に、腰は梨のように左右に揺れ、ストッキングを穿《は》いていない浅黒い脚がチェックのスカートの下で動くさまは目に快い。彼女がブロックの終わりまで行くのを見届けてから、私は走っては駐車、走っては駐車を繰り返してあとをつけた。次のブロックでは、木造の仏教寺院の前に車をとめた。三番目のブロックでは、黒人、メキシコ人、アジア人の若者が緑色のテーブルの上でキューを操る玉突き場《プール》の前。四つ目のブロックでは、黄色い砂漠のような校庭に建つ赤レンガの校舎の前に。ルーシーはまっすぐ東へ歩き続けた。

道路はひびの入ったアスファルトから無舗装へとしだいに悪くなり、歩道はなくなった。埃っぽい道で子供たちが走ったり、しゃがみこんだり、転がったりしている中を、彼女は気をつけて通り抜け、割れた窓にボール紙をあてた家、傷だらけでペンキの剝げかけたドアの家、ドアがついてもいない家などの前を過ぎた。写真撮影用照明なみの光を浴びると、家々のみすぼらしさには荒涼とした澄明さというか美しさが加わり、太陽の下で見る老人の顔のようだった。あきらめきった人間を思わせて屋根はたわみ、壁は傾き、そこには声があった――言い争い、噂話に花を咲かせ、歌っている。埃の中で子供たちは戦争ごっこをして遊んでいた。

十二番目の交差点でルーシーはヒダルゴ・ストリートを離れ、緑色の板塀に囲まれた野球場沿いに北へ向かった。幹線道路の一ブロック手前でまた東へ曲がり、さっきまでとは違う種類の通りに入った。舗装道路の両脇に歩道があり、小さな芝生の奥に建つ手入れの行き届いた小さな家々は白い木造や化粧漆喰仕上げだ。私は曲がり角のそばに駐車した。角の敷地を囲む刈りこんだユーゲニアの生垣に半分隠れていた。通りの名前が歩道の端にステンシルで書いてあった。メイスン・ストリート。

そのブロックの半ばあたりに白い平屋があり、正面のコショウボクの陰になったドライヴウェイに、色褪せた緑色のフォードのクーペがとまっていた。黄色い水泳トランクスを穿いたニグロの若者がホースで洗車をしていた。大柄で、力の強そうな男だ。半ブロック離れていても、濡れた黒い両腕の筋肉がてらてら光っているのが見てとれた。彼のほうへ娘は道を横切った。今までよりゆっくりした、優雅な歩きぶりになっていた。

その姿に気づくと、男はにっこりして、ホースの水しぶきをピュッと女のほうに向けた。彼女はうまくかわし、見た目もかまわず、彼に向かって走った。男は笑い、水をまっすぐ木の高いところまで噴射したのが、目に見える形をとった笑い声のようだった。その声は半秒後に音として私の耳に届いた。女は靴を脱ぎ捨て、ミニチュアの雨に一歩先んじて車の反対側へ駆けた。男はホースを落とし、彼女を追いかけて走りだした。

女はまたこちら側に出てくると、ホースの先をつかんだ。男が車の陰から現われるなり、彼女は白い噴流を彼の顔にもろに浴びせかけた。びしょびしょになった男は笑いながら近づき、ホースを女の手からもぎとった。二人の笑い声が重なった。

緑の芝生の上で向き合った二人はたがいの腕をとった。笑い声がふいに止んだ。コショウボクの影が緑の沈黙で二人を包んだ。ホースの水は泉のように音を立てて湧き、草の上を流れた。

ドアが勢いよく閉まった。その音は遠くで振りおろされた斧のように、遅れて私の耳に伝わった。恋人たちはぱっと離れた。でっぷりした黒人の女が白い平屋のポーチに立っていた。エプロンをつけた太いウエストのあたりで両手を握り合わせ、無言で二人を見つめている。少なくとも、それとわかるほど唇は動いていなかった。

若者はシャモア布をつかみ上げ、世の罪を拭い去ろうとするかのように、車の屋根を力いっぱい磨き始めた。娘は靴をとろうと屈んだ。なくしたものを懸命に探し求めるように注意を集中させていた。若者に顔を向けもせず、その横を通り過ぎ、平屋の脇から奥へ消えた。でっぷりした黒人の女はまた家に入り、網戸を音もなく閉めた。

第三章

私はブロックの三方をぐるっと回り、車を交差点の手前にとめて、メイスン・ストリートに反対側から徒歩で入った。コショウボクの下でニグロの若者はまだフォードを拭いていた。私が道路を横断したとき、ちらとこちらを見たが、それ以上の関心は示さなかった。

　彼の家は通りの北側に並ぶ五軒目だった。私は三軒目の家の白い杭柵のゲートを開けた。化粧漆喰仕上げのコテッジで、テレビのアンテナを帽子につけた大きな金属製の羽根のように屋根にのせている。私は網戸をノックし、胸の内ポケットから黒い手帳と鉛筆をとり出した。

網戸の奥のドアが数インチ開き、中年のニグロの黄ばんだ細い顔がその隙間に差しこまれた。「なんだ?」口を閉じるとき、唇が歯を隠すように内側に丸まった。

私はメモ帳を開き、鉛筆を構えた。「わが社では全国調査を行なっております」

「間にあってるよ」内側に丸まって口が閉じ、続いてドアも閉まった。

次の家のドアはあけっぱなしになっていて、古めかしいグランド・ラピッズ製の家具がごたごた並んだ居間がすぐ目に入った。ノックをすると、ドアは壁に当たってかたかたと鳴った。

コショウボクの下の若者は、磨いていたフェンダーから顔を上げた。「入ってっていいよ。顔を見れば喜ぶから。おばちゃんは誰を見たって喜ぶんだ」それから「ミスター」とわざとらしくあとで思いついたようにつけ加え、逆三角形の背中をこちらに向けた。

家の中の声が奥のほうから聞こえてきた。年老いて衰えてはいるものの、よく通る声で、詠唱のように響いた。「ホリー、あんたかい？　いや、まだホリーの来る時間じゃない。ともかく、お入り、誰だか知らないけど。あたしの友達だろう。友達は部屋に来てくれる。今じゃ外へ出られないもんでね。だから入っておいで」

声は息継ぎもなく続き、母音を伸ばす深南部特有の耳に快い訛りで単語と単語がつながっていた。道しるべの糸のような声に導かれて、居間を横切り、短い廊下を進み、台所を抜けて、その隣につながった部屋まで行った。「昔はお客さんには居間で会ったもんだよ、ちょっと前まではね。でも最近医者に言われたんだ、これからはベッドから出ないこと、もう料理もしないように、家事はホリーにやってもらいなさいってね。だからここで寝てるのよ」

小さな部屋は飾り気がなく、光と空気を入れる窓は一つだけ、それが開いていた。声の出どころは窓際のベッドだった。カエデ材の頭板に立てかけたいくつもの枕に支えられて、ニグロの女がにっこりほほえんだ。肉のそげた灰色の顔、大きな目は暗いランタンのようだ。微笑を浮かべた青い唇のあいだから、話の糸が繰り出された。

「かえってさいわいだ、と医者は言ったよ。リューマチで関節がすっかり固まっちまったのはね。昔みたいに駆けずり回ってたら、必ず心臓がだめになるとさ。だからあたしは言ってやったよ。あんたはヨブの慰安者だ、なんの慰めにもならない。起き上がって料理もできないような心臓を動かしておくのは、狂った時計を後生大事に抱えてるようなもんだってね。そしたら、頑固な世代の人間はどうしようもないって言われてさ、あたしは思わず面と向かって大笑いしちまった。あの若い医者はいい友達だから、何を言われたってかまわない。あんたはお医者さんかい?」

大きな目が私に向かって輝き、青い唇がほほえんだ。仕事の中に人間味が入りこんできたとき、嘘をつくのはいやなものだ。だが、嘘をついた。「南カリフォルニアのラジオ聴取者の調査をしています。ラジオをお持ちですよね」

ベッドと壁のあいだに、模造大理石製の小型の卓上ラジオが置いてあった。

「ええ、持ってますよ」彼女はがっかりした声になった。うっすらとひげの生えた灰色の上唇がすぼまって、縦じわがたくさんできた。

「動いていますか?」

「ええ、動いてますよ」この質問で話題ができたので、元気をとりもどした。「動かないラジオなんか、家の中にあっちゃ場所ふさぎなだけでしょ。朝昼夜と聴いてるけど、あんたがノックをする直前に消したんだ。あんたがいなくなったら、またつける。だけど急ぐことはない。入って、坐っておくれ。新しい友達ができるのはうれしいからさ」

私は部屋にある唯一の椅子、ベッドの足元近くに置かれたロッキングチェアに坐った。そこから、隣の白い平屋の側面が見える。裏庭に向かって台所の窓が開いていた。

「あんたのお名前は？」

「リュウ・アーチャーです」

それが短く雄弁な詩であるかのように、彼女はゆっくり繰り返した。「リュウ・アーチャー」

「ああ、きれいな名前だ、とってもきれいな名前だ。あたしはジョーンズ、最後の亭主の苗字でね。みんなにはおばちゃんと呼ばれてるけど。結婚した娘が三人と息子が四人、フィラデルフィアとシカゴに住んでる。孫は十二人、ひ孫は六人で、これから生まれるのもいる。そこに写真があるだろう？」ラジオの上の壁にはスナップ写真が何枚も画鋲でとめてあった。「しばらく坐って足を休めるとほっとするわよ。その調査の仕事って、報酬はいいのかい？」

「たいしてよくはないです」

「でも、いい服を着ている。それだけでも気分がいいだろう」

「この仕事は臨時なんです。うかがおうと思っていたんですが、近所の方たちもラジオをお持ちでしょうかね？　すぐ隣の人からはぜんぜん答えがもらえなくて」

「トビーかい？　愛想の悪い男なんだ。あのうちにはラジオとテレビまである」ため息がうらやましさとあきらめを表わしていた。「あいつはヒダルゴ・ストリートに半ブロック分の不動産を持ってて、家賃収入がある」

私は無意味な文字を手帳に書きつけた。「反対側のお隣は？」

「アニー・ノリスなら、持ってない。あたしも手足が自由に使えたころは、アニー・ノリスと同じくらいまじめに教会へ通っていたけど、アニーほど頑固だったことはない。ラジオでちょっと音楽を聴くのに害があるとは思わないよ。アニーはラジオなんて悪魔のからくりだと信じてるんでね、時代遅れだと言ってやった。あの息子が映画を見にいくのさえ許してやらないので、そのくらいの罪のない娯楽はかまわないだろう、若い子にはもっと悪いことだって起きると言ってやったんだ。もっと悪いことは起きるし、実際、起きたのよ」彼女は黙りこんだ。膝に掛けたシーツの上にのっている節くれだった片手が、苦労して上がった。「噂をすればなんとやらよ、聞こえるかい？」

彼女は全身の力をこめて前のめりになり、顔を窓のほうに向けた。隣の家の壁の向こうで、女二人の言い争う声がしていた。

「また下宿人相手に騒いでる。ほら」

一人の声は低いコントラルトで、あのでっぷりした黒人女の声だとすぐわかった。言葉の断片が耳に入った。「よくお聞き……あたしのうちから出て……うちの息子に色目を使って……出ていって……うちの息子に……」

もう一人の声はソプラノで、おびえ、怒って、きんきんしていた。「そんなことはしていません。嘘です。部屋は一カ月の約束で貸してくれてたじゃないの——」

低いほうの声が波のように砕けた。「出ていって。荷物をまとめて、さっさとね。下宿代の残りは返してあげる。お酒を買うのにそのおカネが必要になるでしょ、ミス・チャンピオン」

網戸がまた音高く閉まり、家の中で若者の声がした。「なんの騒ぎだ？　おかあさん、ルーシーのことはほっとけよ」

「口を出さないで。あんたとはなんの関係もないんだから。ミス・チャンピオンは出ていきます」

「そんなふうに追い出すわけにはいかないだろ」若者の声音には正義感と傷ついた気持ちがまじっていた。「月末まで部屋代を払ってあるじゃないか」

「なにがどうだろうと、この人は出ていきます。アレックス、あんたは部屋に行きなさい。自分の母親に向かってそんな口をきくのをおとうさんが聞いたら、どう思いますか？」

「おかあさんの言うとおりになさい」娘は言った。「どっちみち、ここにはいられないわ、あんなふうにあてこすりを言われては」

「あてこすり！」年上の女はその一言にきつい皮肉なひねりを加えた。「わたしが言っているのは事実ですよ、ミス・チャンピオン。事実といえば、それだけじゃない。もう一つのことはアレックスが聞いている前で、けがらわしくて口にはできませんけどね——」

「もう一つって、なんですか？」

「よくご存じでしょ。うちの清潔な部屋を貸したのは、ゆうべのようなことに使わせるためじゃありません。ゆうべあなたは自分の部屋で男性をもてなした。言い抜けようたってだめですよ」

ルーシーが返事をしたとしても、低すぎて聞きとれなかった。ミセス・ノリスがふいに台所の窓辺に現われた。私は彼女の視野から顔をひっこめる暇がなかったが、彼女は目を上げなかった。石のようにこわばった顔をしていた。力をこめて窓をおろし、続いてブラインドを引きおろした。

喘ぎながらにっこりして、老女は枕にまたもたれた。「おやおや！　アニーは下宿人を失くしたようね。厄介なことになるに決まってたんだ、大きくなった息子がいる家で、ルーシーとかいうあの若い女に部屋を貸すなんてさ」それから、失うものは命しか残っていない老人ならではの歯に衣着せぬ言い方でつけ加えた。「ちぇっ、あの子がほんとにいなくなったら、もう聞き耳を立てるけんかがなくなっちまう」

私は立ちあがり、ネルの寝巻きを着た彼女の薄い肩に触れた。「お会いできてよかったですよ、おばちゃん」

「こちらこそ。あんた、こんな歩き仕事よりいい仕事が見つかるといいね。足に悪いのはよく知ってる。あたしはずうっとあちこちのお屋敷で料理人をやってたからさ。足は大事にしなさいよ……」その声は空間に際限なく紡ぎ出される蜘蛛の糸のように、私のあとを追ってきた。

車に戻り、数ヤード前進させて、中からノリスの家を見張れる位置に移した。私の仕事は歩き仕事、運転仕事でもあるが、おもに坐り仕事、待ち仕事なのだ。幌で覆った車の中は暑かったが、隠れるための屋根が必要だった。上着を脱ぎ、坐って待った。一秒、二秒がゆっくりと積み重なり、熱くきらきら光る一セント銅貨の列のように、一分、二分になっていった。

ダッシュボードの時計はちゃんと動いていて、それが二時をさしたとき、黄色いタクシーがメイスン・ストリートに反対の端から入ってきた。スピードを落とし、ノリスの家の前でホーンを鳴らすと、ドライヴウェイのフォードのクーペのうしろに鼻先を入れてから、バックして向きを変え、歩道際に駐車した。ルーシー・チャンピオンがドライヴウェイに出てきた。帽子をかぶり、スーツボックスを小脇に抱えている。そのうしろから、今は服を着たアレックス・ノリスが灰色のそろいのスーツケース二個を手にして続いた。運転手は荷物をトランクに入れ、ルーシーは気のすすまないぎごちない様子で後部席に乗りこんだ。アレックス・ノリスはタクシーが見えなくなるまで見送った。ポーチでは母親が息子を見守っていた。

私は車を出し、顔をそむけて親子の前を通り過ぎ、タクシーのあとをつけた。タクシーはヒダルゴ・ストリートを通ってメイン・ストリートに入り、南下した。そちらの方向には鉄道の駅があるから、ルーシーは汽車に乗るつもりなのだろう、と予想した。タクシーは駅前の円形の車寄せに入り、娘と荷物をホームに降ろした。ルーシーは駅舎に入った。私は駅舎の裏に駐車し、待合室の裏口へ向かった。そのとき、ルーシーが出てきた。化粧が濃くなり、髪の毛は帽子の中に押しこんである。私のほうには目もくれず、建物の反対側のタクシーだまりへ歩いていくと、白黒のタクシーに乗りこんだ。運転手がホームから彼女の荷物を運んでくるあいだに、私は車の向きを変えた。

白黒のタクシーはメインを北上して幹線道路まで行き、幹線道路を西へ二ブロック進んだ。スピードを緩め、直角に左折して、二本の棒のあいだに張りわたしたキャンヴァス製の看板の下に入っていった。〈マウントヴュー・モーテル　トレーラー・パーク〉。私はその前を通り過ぎ、次の交差点で車をUターンさせた。戻ってきたとき、ちょうど白黒のタクシーが出ていくのが見えた。後部席に人の姿はなかった。

私はキャンヴァスの看板の手前に駐車し、尻を滑らせて右の座席に移った。〈マウントヴュー・モーテル　トレーラー・パーク〉は幹線道路と鉄道線路に挟まれた、社会階層上の荒地に建っていた。確かに山《マウント》は展望《ヴュー》できるが、ベーラ・シティではどこの建物からでも山は見えるのだ。蔓《つる》植物が気のない様子でからんだ金網のフェンス越しに、ハウストレーラーが二、三十台、浜に乗り上げた鯨のように並んでいる埃っぽい駐車場が見えた。トレーラーのまわりや下で、子供や犬が遊んでいた。駐車場を半分囲む格好で、こちら側にコンクリート・ブロック造りのL字形の建物があり、壁にぶつぶつ穴をあけたように、十二の窓と十二のドアがついている。一番目のドアには〈事務室〉とあった。ルーシーのスーツケースがコンクリート製の低い階段に置いてあった。

ルーシーが出てきて、そのあとにTシャツ姿の太った男が続いた。男はスーツケースをとりあげ、彼女をL字の角にある七番目のドアまで案内した。遠くから見ても、彼女が緊張して硬くなっているのがわかった。太った男はドアの鍵を開け、二人は中に入った。

私は車を乗り入れ、事務室の正面にとめた。陰気な小部屋で、ペンキを塗っていない木製のカウンターが空間を二分している。ドアのそばには擦りきれたキャンヴァス地のソファが置いてあった。カウンターの向こうには書類がごたごたと詰まったロールトップ・デスク、寝起きのままのソファ・ベッド、コーヒーかすが残った電動コーヒーメーカーがあり、コーヒーのすえた匂いがあたりに充満していた。カウンターの上には薄汚れたカードがセロファンテープでとめてあり、印刷文字が〈当所は宿泊客選択権を有します〉と宣言していた。

第四章

太った男は事務室に戻ってきた。Tシャツの下で腹がふくらんだりへこんだりしている。牛肉の半身に印刷された文字を思わせる青い刺青が左右の前腕に見られた。右腕のほうは〝エセル愛してる〟とあったが、男の小さな目は〝誰も愛しちゃいない〟と言っていた。

「空き部屋は？」

「冗談かね？　たっぷりあるのは空き部屋くらいのもんだ」なにか妙だがそれがなにかわからない、といった様子で彼は事務室を見回した。「部屋をとりたいのか？」

「もし空いていれば、六号室を」

「空いてない」

「じゃ、八号室は？」

「八号室なら大丈夫だ」デスクの中をひっかきまわして登録票をとり出すと、カウンターの上でこちらに押してよこした。「車ですか？」

「うん」私は読めそうもない字で署名し、車のナンバーと自宅住所は書かなかった。「今日は暑いな」

「このくらい、たいしたことない」喘息持ち特有の音で弁解口調がいっそうきわだった。

「一〇〇度そこそこだ。今月の一日ごろなんか、一一〇度近かったからね。おかげで旅行者がどばっと減った。部屋はシングルで二ドル五十セントです」

私はカネを渡し、電話を使わせてくれと頼んだ。

「長距離ですか？」怪しむような喘ぎ声で言った。

「市内だ。すまないが、一人にしてくれ」

男はカウンターの下から電話機をとり出し、ぶらぶら出ていくと、網戸を勢いよく閉めた。私はミッション・ホテルの番号を回した。交換台が部屋につなぐとすぐ、ユーナの声が答えた。

「どなた？」

「アーチャーです。マウントヴュー・モーテルからかけています。ルーシー・チャンピオンは数分前にここにチェックインしました。下宿を追い出されたんです。家主はメイスン・ストリートに住むノリスという名の有色の女性です」

「そのモーテルはどこにあるの？」

「幹線道路沿い、メインから二ブロック西です。彼女は七号室にいます」

「わかりました、けっこうよ」声が尻あがりに高くなった。「よく見張っていてちょうだい。わたし、彼女に会いに行きます。話がすんだあとで、彼女がどこに行くか知りたいの」

ユーナは電話を切った。私は八号室の客となり、くたびれた敷物の真ん中に小さな旅行かばんを置き、ボール紙製衣装だんすの中の唯一の針金ハンガーに上着を掛けた。ベッドカバーはぺらぺらの緑色の布で、不景気を隠しきれずに真ん中がへこんでいる。ベッドは信用できなかった。私は正面の窓際に置いた背のまっすぐな椅子に坐り、煙草に火をつけた。

L字の曲がり角の内側にあるので、窓から向こうにルーシーの部屋のドアと窓が見える。ドアは閉まり、窓には緑色のローラー・ブラインドがおろしてあった。煙草の煙はよどんだ空気の中を黄ばんだ漆喰の天井へまっすぐ上っていった。薄い仕切り壁を隔てて隣の九号室で、女の呻き声がした。

男の声が言った。「どうかしたか？」

「しゃべらないで」

「どうかしたのかと思ってさ」

「うるさい。なんでもないわよ」

「痛い目にあわせちゃったかと思ったんだよ」

「うるさい。うるさい。うるさい」

煙草は燃やした草のような味がした。部屋に置いてある灰皿がわりのコーヒー缶の蓋でもみ消し、今までにこの鉄製ベッドに一人で、あるいは二人で寝そべり、黄色い天井を見あげた人たちのことを考えた。彼らの汚れが部屋の隅々に残り、臭いが壁にしみついている。全国各地からやって来て黄色い天井を眺め、鉄製ベッドの中でうごめき、壁にさわり、消せない跡を残していったのだ。

場所を移動し、ルーシーの部屋との境の壁に近づいた。彼女はめそめそ泣いていた。しばらくすると、なにか独り言を言い、それはこんなふうに聞こえた。「だめ、やりません」またしばらくして言った。「どうしたらいいか、わからない」

人はいつだって一人でめそめそ泣き、どうしたらいいかわからないと言う。それでも、聞いていてつらかった。私は窓際の椅子に戻り、ドアを見張りながら、その奥でなにが起きているか、知らないのだと思うようつとめた。

ふいにユーナがドアの前に現われた。夢の中の人物のようだ。マリワナで見る夢。彼女は豹柄のスラックスの上に黄色いシルクのシャツを着ていた。やる気まんまんのボクサーのようにドアのほうへ身を乗り出し、拳にした右手の甲で二回叩いた。

ルーシーがドアを開けた。丸めた茶色の手が口元へ上がり、下唇にひっかかった。ユーナは小さなけばけばしい打ち壊し棒のようにずんずん押し入り、ルーシーはあとずさりして、私の視野から消えた。たたらを踏んだヒールの音が聞こえた。私は仕切り壁に近づいた。

「坐りなさい」ユーナはてきぱきと言った。「いいえ、あんたはベッドに坐って。わたしは椅子にします。さて、ルーシー。何をしてたの？」

「話したくありません」ルーシーの声は、おびえに損なわれていなければ、静かで耳に快いものだったはずだ。

「興奮することはないのよ」

「興奮なんかしていません。わたしがなにをしようと、わたし個人のことです。あなたとは関係ありません」

「どうかしらねえ。あなた個人のことって、なんなの？」

「仕事を探していたんです、まともな仕事。少し貯金ができたら、故郷に帰ります。あなたには関係ないけど、そういうことです」

「話してくれてよかったわ、ルーシー。だってね、あんたがデトロイトに帰るってことはないのよ、今だろうと、将来だろうと」

「あなたに止められやしないわ！」

沈黙の間があった。「ええ、止めることはできない。でも、言っておくわよ。あんたが汽車を降りたら、歓迎の一団が待っていますからね。わたしは毎日午後、デトロイトに長距離電話をかけるの」

ふたたび、さらに長い間。

「だからね、ルーシー、デトロイトはもうだめ。じゃあなにをすべきか、わたしの考えを教えてあげましょうか、ルーシー？　うちを離れたのは間違いだったと思うの。戻ってくるべきよ」

ルーシーはとても深くため息をついた。「いいえ、できません」

「できます。戻ってらっしゃい。そのほうがあんたのために安全、わたしたちにも安全、みんなにとって安全なんだから」ユーナのいやに明るいおしゃべり口調に、相手を欺く柔らかみが加わった。「今の状況を教えてあげるわね。あんたをこんなふうに勝手に動き回らせておくわけにはいかないの。そのうち厄介事に巻きこまれるわ。さもなきゃ、まずい相手の前でちょっぴり飲みすぎて、べらべらしゃべってしまう。あんたたちみたいな人間のことはよくわかってるのよ。分別のないおしゃべり屋、一人残らずね」

「わたしは違います」娘は逆らった。「絶対に人にしゃべったりしません、約束します、嘘じゃありません。このまま、やりたいようにやらせてください、ご迷惑はかけませんから。お願い、お願い」

「わたしは弟に対する義務があります。ほっといてあげたいのはやまやまだけどね、ルーシー。協力してくれないんだもの」

「前はずっと協力していたでしょう、あれが起きる前までは」

「確かにね。あの女がどこにいるか、教えなさい、ルーシー。そうしたら、邪魔はしないわ。あるいは、うちに帰ってきてくれるんなら、給料を倍にします。わたしたち、あんたのことは信用しているの。信用できないのは、あの女よ、わかってるでしょう。彼女、この街にいるの？」

「知りません」ルーシーは言った。

「彼女が街にいることを、あんたは知っている。どこにいるのか教えなさい。教えてくれたら、現金千ドルをこの場で払います。さあ、ルーシー、教えなさいよ」

「知りません」

「現金千ドル、即金よ」ユーナは繰り返した。「ここに持ってきてるわ」

「あなたのおカネを受けとるつもりはありません」ルーシーは言った。「あの人がどこにいるかは知りません」

「ベーラ・シティにいるの？」

「知らないんです、マダム。あの人、わたしをここに連れてきて、立ち去りました。そのあとどこへ行ったか、わかるはずがないでしょう？　なんにも教えてくれなかった」

「おかしいわね、あんたは彼女がしょっちゅう打ち明け話をする相手だと思ってたのに」とつぜん口ぶりを変え、ずばりと訊いた。「彼、重傷だったの？」

「ええ。いえ、あの、知りません」

「どこにいるの？　ベーラ・シティ？」

「知りません、マダム」ルーシーの声は鈍重な一本調子になっていた。

「死んだの？」

「誰のことを言ってらっしゃるのかわかりません、マダム」

「この嘘つき！」ユーナは言った。

強く叩く音がした。椅子が床をこすった。誰かが一度、大きな音でしゃっくりをした。

「ほっといてください、ミス・ユーナ」緊迫した状況のせいで、ルーシーはむっつりと無抵抗の態度に戻り、言葉がもつれた。「あなたからはなんにももらいたくない。ケーサツ呼びますよ」

「ごめんなさい、ハニー。ぶったりするつもりはなかったの。あたしが切れやすいの、知ってるでしょ、ルーシー」ユーナの声は心にもない気遣いを装って、かすれていた。「痛かった？」

「痛くなんかありません。あなたがなにをしようと、わたしは痛くもかゆくもない。いいから、離れていてください。出ていって、わたしを一人にして」

「どうして？」

「どうせなんにも聞き出せないから」

「いくら欲しいの、ハニー？」

「ハニーなんて呼ばないで。わたしはあなたのハニーじゃありません」

「五千ドル?」

「あなたのおカネなんか、さわるのもいや」

「ずいぶん生意気になってきたんじゃない、あたしが雇ってやるまで仕事も見つからなかったニガーの娘っ子のくせに」

「そういう言葉で呼ばないで。その仕事をエサに、あなたになにができるか、自分でよくおわかりでしょう。たとえ飢え死にしそうになっても、あの仕事には戻りません」

「戻るかもよ」ユーナは楽しげに言った。「飢え死にすりゃいいんだわ」

彼女の足音が行進し、ドアが音高く閉まった。そのあとに続くうつろな静寂の中で、ゆっくり足を引きずるような音が室内から何度も聞こえたが、やがてベッドのスプリングがきしみ、また長いため息が漏れた。私は窓辺に戻った。真っ青な空が目を射た。モーテルの入口でユーナがタクシーに乗りこむところだった。車は走り去った。

煙草を二本喫ったころ、ルーシーが出てきてドアを閉め、真鍮のタグがついた鍵で施錠した。コンクリートの段の上でふとためらい、容赦ない空間へ飛びこもうとする未熟なダイヴァーのように、身を引き締めた。厚化粧は粉砂糖のようにまだらに顔を覆い、その黒さ、その絶望を隠しきれない。着ている服は前と同じなのだが、体は前より柔らかく、女らしく見えた。

彼女はモーテルを出ると、幹線道路の路肩に沿って右へ曲がった。私は徒歩であとをつけた。彼女の歩調は速足だがよろよろしていて、倒れて車にはねられるのではないかと少し不安になった。そんな歩きぶりに、しだいに目的意識を感じさせるリズムが加わっていった。

一つ目の信号で、彼女は幹線道路を横断した。

彼女を追い抜き、最初に行き当たった店にひょいと入った。外に野菜や果物を並べた市場だった。通りに背を向けてオレンジの箱を覗いていると、歩道を鳴らすヒールの音が聞こえ、彼女の影が冷たい羽根のように私を撫でるのを感じた。

第五章

メイン・ストリートより一ブロック西側を並行する道だった。穴だらけのアスファルト沿いに、メインの落ちこぼれが並んでいる——ラジオや靴の修理屋、家具の張替え屋、害虫駆除業者、薄汚い安食堂。そのあいだに数軒、古い住宅がアパートメントや下宿屋になって生き残っていた。

三番目のブロックに建つ一軒の家の前でルーシーは足を止め、通りの前後に目をやった。その百ヤード手前、角のバス停で私は待った。ふいに彼女は奥行きのあまりない前庭をあわただしく走って横切ると、家のポーチに続く階段を駆けあがった。

彼女が入っていった家は、マットレスのクリーニング屋と椅子一脚の床屋の間に古色蒼然と生気なく佇んでいた。三階建てで、古めかしい切妻屋根があり、カリフォルニア建築というものが発明される以前に建てられたものだ。色褪せた木造の側面に、茶色い波線が透かし模様のように縞をなしている。一階の窓の下半分はガラスがペンキで白く塗られ、盲人の曇りガラスの眼鏡のように太陽のほうを向いていた。両開きの玄関ドアの脇に、大きな黒い活字で書かれた表札がついていた――〈サミュエル・ベニング医学博士〉。呼び鈴の上に貼ったカードに、〈ベルを鳴らしてお入りください〉と英語とスペイン語で書いてあったので、そうした。

玄関ホールは、料理の匂いと消毒薬、薄暗さがまじった、かすかな病院臭がした。そんな空気の向こうから人の顔がすっと近づいてきた。大きな男の顔で、いやにとげとげしく、けんか腰の表情だ。思わず足を引いたが、すぐに自分の顔だと気がついた。光沢を失った渦巻き模様の額に嵌まった壁掛け鏡のどんよりとしたガラス面に映っていたのだ。

ホールの奥のドアが開いて、光が射しこんだ。黒っぽい髪の女が出てきた。看護助手らしい灰色の縞の制服を着ていて、やや太め、猛女ふうだが、それなりにきれいな女だった。そのあたりは承知しているといわんばかりの黒い目で私を見た。「診療をご希望ですか？」

「先生がおいでなら」

「待合室にお入りください。先生はまもなくお目にかかります。左手のドアです」

女は腰を左右に揺らしながら、悠然と立ち去った。

待合室に人はいなかった。広くて、窓がたくさんある。ここが住宅だったときは、正面の応接間だった部屋に違いない。今はカーペットが擦り切れ、高い天井は変色して、上から下まで見るも無惨だった。壁際に並んだ柳細工の椅子には最近誰かがチンツのクッションを置いて明るい感じにしていたし、壁と床は清潔だ。そんな努力は見られるものの、ここは貧困という犯罪が痕跡を残している部屋だった。

私は光に背を向けて椅子に腰をおろすと、ぐらぐらするテーブルから雑誌をとりあげた。雑誌は二年前のものだったが、顔を隠す役には立つ。向かい側の壁のドアは閉まっていた。しばらくすると、体に合わない白い制服を着た背の高い黒髪の女がそのドアを開けた。ルーシーのものらしい声が耳に届いた。いくつか先の部屋から聞こえてくる。なにを言っているのかは聞きとれないが、感情的な口調だった。ドアを開けた女は、出てくるなり強く閉め、私に近づいた。

「診療をご希望ですか?」

女の目は焼きつけた青七宝の色をしている。彼女の美しさが部屋のみすぼらしさを帳消しにした。

どうしてこんな部屋にこんな美女がいるのだろうと考えていたとき、彼女の声がまた割りこんできた。「診療をご希望でしたか?」

「はい」

「先生は今、手が離せないのですが」

「どのくらいかかりますか? 急いでいるもので」

「どのくらいになるか、わかりません」

「しばらく待ってみます」

「わかりました」

女は私にじろじろ見つめられても、いつものことだとでもいうように、まったく平然と立っていた。彼女の美しさは体の動きや感情表現に依存する種類のものではなかった。彫像のように、人工的で外面だけの美だ。青い目さえ平板で深みがない。顔全体が局部麻酔で凍らされたように見える。

「ドクター・ベニングの患者さんでいらっしゃいますか？」

「いいえ、まだ」

「お名前をいただけますか？」

「ラーキンです」思いついた名前を告げた。「ホレス・ラーキン」

凍った顔は凍ったままだった。彼女はデスクに近づき、カードになにか書きつけた。きつすぎる制服があちこちでこぼこしているのを見ると、落ち着かない気分になる。この女のすべてが気にさわった。

医師の白衣を着た禿げ頭の男がさっきのドアを引き開けた。私は顔の前に雑誌を掲げ、その端から彼を観察した。耳が大きく、髪の毛がほとんどないので、頭は毛をむしられた鳥のように丸裸に見える。長い顔に、淡い色の不安げな目が陰気に光っている。大きな鼻はもろい感じで、その両翼から悲嘆を表わす深いしわが下へ伸びていた。

「ちょっと」彼は受付係に声をかけた。「きみから彼女に話をしてくれ。なにがなんだか、わたしにはさっぱりだ」声は甲高く、早口で、怒りか不安でぴりぴりしていた。

女は冷淡に彼を眺め、私に目をやって、なにも言わなかった。

「さあ」彼はなだめるように言い、骨の目立つ赤い片手を彼女のほうへ上げた。「わたしには扱いきれない」

女は肩をすくめ、男の前を通ってドアを抜けた。彼女から焦熱が放射されているかのように、男の筋張った体が離れた。私は建物を出た。

十分後、ルーシーが出てきた。私はドクター・ベニングの家の隣にある床屋に坐っていた。先客が二人いた。一人は椅子に坐って首を剃ってもらい、もう一人は窓際で新聞を読んでいる。新聞の男は黄褐色のらくだの毛の上着を着た、冴えないデブだった。頬と鼻に紫色の静脈が浮いている。ルーシーが南へ向かって窓の前を通ったとき、彼はあわてて立ちあがり、汚れたパナマ帽をかぶって店を出た。

私は少し待って、あとを追った。

「あれ、次ですよ、お客さん」床屋が私の背中に向かって大声を発した。通りの反対側へ渡ってから振り返ると、床屋はまだ窓辺に立って、剃刀を持った手をぐるぐる回していた。

静脈が浮いた鼻にパナマ帽の男はブロックの半分ほど進み、ルーシーに追いつきかけていた。彼女は私たちを従えて駅に戻った。駅に着いたとき、客車が北方向へ出ていくところだった。汽車の煙が山の麓にかかる薄霧となって消えていくまで、彼女はじっとホームに立ちつくした。らくだの毛の上着の男は、荷物預かり所のアーチの下に積まれた急行荷物の箱の山に隠れて、ほとんど生命のない退屈の塊さながらに背を丸め、ルーシーを見張っていた。

　ルーシーは踵を返し、駅舎に入った。アーチの下の細い窓から、待合室の一部が見える。私は急行荷物の陰にいる男は無視して別の窓へ移ったが、その男が誰だったかと記憶をたどっていた。ルーシーは紙幣を手にして発券窓口にいた。

　男はじりじりと私に近づいてきた。まるで格子状に影の落ちた空気に固く阻まれているかのように、でっぷりした体が壁に沿ってのたくった。男は白いふにゃふにゃした指二本を私の腕に置いた。

「リュウ・アーチャーだろう、違うか《ネスパ》？」わざとふざけてくっつけたフランス語に、とりすました笑みが加わっていた。

「人違いだな」私は相手の指を振り払った。

「そうつれなくはさせないぜ。おれはあんたをはっきり覚えてる。サドラーの裁判で、検察側の証人として証言台に立ち、うまく振る舞った。こっちは被告側で、陪審員全員、どういうやつか調べ上げたよ。おれはマックス・ハイスだが？」

　男はパナマ帽をとると、赤茶色のふさふさした髪が額にかかった。その髪の下で、悪賢い目が茶色いシェリー酒のしずくのように濡れて光った。彼の小さな微笑には恥じらいの魅力があった。大人の男の世界に向かって跳躍してみたものの、四十か四十五になっても、まだそこに手が届いていないと認めている――大人の男の世界なんてものがあるのだろうかと、まだ確信を持てずにいる微笑だった。

「ハイスだよ？」彼は機嫌をとるような口調で言った。「マックスフィールド・ハイスなんだがね？」

この男とサドラー裁判のことは覚えていた。また別の殺人事件の裁判のとき、彼が陪審候補者たちを賄賂で動かそうとしたため、免許をとりあげられたことも。

「知ってるよ、マックス。だったらどうなんだ？」

「だったらぶらっと向こうの店まで行って、おれが一杯おごるから、昔話でもしないかってことだ」とりいるような小声で、言葉はピンクの唇のあいだで泡のようにそっとはじけた。その息の臭いときたら、寄りかかれるほどの濃さだった。

私はルーシーに目をやった。待合室の反対端にある電話室の中にいる。唇が受話器のすぐそばにあって、動いていた。

「ありがとう。だが今は遠慮しとく。汽車をつかまえなきゃならないから」

「また、ご冗談を。汽車ならどっちの方向もあと二時間以上来ない。つまり、あの娘がいなくなる心配は無用ってことだ、違《ネスパ》うか？　彼女はさっき買った切符をあと二時間以上使えない」悪ふざけをやってのけたという、嬉々とした顔つきになった。まるで爆弾を仕こんだ葉巻をまんまとつかませたかのようだ。

実際、やられたように感じた。「冗談を言ってるのはそっちのほうだ。こっちはそんな気分じゃない」

「おい、その態度はないだろ。むっとすることはないんだ」

「やめとけ、マックス」

「おしゃべりもいやじゃ、仕事の話もできないな?」

「消えろ。そこに立たれると陽当たりの邪魔だ」

彼は気どった足どりで小さな円を描き、一周して戻ってきて、またにやりとして見せた。

「アヴィー・アトクウィー・ヴァリー、ラテン語でさよなら、こんにちは、って意味さ。ここは公共の場所だから、おれを追っ払うわけにはいかないぜ。それに、この事件はあんたの専売じゃない。ほんとのところは、あんたは自分が追いかけてるのがどういう事件かもわかっちゃいないんだろう。おれはこの件では優先権があるんだよ」

興味をそそられないわけにいかなかったし、彼もよくわかっていた。その指が訓練されたなめくじ一座のように私の腕に戻ってきた。

「ルーシーはおれのものだ。おれが一人でがんばって、福引で当てた。新人女優の七年契約を結んで、さあこれをカネに換えるぞと思ったとたん、なんとまあ、あんたにぶちあたった。千鳥足の行き着く先がこれさ」

「たいした演説をぶってくれたな、マックス。その中に真実はどのくらいまじっているんだ？」

「神に誓って真実のみであります」厳粛な態度を装って、掌《てのひら》を上げた。「もっとも、真実のすべてじゃないがね、当然。真実のすべては、おれは知らないし、あんたも知らない。おれたちは意見交換の必要がある」

ルーシーが電話室から出てきた。閉じられた空間を離れるとき、自分を守るように体が必ずちぢこまる。彼女はベンチに腰をおろし、脚を組んで、まるで急な腹痛に見舞われたかのように前屈みになった。

ハイスがそっと私をつついた。濡れた目が輝いた。恋人の名前を打ち明けるような様子だった。「すごいカネがからんでるってのはわかってるんだ」

「いくら？」

「五千。折半にしてやっていいぜ」

「なぜ？」

「臆病風に吹かれたのさ」生まれながらの嘘つきの大多数とは違って、彼は真実を効果的に使うことができた。「おれは殴られたら気絶する。撃たれたら血を流す。おびえたら漏らす。勇気のあるタイプじゃないんだ。だからそういうタイプのパートナーを必要としている。おれを袖にしないやつをな」

「あるいは、いざとなったら罪を押しつけられるやつ？」

「とんでもない。これは厳密に合法的な仕事だ、ほんとだって。合法的に二千五百ドル稼げる機会はそうはないぜ」

「続けろ」

「待てよ。意見交換が必要だと言ったろ。あんたはまだなんにも教えてくれてない。たとえば、あのレディとはどういう話をした？」

「レディ？」

「女、おばさん、なんでもいい。男の子みたいなショートカットにダイヤモンド。あいつに雇われたんじゃないのか？」

「なんでもご存じだな、マックス。あんたが知らなくて、おれが教えてやれることがなにかあるのか？」

「やってみて損はない。彼女があんたに話したのはどんな筋書きだった？」

「宝石がなくなったとかいう話だ。そのときから、あまり本当らしく聞こえなかった」

「こっちの馬鹿話よりはましだ。彼女、おれにはどういう話をしたと思う？　あの娘は死んだ夫の召使いだった、夫は彼女に遺産をのこしていて、自分は遺言執行人だ。ああ、あたしは気の毒な亡夫のためにぜひともルーシーを探し出して、きちんと遺産を払ってあげなければ、だとさ」意地悪なウィットをきかせて、彼はユーナが偽りの感情をしぼり出すときの口ぶりを真似た。「きっととびっきりの阿呆を相手にしてるとでも思ったんだろう」

「いつのことだ？」

「一週間前。おれはたっぷり一週間かけて、やっとあの黒人娘の行方をつきとめた」窓の向こうでなにも知らないルーシーの背中に、彼は悪意に満ちた目をやった。「で、あの子を見つけたら、どうなったと思う？　おれは善意の遺言執行人に電話をして、指示を仰いだ。そうしたら、首になった」

「彼女、なにを隠そうとしているんだ、マックス？」

「おれたち、協力関係に入ったのか？」

「ことによるとね」

「ふん。おれはあんたにでかい仕事の利権半分をどうだと差し出した。するとあんたは、ことによると、と言う。いい、いい、ことによると。おれは胸のうちをすっかりさらしてるのに、そっちはだんまりを決めこむばかり。職業倫理に反するぞ」

「五千ドルは倫理に反していないのか？」

「まっとうなカネだと請け合ったろう。おれは痛い目にあって、免許をとりあげられたことも——」

「恐喝は？」

「絶対にしてない。正直に本当のところを言うとな、あまりにも合法的なんでこわいくらいだ」

「いいだろう。おれはこう考えている。あの女が求めているのはルーシーではない。ルーシーはほかの誰かをおびき寄せるための囮《おとり》だ」

「わかりが速いな。だけど、その誰かってのが誰だか知ってるか？」

「いや、その女が何者かはまだ知らない」

「違うね。女じゃない」自分は知っているという優越感で、彼はにやりとした。「男だ。おれはそいつの名前、人相風体、その他すべて手に入れてる。で、あの黒人娘はおれたちをそいつのところへ連れてってくれる。まあ、見てな」

ハイスはうっとりといい気分になっていた。シェリー酒色の目が眼窩の中でぽちゃぽちゃと揺れ動き、両手はたがいを祝って揉みあっていた。彼の話はうますぎると私には思えた。そのとおりだった。

ルーシーがふいに背筋を伸ばし、ベンチからひょいと立ちあがると、待合室の裏口へ向かった。私はハイスをその場に置き去りにした。駅舎の裏の角を曲がると、ルーシーが緑色のフォードのクーペに乗りこむところだった。運転席にはアレックス・ノリス。ドアが音高く閉まる前に、フォードはもう動きだしていた。

駅舎の脇のタクシーだまりには一台だけとまっていた。運転手は前部席いっぱいに体を横たえて眠っていた。まびさしつきの帽子が顔の上半分を覆い、その下に見える口は大きく開いて、いびきをかいている。フォードが北方向、幹線道路に向かうほうへ曲がるのを私は目の端でとらえた。

運転手を揺り起こした。小柄な灰色の髪の男だが、すぐ言いなりになろうとはしなかった。「おい、よせ。なんだっていうんだ？」

私はカネを見せた。「あのフォードのクーペを追ってくれ」

「わかった、落ち着け」

マックス・ハイスが私の横に乗りこもうとした。私はその顔の前ですげなくドアを閉め、タクシーは発進した。通りに出ると、フォードが幹線道路の交差点で左折し、ロサンジェルス方向へ向かうところがかろうじて目に入った。私たちが交差点にさしかかると、赤信号で止められた。ふたたび青に変わるまで長い時間がかかった。スピードを上げて街を離れ、幹線道路では前の車を次々に追い越した。緑色のフォードは目に入らなかった。

市境を越え、五マイル行ったところで、運転手に戻るよう命じた。

「すまないね」彼は言った。「交差点を直進する車が多すぎて、信号無視して左折するのは無理だった。あれに乗ってた人たちと、なんかまずいことでも？」

「いや、べつに」

駅に戻ると、マックス・ハイスは消えていた。ちょうどいい。私は駅の食堂で朝食を注文した。いつだって安全な選択だ。食べ始めて、腹が減っていたことに気がついた。ベーコン・エッグを食べ終えたのは五時少し過ぎだった。私は歩いてマウントヴューー・モーテルに戻った。

第六章

ルーシーの鍵が、部屋番号を刻んだ真鍮製のタグをぶらぶらさせて、ドアの鍵穴に差してあった。私は衝動に駆られて、ノックをした。答えはなかった。あたりを見回した。前庭は遅い午後の眠気と熱気の中に沈み、反対側の端ではトレーラーの子供たちがコオロギのように楽しげな声をあげて遊んでいた。私はノックを繰り返し、返ってくる静寂に耳を澄ましてから、ノブを回し、一歩踏みこんだ。ルーシーはまさに私の足元に横たわっていた。ドアを閉め、腕時計を見た。五時十七分。

窓にはローラー・ブラインドがおろしてあった。ブラインドの脇の細い隙間から斜めに射しこむ光を舞台に、細かい埃の粒が踊り狂っている。ドアの脇の壁にあるスイッチを、私は肘で押した。ふいに黄色い壁が周囲に現われ、同心円の影を映した天井が頭上からのしかかってきた。壁から張り出した照明が放射する光がまっすぐルーシーの上に落ちた。紙のシェードで覆われている電球の光に照らし出された顔は粘土製のデス・マスクのように灰色で、黒い血の海に浮かんでいた。切り裂かれた喉が言葉にならない悲嘆をもらす口のようにぱっくり開いていた。

私はドアに寄りかかり、ドアの向こう、ルーシーから離れた場所にいられればいいのにと願った。だが、死はどんな儀式より速く、私を彼女に結びつけていた。

彼女の片腕は外側へ振り出されていた。上を向いて開いた手の脇で、なにか金属性のものがきらめいた。屈んでよく見ると、それは手づくりのナイフで、湾曲した六インチの刃に、木の葉の模様を彫りこんだ木製の黒い持ち手がついている。刃は血で汚れていた。

ルーシーをまたいでベッドに近づいた。私の部屋のベッドとまったく同じで、緑色のレーヨンのカバーは彼女が寝そべったところがしわになっていた。ベッドの足元には、閉まったスーツケースが二個立っていた。私は指紋がつかないように清潔なハンカチで指先を覆って、その一個を開けてみた。洗濯屋から返ってきた、糊のきいた看護婦の制服数着がきちんとたたんで詰めてあった。二分された人生の私生活部分であるかのように、もう一個のスーツケースの中はごちゃごちゃだった。あわてて荷造りしたのだろう。もつれあったストッキング、丸めたドレス、汚れたままのブラウスや下着、《エボニー》一冊、ロマンス雑誌の束、それにデューク・エリントンのアルバムが一枚、赤いシルクのパジャマにくるまれていた。脇ポケットの中に、白粉《おしろい》やクリームなどにまじって、封筒が一枚見つかった。

宛先はベーラ・シティ、メイスン・ストリート一四番地、ノリス様方、ミス・ルーシー

・チャンピオン。消印はミシガン州デトロイト、九月九日付。中の手紙には日付も差出人住所もなかった。

ルーシー

仕事をなくしたそうでとてもざんねんです、あたしたちみんな、あんたはこれで一生だいじょぶだとおもったのに、でもつぎになにがあるかわかんないのが人生です、もちろん、かえってきてくれたらうれしいよ、ハニー、きしゃちんをだせるならね、わるいけど、あたしたちにはむりです。とうさんはまた失業して、またあたしがひとりで家族をささえているので、やりくりがたいへん。ねるばしょはいつでもあるし、たべるものもあるからね、ハニー、かえっておいで、くらしはだんだんよくなるよ。おとうとはまだ学校にいっていて、せいせきはいい、このてがみをかわりにかいてくれてます（やあ、ねえちゃん）。きしゃちんがなんとかなるといいね、道路をつかっちゃいけないよ。

母より

ついしん——ねえちゃん、げんき？　ぼくはげんき、だれだかわかるよね。

私は手紙を元の場所に戻し、スーツケースを閉めた。これで終わり、時間は止まったとでもいうように、金具が大きな音を立てた。

ルーシーのハンドバッグは彼女の頭の背後、すみっこの埃に埋まっていた。中身は口紅、口紅のついたハンカチ、十ドル、五ドル、一ドル紙幣が数枚と小銭が少し、デトロイト行きの片道切符、社会保障証、それに新聞の切り抜きが一枚。切り抜かれた記事は旧式の活字で印刷され、一段幅の見出しがついていた。

行方不明男性の母から懸賞金

アロヨ・ビーチ発、九月八日（《ベーラ・シティ・プレス》独占）

当リゾート在住の社交界の名士ミセス・チャールズ・シングルトンは今日、息子の居場所に関する情報に五千ドルの報酬を提供すると発表した。息子チャールズ・A・シングルトン・ジュニアは一週間前の九月一日夜、地元のホテルの公共の部屋から姿を消した。その日以来、友人や親類は彼から連絡を受けていない。

シングルトンはハーヴァード大学を卒業し、戦争中は空軍中尉をつとめた。中背、スポーツマン体型、巻き毛の茶色い髪、はしばみ色の目、血色のよい顔色。失踪当時の服装はグレーのウーステッドのスーツ、白いワイシャツ、暗赤色のネクタイ、黒靴。帽子はかぶらず、コートは着ていなかった。失踪者は故チャールズ・A・シングルトン少佐の子息で、シングルトン農業事業社の跡継ぎ。母方の祖父は、政府払い下げ地所の大地主ヴァルデス家初代の娘マリア・ヴァルデスと結婚したアイザック・カーライル大佐である。

地元警察は犯罪はからんでいないと見ているが、ミセス・シングルトン自身は息子の安否を気遣っている。郡保安官オスカー・ランソンは次のように語った。「誘拐はまずありえない。ひとつには、身代金の要求が来ていませんからね。犯罪の可能性ですが、ミスター・シングルトンは自力で、自分なりの理由から、アロヨ・ビーチを去ったと思われる証拠があります。彼は若く、妻子はなく、旅行の経験が豊富な男性だということを忘れてはいけない。とはいえ、所在をつきとめるべく、われわれは全力を挙げていますし、一般市民から情報があれば、なんでも歓迎します」


シングルトンの居場所に関する情報のある人は、アロヨ・ビーチ保安官事務所のケネディ警部に連絡するように、とあった。

私は記事を二度読んで、人名、時間、場所を頭に刻みつけてから、切り抜きをハンドバッグに戻し、バッグはまたすみっこに転がしておいた。ある意味では、前より知識が減ったともいえる。外国語で書かれた文書を前にすると自分の無知の範囲が広がるのと同じだ。

腕時計を見た。五時二十四分。ルーシーを発見してから七分経過していた。

ドアに到達するためには、ふたたび彼女をまたがなければならなかった。電灯を消す前に、灰色の顔をじっと見おろした。すでにこの世から疎外され、時間を超えた彼方に深く沈んでしまったその顔は、私になにも教えてくれなかった。それから、顔は闇にのみこまれた。

前庭では、遅い午後がもううんざりするほど続いているかのように、黄色い陽光が薄く色褪せて見えた。古ぼけた車が一台、幹線道路から曲がりこんできて砂利の上をトレーラー・パークのほうへ進み、どんよりした空気の中に弱々しく埃がたなびいた。埃がおさまるまで待ってから、私は事務室へ向かって歩きだした。事務室に着く前に、ゲートのところでアレックス・ノリスがこちらを見守っている姿が目に入った。

きちんとプレスをした紺のスーツは彼には小さすぎる。そのせいでぎごちないスピードしか出せないが、アレックスは私めがけて突進してきた。私は自分から近づき、腰をおとして攻撃に備えた。彼は体重があり、頑丈で、その体重の使い方を心得ていた。肩でみぞおちを突かれ、私は砂利の上にあおむけに倒れたが、立ちあがった。彼は拳の使い方には通じていなかった。やみくもに繰り出した片腕の内側に踏みこみ、ボディブロウをかましてやると、彼は二つ折りになった。これで頭が前に出たのでアッパーカットに好適だったが、こちらの手の甲と彼の顔を傷つけないように、私は相手の右腕にロックをかけ、その腕をてこにして体を向こう向きにした。

「離せ」彼は言った。「フェアにやろうぜ。見せてやる」

「腕前なら見せてもらったよ。こっちは殴り合いにはもう歳だ。ジョー・ルイスと同じでね」

「ジョーならあんたなんか脳ミソが飛び出るほどぼこぼこにしてくれる」青年は挑戦するように大声をあげた。「離せよ。そしたらおれがそのとおりにしてやるから。あんた、ルーシーの部屋でなにをしてたんだ？」

「彼女に悪いことが起きた」

私に押さえこまれて下を向き、動けない状態なので、彼は首を横にひねってこちらを見なければならなかった。黒い額に点々と汗の玉が浮き、大きく開いた目は災難を予期してぎらぎら光っていた。「嘘だ。離してくれ」

「分別のある人間らしく、まっすぐ立って話をしてくれるかね？」

「いやだ」だが、言葉に力はこもっていなかった。目の輝きに曇りが見え、すぐ涙に変わりそうだった。一人前の男の体をした少年なのだ。私は彼を放してやった。

彼は締めつけられていた腕をさすりながら、ゆっくり体を起こした。その向こうでは、前庭の反対側に集まっていた野次馬の列が、暴力見たさにじわじわ近づいてきていた。

「事務室に入ろう、アレックス」

彼は身をこわばらせた。「無理強いする気か？」

「誰も無理強いなんかしてない。いいから、来い」

「義務はないね」

「何歳だ、アレックス？」

「十九、じきに二十歳だ」

「警察沙汰になったことはあるか？」

「ぜんぜん。かあさんに訊いてみればいい」

「ルーシーはガールフレンドなのか？」

「ガールフレンドなんかじゃない。おれたちは結婚するんだ」そう言ってから、訊かれもしないのにつけ加えた一言が哀れを誘った。「妻を支えるくらいは稼げる」

「そうだろうな」

彼の明るいまなざしが痛いほど私の顔に注がれた。「どうかしたのか？　あんた、どうしてあそこに入ったんだ？」

私はあのときノックをしてルーシーの部屋に入ろうと決めた衝動のわけを求めて心の中を手探りした。「彼女と話をするためだ。街を出るよう、警告したかった」

「街を出るとも、今夜。その時間まで待ってるだけだ。彼女は荷物をとりに来た」あたかも意志に反して長柄のスパナでひねられているかのように、彼の頭が肩の上で回り、七号室の閉まったドアのほうを向いた。「彼女、どうして出てこない？　具合でも悪いのか？」

私は答えた。「彼女はもう出てこない」

トレーラーから出てきた野次馬の群れは、脅すような、興奮したような声を低く漏らしながら、三々五々前庭を横切って近づいてきた。私は事務室のドアを引きあけ、アレックスのために押さえていてやった。彼は脚のほかにはなにも動かさず、私の前を通って中に入った。

エセルただ一人を愛している男は半分飲みかけのコークのボトルを片手に握りしめ、ドアに背を向けてソファ・ベッドに坐っていた。立ちあがり、ぶらぶらとカウンターまで来たが、途中でうしろを振り返り、ベッドに目をやった。枕の上に広げて伏せた雑誌の表紙から、胸をはだけた女が一人、助けを求めて無音の悲鳴をあげていた。

その女の嘆願には耳を貸さず、ピンク色の髪の男は「はい、なにか?」と言ったが、鈍い神経がようやく黒人青年の存在に反応した。「こいつ、なんの用だ?」

「電話を頼む」私は言った。

「市内ですか?」

「警察だ。番号がわかるか?」

彼は番号を知っていた。「厄介事でも?」

「七号室。行って、見てくれ。ただし、中には入らないほうがいい。ほかの人間も入れるな」

男はカウンターにもたれているので、腹の脂肪が袋入りのカッテージ・チーズさながら、へりから上にこぼれ出ていた。「なにがあったんです？」

「その目で見てくれ。まずは電話機を」

男は私に電話機を渡すなり、せかせかとドアから出ていった。アレックスがついていこうとしたので、私は彼の腕を右手で押さえたまま、左手で番号を回した。私が当直の巡査部長に伝えた話を聞くと、青年はカウンターに前のめりに倒れ、前腕でなんとか体重を支えた。耳には聞こえないすすり泣きのため、上半身がわなわな震えていた。巡査部長はすぐに車を差し向けると言った。

私は手を青年の背中に移した。突き刺されると思ったかのように、彼はびくっと体を離した。

「あそこでなにをしていたんだ、アレックス？」

「誰にも迷惑をかけちゃいない」

「ルーシーを待っていたのか？」

「知ってるんなら、訊くことはないだろ」

「どのくらいのあいだ、待っていた？」

「三十分近く。近所を二度ばかりぐるっと回って戻ってきた」

私は腕時計を見た。五時三十一分。「彼女は五時ごろ中に入ったのか？」

「ほぼ五時だった」

「一人で入っていった?」

「ああ。一人で」

「そのあと、ほかに入った人は?」

「おれは見ていない」

「誰か出てきた?」

「あんたが出てきた。それは見た」

「私のほかにだ。私より前に」

「見てない。近所を車で回っていたから」

「きみは中に入った?」

「いいえ、サー。おれは入ってません」

「どうして?」

「ほんの五分ですむって、彼女が言ったから。荷物は詰めたままだったんだ」

「でも、きみは中に入ることもできた」

「入ろうとは思わなかった。彼女がいやがったので」

「ルーシーは白人のふりをしていたな?」

「それがどうした? ここの州じゃ、白人のふりをするのは違法じゃないぜ」

「法律に通じているな」私は言った。「学校へ行っているのか?」

「二年制カレッジに入ったところだ。でも、退学する」

「結婚するために？」

「絶対に結婚なんかしない。もう誰とも結婚しない。家出して、すべてを忘れるんだ」肩のあいだに頭をがっくり下げて、彼は傷だらけのカウンタートップに向かってしゃべっていた。

「きみはしばらくここにいて、たくさんの質問に答えなければならない。しっかりしろ」

私は荒っぽく肩をつかんで揺さぶった。彼は振り向きも、動きもしなかったが、やがて幹線道路からサイレンが響いてきた。すると彼の頭は追い詰められて刃向かおうとする動物の頭のように、ぐいとあがった。

第七章

黒いパトロールカーが事務室の外の砂利の上でやかましく音を立ててとまった。車から降りた私服の刑事が石段を上り、戸口いっぱいに立ちはだかった。グレーのフェドーラをかぶり、だぶだぶしたグレーのスーツを着ているにもかかわらず、生まれついてのおまわりといった風貌だ——歯が生えかけたときは手錠をかじり、刑法の中に人生を学び、夜の裏道のぼろぼろの歩道を踏みしめながらキャリアを積み重ねてきたのだ。五十年にわたって陽光や雨風にさらされてきた傷としわだらけの顔は、このヴァレーの生活を描き出した模型地図だった。

「ブレーク警部補だ。電話してきたのは、あんたか？」

私はそうだと答えた。「彼女は七号室、向こう端になります」

「死んでいるのか？」

「間違いなくね」

アレックスが喉を絞められたような音を漏らした。ブレークは彼に一歩近づき、しげしげと見た。「おまえはここでなにをしているんだ？」

「ルーシーを待っています」

「死んだ女性か？」

「はい、サー」

「長く待つことになるな。おまえが殺したのか？」

アレックスは相手が太すぎて登ろうにもつかみどころのない木であるかのような目つきで刑事を見た。「いいえ、サー」

「きみはアニー・ノリスの息子だな？」

「はい、サー」

「おかあさんがどう思うかな？」アレックスに答える暇を与えず、ブレークは私に向かって言った。「こいつが殺したのか？」

「違うと思います。事が起きたあと、彼はここにとどまっていました。二人はこれから結婚するところだった、と言っています」

「そう言っているだけだろう」

「ぼくが殺したんじゃない」アレックスは言った。「ルーシーの髪の毛一本だって傷つけやしない」彼は体がもう使い物にならなくなったかのように、カウンターに肘をつけてぐったりもたれていた。

太った受付係が入ってきて、音を立てないようにドアを閉めた。壁に沿って横に歩き、カウンターの端を回って中に入った。そこは紙に描かれた乳房、汚れたシーツ、助けを求める無音の悲鳴に囲まれた彼の世界だった。死をまのあたりにして、心の中の墓場に埋めてあった罪悪感を思い出していたのか、背後からブレークに声をかけられるとぎくっとした。

「受付係か？」

「はい、サー」

「七号室の鍵が欲しい。合鍵もだ」

「二本あるんですが、どっちもここにはありません、ミスター・ブレーク」とりいるように進み出た男は、ゆさゆさ揺れる体をかわりに生贄として差し出した。「あの女性が部屋を借りたとき一本渡しましたが、彼女は外から戻ってくると、合鍵をくれと言ったんです。最初のを失くしたからって。それなら別途料金を払って——」

私は口をはさんだ。「鍵ならドアにささっていますよ、警部補」

「どうしてさっさとそう言わないんだ？」

ブレークは外に出て運転手を呼びつけ、アレックスを見張っているよう命じた。その車の背後にもう一台、警察車が寄ってきた。野次馬の輪が崩れ、来たばかりの車をとり囲んだ。制服の巡査部長が人ごみをすりぬけて、ブレークのそばまで来た。折りたたんだ三脚とカメラを小脇に抱え、残る手には指紋採取の道具一式を持っていた。「ホトケさんはどこです、警部補？」

「あっちだ。副検視官は呼んだか？」

「こっちに向かっています」

「この暑さじゃ、見にいく前に腐っちまいそうだ。さあさあみんな、そう興奮するな。道を空けてくれ」

群衆は二人のためにいったん道を空け、またそのうしろに殺到した。

事務室の中では、アレックスとその番人がいやそうに肩を並べてソファに坐っていた。番人は交通整理官の紺の制服を着た大柄な若い巡査だった。その胸板の厚い体の横で、アレックスは前より小さく、細く見えた。彼の眼差しは心の中に向けられていた。自分のありのままの姿が初めて見えてきたようだった――白人の法律とのトラブルに巻きこまれた黒人青年。なにを攻撃材料にされるかわからないので、筋一本動かすわけにいかなかった。

カウンターのうしろで、受付係はせめてもの慰めにコークの残りを飲んでいた。私はソファ・ベッドの彼の横に坐った。

「例の鍵の件をはっきりさせたいんだがね」

「質問か！」みじめな様子でげっぷをした。茶色い液体が口の隅から顎の先の赤い吹出物に向かって垂れた。「信じないかもしれんがね、元気そうに見えて、おれは神経が弱いんだ。まだ陸軍から限定障害手当をもらってるのがその証拠さ。こんなふうに根掘り葉掘り質問されるのには耐えられない。あの警部補の目つきときたら、まるでおれが殺したといわんばかりだった」彼は太りすぎてよれよれになった頭の弱い少年のように、ふくれっ面をした。

「彼女を最後に見たのはいつだ？」

「五時ごろだったはずだ、時計を見たわけじゃないが」

「鍵がもう一本必要だと言ったのか？」

「そうだ。チェックインをしたときに渡したやつはどうしたんだと訊いたら、失くしたらしいと答えた。それなら別途五十セントいただきますと言うと、すぐカネを払ってくれて、これからチェックアウトをすると言ったんだ。まさか殺しのランデヴーがあったとは、知るよしもなかったがね」

「動揺しているように見えたか？」

「さあね。とくに気がつかなかったな。動揺してもおかしくないのは、こっちのほうさ。あの女、なんだってよりによってここに来て殺されたんだ？　ヒダルゴ・ストリートへ行ってくれりゃ、何曜日だろうと殺してもらえるってのに」

「確かに運が悪かったな」私は言った。「それに、彼女はあんたへの思いやりを欠いていた」

「おっしゃるとおりさ」こちらの皮肉は通じず、噴き出した自己憐憫が手の施しようのない出血のように、男の喉の奥でくぐもって鳴った。「あの女が白人のふりをしてたなんて、どうしてわかる？　うちの床じゅう血まみれにするなんて？　あれをすっかりきれいにしなきゃならない」

カウンターの反対側では、アレックスが番人と一緒に坐っていた。こちらから見えるのは彼の頭のてっぺんだけだが、息遣いは聞こえた。

「あの女性が部屋に入ったあとで」私は言った。「ほかに誰か入っていったか？」

「見てない。普通そこまでは注意してないよ。お客さんは入ったり出たりだ」言い回しが気に入って、繰り返した。「入ったり出たり」

「誰の姿も見かけなかった？」

「ああ。おれはここに坐って時間をつぶしてた。お客さんは出たり入ったりだ」ふいに怒りがこみあげて、男の中に微弱な電流が走った。「犯人を見かけてりゃよかったよ。人を殺して、あの床をめちゃくちゃにしやがった野郎をつかまえて――」

「犯人は男だと思うのか？」

「誰がそんなことを言った？」

「〝野郎〟と言っただろう」

「言葉のあやだ。どっちみち、なんで女が女を切り殺す？」私のほうに身を乗り出し、彼はわざと聞こえよがしにささやいた。「正直な意見を言わせてもらうならな、おれはあの若いのがやったと思う。ああいう連中はいつだって女を切り殺してる、よくご存じだろ」

勢いよく足音がし、アレックス・ノリスが頭からカウンターを越えてつっこんできて、私たちの前によつんばいになって着地した。立ちあがるなり、彼は受付係の頭の横をバックハンドで一発殴りつけた。受付係は小さな悲鳴をあげ、気を失って私の膝の上に倒れた。アレックスは開いた窓に向かって突進した。私は立ちあがることができず、ただ叫んだ。

「やめろ、アレックス！　戻ってこい！」

彼は網戸を蹴り外し、片脚を窓の敷居から外に出した。紺のスーツの上着は背が裂けていた。

番人役の警官が大股にカウンターの端を回りこみ、制服の上着の右側を持ちあげた。警察用の黒いホルスターが開き、死を招くびっくり箱のように、リヴォルヴァーが飛び出して彼の手におさまった。安全装置が音を立てて外された。アレックスはまだ窓に嵌まりこんでいて、もう一方の脚を狭い開口部から引き抜こうと苦労していた。撃てばわけなく命中する状態で、しかもほぼ至近距離だった。

私は受付係を膝から転がして床に落とし、銃の前に立ちふさがった。ぶっぱなしたくてうずうずしている警官は毒づいて、「邪魔だ、どけ」と言った。

アレックスは窓から外に出た。私はあとを追った。彼は丈の高い乾いた草の生えた原っぱをずんずん横切り、幹線道路沿いに続くフェンスに近づいた。高さ七フィートの金網のフェンスだ。駆けのぼったかと思うと、そのまますっと飛び越した。フォードのクーペは幹線道路の路肩にとめてあった。

私はフェンスを越え、反対側に落ちた。背後で銃が発砲された。アレックスは車に乗り、スターターを踏みつけていた。弾丸が大粒の雨のように音を立ててフォードのボンネットに当たり、穴を開けた。痛みにぎくっとしたかのように、フォードはふいに前進し、後輪が砂利を激しくかき立てた。私は駆け寄り、あいていた右側の窓に片腕をつっこんでひっかけた。

ハンドルを握ったアレックスは振り向かなかったが、いきなりブレーキをかけて横に逸れ、アクセルを踏んだ。なんとかドアをつかんでいた私の手が離れた。私は地面に倒れ、転がった。色のついた世界がぐるぐる回って灰色のモノクロームに変わり、一瞬真っ黒になった。銃を持った先刻の若い警官が私を引っ張って立たせた。フォードは消えていた。

「おい、あんた」警官は何度かありきたりの表現で私に悪態をついた。「あいつを仕留めてやれたんだ、あんたが割りこまなけりゃな。どういうつもりだ?」右手のリヴォルヴァーは私を脅しているようだ。左手は無意識に動いて、私のジャケットの背から砂利を払い落としていた。

「生きたままつかまえなきゃまずかったろう。撃ち殺したら面倒なことになる。正式に逮捕されていたわけじゃないんだから」

私がバルブを閉めて血液の供給を止めたかのように、顔が日焼けの下で青ざめ、警官はこそこそとリヴォルヴァーをしまった。

前庭のゲートを抜けてブレークが出てきた。後ろ足で立った熊のように、せかせかと大きな体を揺らして走ってくる。私たちのところに着く前に、すでに状況を把握していた。

「時間の無駄だ、トレンチャー。追いかけろ。あっちの車を使え。無線連絡する。ナンバーは？」

「見ませんでした、警部補」

「いい仕事をしてくれてるな、トレンチャー」ブレークは手を振って彼を去らせた。

私は車のナンバーを教えた。ブレークはあたふたとパトロールカーに戻り、中に入ってドアを閉めると、本部に無線連絡した。私は横で待った。

「どうなりました、警部補？」

「全面警戒。道路封鎖」彼はルーシーの部屋に向かって歩きだした。

トレーラーの住民、男、女、子供の群れが行く道をふさいだ。男の一人が声をあげた。

「あの若いの、逃げちまったんですか、刑事さん？」

「すぐ連れ戻す。そうだ、あんたがたみんな、今夜は家にいてくれ。あとで話を聞かせてもらう」

「殺人ですか？」この質問に、あたりはふっと静まりかえったが、やがて女子供がスズメのように小声でささやきだした。

「これだけは言える」ブレークは答えた。「彼女はひげを剃っていて切り傷をつくったんじゃない。さあ、散った、散った。自分の家に帰りなさい」

群衆はがやがやと引いていった。こっちへ来いという目配せを受け、私はブレークについて七号室のドアに向かった。中では鑑識係が測定や写真撮影を行なっていた。鑑識係の世話になっているルーシーは、客のおふざけに手を焼くホステスのような、うんざりした表情を浮かべて横たわっていた。

「入れ」ブレークは言った。「ドアを閉めて」

スーツケースの一個がベッドの上に開けてあり、彼はそれを調べる仕事に戻った。私はドアのそばから離れず、彼の大きな手が慣れた手つきで白い制服を点検していくのを見守った。

「どうやら訓練された看護婦だったらしい」それから、ごくさりげなくつけ加えた。「あんた、どうして彼女を見つけることになったんだ？」

「ドアをノックしたが、答えがなかった。ドアには鍵がかかっていなかった。あけて、中を覗いた」

「なんでそんなことを？」

「隣の部屋に泊まっている」

彼は灰色の目を細くして、私の顔を見上げた。「知り合いだったのか？」

「会ったこともない」

「物音が聞こえた？　何者かを見かけた？」

「いや」私はすばやく心を決めた。「私はロサンジェルスから来た私立探偵だ。今日の昼から彼女を尾行していた」

「なるほど」灰色の目が曇った。「おもしろくなってきたな。どうしてつけていたんだ？」

第二のスーツケースの指紋を採取していた鑑識係の男が首を回し、油断のない顔でこちらを見た。

「そうするよう雇われていたからだ」

ブレークは腰を伸ばし、私のほうを向いた。「遊びでやっていたとは思わなかったさ。身分証明書を見せてもらおうか」

私は複写証明書を見せた。

「誰に雇われた？」

「答える義務はない」

「ひょっとして、彼女を殺すために雇われたんじゃなかろうな？」

「私の協力が欲しいんなら、もう少しうまくやってくれないとな」

「協力が欲しいと、誰が言った？　で、雇い主は？」

「強気に出ることにしたのか、警部補。私は彼女を見つけたらすぐ立ち去ってもよかったのに、ここに残って話をしてあげてるんだよ」

「御託を並べるな」彼はそう簡単に苛立たなかった。「誰に雇われた？　ああ、頼むから、依頼人の利益保守とかを言い出さないでくれ。こっちはこの市ぜんぶを保守しなきゃならないんだ」

私たちは乾きつつある血の堀を挟んで対峙した。彼は小都市の荒削りなおまわりだ。人当たりがよくもなければ、説得力もなく、その自負心は過去に受けた傷の瘢痕組織にくるまれている。もう一度つついて苛立たせてやろうか、こういう田舎の従兄弟たちに向かって、大都市の男ならではの磨きのかかった非情さを見せつけてやろうかと思わないでもなかったが、本気になれなかった。依頼人に対する忠誠心など、床に横たわって死んでいる娘に対する気持ち以下だったので、私は妥協することにした。

「ユーナ・ラーキンと名乗る女性が今朝、オフィスにやって来た。この娘の尾行に私を雇い、昼どきに彼女がどこにいるか教えてくれた。メイン・ストリートの〈トムズ・カフェ〉だ。私はカフェで娘を見つけ、アレックス・ノリスの家まであとをつけた。彼女はそこに下宿していて――」

「詳しいことはあとで調書にするまでとっておけ」ブレークは言った。「依頼人の名前がどうした？　偽名だと思うのか？」

「そうだ。これから調書をとられるのか？」

「ここがすんだらすぐ、ダウンタウンへ行く。今知りたいのは、その女があんたをなんのために雇ったかだ」

「話では、ルーシーは彼女のために働いていたが、二週間ばかり前、いくらか宝石類を持ち逃げした――ルビーのイヤリングと金のネックレスだ」

ブレークが目をやると、鑑識係は首を横に振った。警部補は私に言った。「そういう問題は郡庁に相談してくれ。いや、その話も嘘だというのか？」

「らしいな」

「女はこの街に住んでいる？」

「違うと思う。自分が何者で、どこから来たのか、しきりにごまかそうとしていた」

「あんたは包み隠さず話しているのかね、それとも情報を抑えているのか？」

「隠してはいない」財布にぽつんと入っている百ドルがある以上、ユーナに対してその程度の義理は果たさなければ。

「隠し立てはやめとけよ。あの子を見つけるとすぐ、警察に電話したのか？」

「数分の時間差はあった。前庭を横切って事務室へ行く途中で、ノリスに襲われた」

「あいつは出ていくところだったか、それとも来たばかりだった？」

「どっちでもない。待っていたんだ」

「どうしてわかる？」

「彼をとりおさえて、すこし質問した。荷物をとりにきたルーシーを五時から待っていたと言った。二人は街を出て結婚するつもりだった。私が教えるまで、彼はルーシーが死んだのを知らなかった」

「あんたは読心術師か、ええ？」ブレークはこちらに向かって顔を傾け、顎を突き出した。その顔はひびが入って赤く、灌漑用水が届かない高さのベーラ・ヴァレーの土のようだった。「ほかにはなにができるんだね、経験豊富な探偵さんよ？」

「調書をとられるときは、事実関係をはっきりさせようと努力する。物理的事実はノリスに不利になっている。あんなふうに逃げたのは罪悪感からのように見える——」

「いやあ、まさかなあ」ブレークはわざと重苦しい声で言い、助手がくすっと笑った。

「思いもよらなかった」

「彼はおびえたから逃げたんだ。ちゃんとした手続きを踏まずに有罪にされてしまうのではないかと思った。たぶんそのとおりだろう。そういうことをされた例はずいぶん見てきた、黒人の男でも、白人の男でもな」

「ああ、そうだろうよ。あんたは長年やってきて経験が豊富だからな。しかし、こっちはあんたのいまいましい経験なんぞ願いさげだ。事実が欲しい」

「事実を話してるじゃないか。話が速すぎてついてこられないのかな」

ブレークの小さな目が少し寄った。大きな顔は鬱血して黒ずんだ。雲行きが怪しくなってきたが、そこに待ったがかかった。私の背後でドアが開き、誰かが歌うように声をかけてきたのだ。「けんかはよしとけ、お二人さん。レディとデートなんだがね。レディはどこにいる？」

副検視官だった。太り気味の若い医師で、毎日のように死を扱う人間らしく、いやに陽気にはしゃいでいる。そばには白衣の救急車運転手と黒衣の葬儀屋が控えていて、明るさにかけては負けまいと努力していた。ブレークは私のこと、私が選んで差し出す事実に関心を失った。

血液標本が床から採取された。血のついたボロ・ナイフ（フィリピンでジャングルの枝を伐採するのに使う片刃の大型ナイフ）とルーシーの小物は証拠容器に入れられた。横たわっていた位置にチョークで輪郭線が引かれたあと、遺体は担架に載せられ、キャンヴァス布で覆われた。葬儀屋と救急車運転手が二人で担架を運び出した。ブレークはドアを閉め、封印した。

薄暮で、前庭はがらんとしていた。中央の柱を囲んで、一個のアーク灯の放つ光の中に女たちがひとかたまりになって立ち、これまでに見た、読んだ、聞いた、想像した、さまざまな殺人について、いかにも自分は正しいという口調で声高に話し合っていた。ルーシーの葬列が脇を通り過ぎると、声は不安と非難を表わす低いつぶやきに変わった。柱の電灯が投げる光でてらてらと白く見える顔の中で黒くきらめく女たちの目は、布に覆われた担架がそこに待ち構える葬儀車まで運ばれていくのを追った。空は薄汚い黄色い天井だった。

第八章

ミッション・ホテルはメイン・ストリートでいちばん堂々とした建物だった。コンクリート製の立方体に窓が四列開いていて、屋上では鉄塔に立てたアンテナが星に向かって赤い光を放っている。平らな白い正面の壁には、入口の上に垂直に立つネオン・サインの赤い光がしみついていた。

ロビーは奥行きがあって薄暗く、しわを寄せた革製の黒っぽい椅子が置いてあった。カーテンで半分覆われた正面の窓に近い椅子を占領した年配の男たちは、それぞれ思い思いにこわばった姿勢で坐っている。まるで何年も前に洪水に押し流されてきて、そのあと永遠に水が引いてとり残されてしまったかのようだ。その頭上の壁には意味不明の壁画があり、合衆国騎兵隊の兵士たちが人間の膝を持つ奇妙な馬に乗り、もっとおかしな格好のインディアンたちを追いかけていた。

フロント係はネズミ色をした小男で、自分とその周囲に個性を与えようと苦心惨憺していた。髪の毛と細い口ひげには念入りにブラシをかけ、ボタンホールに一輪挿したヤグルマギクの青はフラノのスーツの繊細なピンストライプと同色、軽くデスクにのせた肘の脇にはヤグルマギクを飾った花瓶が置かれて効果を強調しているのだから、彼がドビュッシーの交響詩に霊感を与えていたとしてもおかしくない。私の質問に答える声はつとめて上品さを心がけており、これまでずっとこんな辺鄙《へんぴ》な場所の受付をやってきたわけではないことを暗に示していた。

「ミセス・ラーキンでしたら、お部屋《スイート》においででしょう。外出されるところを見ておりませんので、サー。どちらさまとお伝えいたしましょうか？」

「アーチャーだ。伝えてくれなくてけっこう。部屋は何番だね？」

「一〇二号室でございます、ミスター・アーチャー。おいでをお待ちだと思います」

二階のエレベーターの向かい側だった。廊下の突き当たりにカーテンのついた両開きのドアがあり、その上に〈非常階段〉と赤いライトの標識がついていた。私は一〇二号室のドアをたたいた。背後でエレベーターが、やっとのことで動いている老いた心臓のような音を立てた。

ドアの向こうから弱々しい声がした。「誰なの？」

「アーチャーです」

「入って」

ドアは施錠されていたので、そう告げた。

「はいはい、今行きます」ドアが内側へ勢いよく開いた。

ユーナは具合が悪そうだった。目の下の緑がかった茶色い隈《くま》は前より濃く、広範囲にわたっていた。日本風の赤いパジャマを着た彼女は女というより、性別のない小鬼が地獄で年老いたような感じだった。

彼女は身を引いて私を通すと、静かにドアを閉めた。そこは新婚夫婦か州知事が使いそうなスイートの居間だった。もっとも、ハネムーンのカップルや政治家がこんなところに来ることがあればだが。通りを見おろす二つの丈の高い窓には、暗赤色のフラシ天のカーテンが掛かっている。外からネオンの赤い光が窓を照らし、それと競うように、中では黒い鉄をひねって作ったフロア・ランプのパーチメント製シェードが光を投げている。スペインふうの木彫りの高い椅子は誰も坐ったことがなく、また坐りようがないように見えた。ユーナが泊まっていることを示す唯一のしるしは、椅子の背に掛けた豹毛皮のコートだった。

「どうなさったんです?」私は彼女の背中に向かって声をかけた。

彼女はドアノブで体を支えているようだった。「どうもしないわ。ひどく暑いし、待たなきゃならないやら、しかも先が見えないやらでね」これを続けていくと正直な話に入ってしまうと悟ったのか、少女じみた泣き言のスイッチを切った。「偏頭痛よ、いやになる。しょっちゅうやられるの」

「お気の毒に」それから、わざと気の利かない言い方をした。「私も頭が痛い」病気好きの人間らしい強い競争心を笑顔に隠し、彼女はくってかかってきた。「偏頭痛じゃないわね、絶対よ。偏頭痛って、やってみなけりゃわかりっこない。頭を切り落としてもらいたくなるくらいよ。でも、それもすてきかもね、首なしの体がしゃなりしゃなりと歩き回るのって」彼女は自己憐憫を押さえこみ、ジョークにしてしまおうと努力していた。「男なんて、こっちに首があろうとなかろうと、気がつきやしないわ」

ユーナはまた自分を実際より上に考えていた。だが、ゆったりしたパジャマを着ていてさえ、彼女の体はレンガなみで、おもしろくもなければ曲線もなかった。私はあとずさって、坐りようのない椅子の一つに坐った。

「男というのは称賛に値するもの。それで?」「男を称賛するのがお好きですね」

彼女は私を見おろして立った。口調が変わり、コメディはこれまでと告げていた。

「報告があります。お坐りになったらいかがです?」

「そうおっしゃるならね」椅子は彼女には大きすぎ、両足が床につかずにぶらぶらした。

「続けて」

「話の前に、一つ二つ、はっきりさせなければならないことがあります」

「どういう意味?」舌の奥の痛みが言葉に意地悪い響きを与えていた。

「あなたは今朝一度、私に向かって嘘をついた、宝石を盗まれたと言ってね。だが、二度嘘をついた可能性がある」

「わたしを嘘つき呼ばわりする気なの？」

「訊いているんです」

「彼女と話をしたのね」

「そうとは言えない。彼女と話をしていたら、わかったはずなんですか？　あなたが嘘つきだと？」

「それはあなたの言ったことよ、わたしのせいにしないで。ルーシーを尾行してもらいたい理由なら教えたでしょう」

「二度目にはね」

「いいわ、二度目には」

「あなたは多くを語らなかった」

「いいでしょ？　プライバシーを守る権利はあります」

「今朝まではあった。もうありません」

「なんなの、これって？」彼女は戸惑って誰にともなく質問した。両手をねじり、ダイヤモンドが窓からの赤い光を受けてきらめいた。「わたしは百ドル払って仕事を頼んだ。そうしたら相手はわたしの祖父のミドル・ネームを知りたがる。教えてあげるわ、マリアよ、妙だけど」

「重要でないことについてはとても率直でいらっしゃる。でも、あなた自身の名前をまだいただいていませんよ。どこにお住まいかすら知らない」

「あなたに関係のあることなら教えます。いったい自分を何様だと思ってるの？」

「なんとか生計を立てようとしている元警官というだけです。仕事引き受けますと広告して、公開市場で身売りをする。だからといって、誰にでも売らなければならないというわけではない」

「たかが覗き屋が大風呂敷を広げたわね。わたしならあなたを二十回だって売り買いできる――」

「できませんね。私のすすめに従って、新聞に三行広告を出せばよかったんだ。一日十五ドルも払えば、殺人ほどでないことならなんだってやってくれる男がいくらもいる。殺人はもうちょっとかかりますがね」

「殺人がなんだっていうの？　誰が殺人なんて言った？」彼女の声はふいに細くなり、飛び回る蚊のように頼りなく音を立てる実体のないささやきに変わった。

「私が言いました。殺人は高くつく、いろんな意味でね。そう言ったんです」

「でも、どうしてそんなことを持ち出すの？　関係がある？　誰かと話をしたの？　さっき言っていたような男と？」

彼女はマックスフィールド・ハイスのことを考えているのだ。私は誰とも話をしていないと言った。

「ルーシーとも?」

「ええ」

「でも、すぐ近くにずっといたんでしょう?」

「できるだけね」

「彼女、どこにいるの? どこへ行ったの?」

「知りません」

「知らない! けっこうなおカネを払って尾行してもらったのは、行方を知るためなのよ」

彼女は椅子からするりと降り、両手を握りしめて私の正面に立った。殴りかかってきたら受けるつもりで身構えたが、意外にも彼女はその拳を自分に向け、骨張った脇腹をスタッカートのリズムで打った。「誰もかれも頭がおかしくなったの?」彼女は天井に向かって鋭い声で吠えた。

「落ち着いてください。あなたのほうがおかしくなったように聞こえる。殺人狂をけしかけたりしませんよ――」

「殺人狂!」声はもともと狭い音域の最高部まで達して、割れた。「殺人狂って、どういうこと? あなた、やっぱりルーシーと話したのね」

「いいえ。でも今日の午後、あなたが彼女に話をしているのを盗み聞きしました。いやな感じだった。私の仕事に暴力はつきものだが、計算ずくの暴力や、暴力で人に脅しをかける人間は嫌いだ」

「ああ。あれね」彼女はほっとした顔になった。「あの子のためを思って、顔をひっぱたいてやったの、そう強くじゃなくね。自分が悪いのよ」

「なるほどねえ」

「あなたなんか、地獄に堕ちればいいのよ」

「ま、そのうちに。お別れのキスを差し上げる前に、もう少し情報をいただきたい。あなたは誰で、どこから来て、どうしてルーシーを追いかけていたのか。それに、今日の午後五時になにをしていたか。まずはそこからいきましょうか」

「五時？　ここにいたわ、この部屋に。大事なこと？」返事を期待しない疑問文ではなかったし、彼女のほとんどの質問のようにけんか腰の言い方でもなかった。このあとなにが出てくるか、知っていたか、察したのだろう。

「それはどうでもいい。証明できますか？」

「必要ならね。五時ごろ電話をかけました」重ねた両手がダイヤモンドの冷たい火で暖をとろうと、交互に上になったり下になったりしていた。「どうしてもというんでなければ、それは使いたくないわ。あなた、わたしがなんのためにアリバイが必要なのかさえ教えてくれてないでしょ」

「誰に電話したんです？」

「あなたに関心のある相手じゃありません。必要なら証明できると言ったでしょう。長距離電話だったから、ホテルに記録があるはずよ」引きさがって革製スツールの端に落ち着かない様子で腰をおろし、うずくまった。

「私はあなたのすべてに関心があるんだ、ユーナ。しばらく前に、警察で調書をとられた。あなたのことを黙っているわけにはいかなかった」

「警察へ行ったの？」信じられないという口調だった。まるで私が悪の軍勢と手を結んだかのように。

「向こうから来たんです。私は喉を切られたルーシーを見つけた、五時すこし過ぎに」

「喉を切られた、ですって？」

「ええ。モーテルの部屋で死んでいました。私はあそこでなにをしていたのか、説明しなければならなかった。そこで当然、あなたの名前が出て——あなたが使っている名前ですがね」

「じゃ、警察はどうしてまだここに来ないの？」

「あなたが街にいるとは教えなかった。あいつらの餌食として投げ出す前に、腹を割って話をする機会をあげようと思いましてね。それに、自分が誰のため、なんのためにこうして危険を冒して働いているのか、少しばかり好奇心もある」

「この間抜け！　連中はここまでつけてきたかもしれない」

「間抜けか、まったくね」私は立ちあがった。「あなたにつける言葉はまだ考えていないが、じきに思いつきますよ」

「どこへ行くの？」

「警察署へ行って、もっと詳しい調書にする。長く放っておけばおくほど、こっちは厄介なことになる」

「だめ、よして」彼女はあわてて立ちあがり、ぎくしゃくした動きでドアに駆け寄ると、両腕を広げ、十字架にはりつけになった操り人形のように立ちはだかった。「あなたはわたしのために働いているのよ。わたしを警察に突き出すことはできない」

私は財布から例の百ドル札をとり出し、相手の足元に放り投げた。彼女は拾おうとして屈んだが、私が逃げないよう、目は離さなかった。

「いいえ。おさめてちょうだい。もっと払います」

「有り金をはたいても足りませんよ。殺人は私の値段表のすごく上のほうにある」

「わたし、あの子を殺してなんかいないわ、その――ミスター・アーチャー。アリバイがあるでしょう」

「電話のアリバイは簡単にごまかせる」

「ごまかしてません。ごまかしようがないもの。わたしはこの部屋にいました。ホテルの交換台に訊いて。今日は昼すぎからずっと外に出ていません」

「だから話を聞いてもそんなに冷静なのかな？」私はドアノブに手を伸ばした。

「どうするつもり？」

彼女の冷たい手が私の手に覆いかぶさった。紙幣はくしゃくしゃの緑色の木の葉のように床に落ちた。ドアを背に足を踏んばり、獲物を前にしたテリアのように息をはずませている彼女は気づきもしなかった。

「交換台の女の子に会ってみよう、もし同じ子がまだ当直ならね」

「電話を扱ったのはフロント係だったわ。あの男の声だった」

「わかった、フロント係に話をしよう。そのあと、あなたと私はこの件を詳しく話し合う」

「警察は？」

「あなたしだいだ。あなたの話がどこまで本当か、いずれわかる」

「いいえ。ここにいて。そんなことはしないで」言葉の切れ目ごとにぜいぜいと喘いだ。

私はノブを回し、引っ張った。彼女はドアにもたれて坐りこみ、言葉のない悲鳴をあげはじめた。ドアを開けたので、彼女は横へ押しやられた。両脚を広げ、大口をあけた女は、おどろおどろしい赤っぽい光の中で私を見あげ、私は彼女を見おろした。彼女は聞くにたえない金切り声をずっとあげ続けていた。私は重いドアを閉め、音を遮断した。

フロント係は私を見るとうれしそうににっこりした。高価なスイートに泊まり、本物の豹毛皮とおそらくは本物のダイヤモンドを身につけたレディをお友達に持つ、幸運な旅行者というのが私なのだ。

「私はミセス・ラーキンの事務を扱っているんだがね」私は言った。「部屋の勘定書きを見せてもらえるかな？」

「かしこまりました、サー」脇のファイル用引出しから大型のカードを一枚引き抜くと、彼は磨きあげたカウンター越しに、内緒話をするように身を乗り出した。「ミセス・ラーキンはまだしばらくご滞在だとよろしいんですが。チップをはずんでくださいますのでね。働く者たちのやる気が向上いたします」恥ずかしげにつぶやくような小声になった。「もしや、ハリウッド関係の方でいらっしゃいますか？」

「彼女が教えたとは、驚きだな」

「ああ、いえ、お教えになったわけでは。推察したまでです。本当に上流の方は一目でわかります。もちろん、手がかりはありましたがね」

磨いた楕円形の爪がカードのいちばん上の部分を示した。ユーナは自宅住所として〈ハリウッド＝ローズヴェルト・ホテル〉と記していた。その下の勘定書きの部分に挙げられているのは三点だけ——スイートの宿泊料十二ドル、これは前払いを済ませてある。電話料金三ドル三十五セント。それにルーム・サービス二ドル二十五セント。

「丸一日もいないのに」私はいかにもけちけちした態度で言った。「三ドル三十五とは、電話料にしてはかなりのカネに思えるがね」

男の口ひげが、今にも吸いこまれそうに鼻孔のほうへあがった。「いえいえ、まったく正しい金額でございます。お電話は一回だけで、長距離、指名通話でございました。わたくしが自分で扱いましたので」

「それはめずらしいことじゃないかね？」

「ならよろしいんですがねえ。昼番の交換手は五時までで、夜番の交換手がちょっと遅刻いたしまして。ミセス・ラーキンがフロントに電話してこられたときには、わたくしが交換台におりました」

「五時に？」

「たぶん一、二分すぎですね。ちょうど交換台に坐った、そのときでした。交換台というのはおもしろいと、昔から思っておりました」

「ミセス・ラーキンだったのは確かかね？」

「ええ、間違いございません。とても変わったお声でいらっしゃいますから。女優さんでしょうか、性格女優とか？」

「鋭いな」私は言った。「たいした性格の女性でもある。しかし、電話一本にこんなにかかったとは、信じにくいなあ」

「お尋ねになってください！」気にさわったのだ。ちょっとのことがすぐ気にさわる男だった。「どうぞご本人にお尋ねください」

「ミセス・ラーキンはこういう些細なことでわずらわされたくない。実際、それがいやだから私を雇っているんだ。ところで、その電話をかけた先がデトロイトなら、まあ理解できるんだがね」

「イプシランティでした」彼は熱をこめて言った。「イプシランティの〈ティカムサ・タヴァーン〉でした。デトロイトのすぐそばですよね？」

私は考えこむような表情をつくった。「さてと、イプシランティにいるミセス・ラーキンの知り合いというと、誰だろう？」

「相手のお名前はガーボルドでした。ガーボルドという男性への指名通話を依頼なさいました」しかし、熱のこもった態度にかげりが出てきた。彼はヤグルマギクの花瓶を見おろしたが、まるで害虫が隠れているのではないかと怪しんでいるような様子だった。

「ああ、もちろんだ。ガーボルドね。早く言ってくれればよかったのに。それならなんの問題もない。ミセス・ラーキンはちゃんと支払うよ」私はカードの下の端にイニシャルを書きこみ、すばやく立ち去った。

ユーナのほうがすばやかった。ドアを一度ノックしたが、答えはなかった。答えのかわりに湧きあがってきたのは、さんざん手間をかけて自分で自分の頭のつけ根にゴムの金槌を力まかせに振りおろした、そんな気分だった。

ドアに鍵はかかっていなかった。豹のコートは椅子の背から失くなっていた。寝室と浴室はきれいなままだった。私はユーナがやったように、非常階段を伝って外に出た。

ホテルの裏の路地で、ショールをまとい、黒いスカートを引きずった女が、背を丸めて開いたゴミ缶を覗きこんでいた。こちらを見上げた顔には、しわが果てしない網の目をつくっていた。

「女の人がここに降りてきたかな？　斑点のあるコートを着て？」

老いさらばえた女は歯の欠けた穴のような口からなにかとり出した。噛んでいたステーキの骨だった。「ええ《シー》」女は答えた。

「どっちへ行った？」

女はなにも言わずに骨を掲げ、路地の先を示した。私はポケットから小銭をとり出し、彼女のミイラじみた手に落としてやった。

「どうもありがとう《ムチャス・グラシアス》、旦那《セニョール》」インディアン女の黒い眼差しは、千年前に星を出た光のように、歴史の裏側からこちらを見ていた。

路地の先はホテルのガレージだった。ミセス・ラーキンは五分足らず前に車を出した、と言われた。新型のプリマス・ステーションワゴンだ。いや、ナンバーは記録していない。たぶんフロントに住所を残しているだろう。あっちで訊いてみてくれ。

第九章

私はオイルのしみついたコンクリートの傾斜路を上り、歩道の端に立った。この先どうするかは決まっていなかった。依頼人はいない、これという手がかりはない、カネもろくにない。ユーナの百ドルを突き返したことへの後悔が、小さくてがつがつした胃潰瘍のように心をさいなんでいた。絶え間なく揺すられている万華鏡のように、群衆は行き過ぎ、それが織りなす模様がうまく見分けられなかった。

土曜日の早い夕方の群衆だ。ジーンズに格子縞のシャツの農場労働者、制服の兵士、高校のウィンドブレーカーを着た少年などが一人あるいは二人で、グループで、さまざまな年齢と肌色の女たちを物色して歩いていた。帽子をかぶったきつい顔つきの女がビジネス・スーツの男を引っ張っていく。ハイヒールのブーツで足元のおぼつかないカウボーイは陽にさらされて色褪せた妻に寄りかかる。交差点の点滅する黄色いライトの下では、先を急ぐ車体の長いぴかぴかの車が隙間に割りこんで、ピックアップ・トラック、改造車《ホット・ロッド》、移民のおんぼろ車などと競り合っていた。私の車はまだマウントヴュー・モーテルの前庭に置いたままだった。私は人混みの中へ足を踏み出し、押されるまま南へ、幹線道路のほうに向かった。

幹線道路との交差点の向こう側の角に葉巻店があり、公衆電話の看板が出ていた。看板の下では、四人組のメキシコ人の青年が道行く人々を眺めながらぶらぶらしていた。一列に並び、コウノトリよろしく片脚を上げて店のショー・ウィンドウにもたれている。上げたほうの踵は窓敷居で支えられ、まくりあげたジーンズの下から色とりどりの派手なソックスがのぞいていた。横の壁には〈窓敷居に足をかけないでください〉と注意書きがついているが、守られていなかった。

私は群衆から離れ、店の中を抜けて奥の電話室に近づいた。裏手のカウンターではタクシー運転手が三人でさいころ博打をやっていた。地元の電話帳でサミュエル・ベニング医師の番号を調べ、ダイヤルを回した。電話は二十回鳴った。硬貨返却口で私の五セント玉がジャックポットを当てたときのドル銀貨なみの華やかな音を立てた。

正面ドアに到達する前に、ショー・ウィンドウの向こうを若い女が通り過ぎた。一人で南へ向かって歩いていく。四人の青年は機敏に体を起こし、滑稽な寸劇を始めた。端の男がすぐ隣の男を押し、女にあやうくぶつかりそうになる。男が体勢を立て直し、三番目の男のダックテール・ヘアをくしゃくしゃにすると、この男は四番目の男の腹にパンチを食らわせた。四人は店の入口の前でふらふらしながら、息を切らせて笑うふりをしていた。

私は男たちを押しのけて外に出た。さっきの女は振り返り、軽蔑した表情を見せた。グレーの縞柄の制服から白い薄手のブラウスと白いスカートに着替えていたが、顔はわかった。ドクター・ベニングの医院で、私に待合室へ行くように告げた、黒い目の小太りの女だった。首のうしろがむずがゆくなってきた。偶然という名の性悪な女神に以前嚙みつかれたのと同じところだ。

女はかわるがわるに動く柔らかい丸々した腰の上で、赤いリボンで結んだポニーテールの黒髪を振りながら歩き続けた。私はいやな気分であとをつけた。この女は体の幅が広くて腰が太いが、ルーシーは細身で軽い足どりだった。それでも、彼女はなぜかルーシーを思い出させたのだ。ルーシー同様に、いかにも行き先は承知しているという歩き方だった。向かったのは私がルーシーを初めて見たのと同じ地域だった。彼女が道路を横断して〈トムズ・カフェ〉に入ったとき、いやな気分は痛みを増した。

ガラスのドアの内側で、彼女は立ち止まって方向を確かめた。それから、奥のブースの一つに針路を定めた。そのブースには、ドアに背を向けて男が一人坐っていた。ベニヤ製の低い仕切りの上にパナマ帽が見えている。彼は女を迎えようと立ちあがりながら、らくだの毛のジャケットのボタンをはめた。座席とテーブルとのあいだに腰をすべらせて移動する女に覆いかぶさるように立った男は、いかにもうれしそうだ。献身のしるしの最後の一つとして、帽子をとり、太った白い指で短く刈った豊富な茶色い髪を撫でつけてから、女の向かい側に坐った。マックス・ハイスは魅力を発散していた。

私はカフェの左側の壁全体を占めているバーへ行った。反対側の壁沿いのブース席は満員で、バーも土曜日の夜の飲み客で混みあっていた——兵士たちに連れられ、甲高い声を上げている黒髪の娘たちは、バーに来るには若すぎるように見える。髪にパーマをかけ、無愛想な顔をした中年の女たち。若返ろうとして、しょうこりもなくやって来る年老いた男たち。酔っ払った労働者相手に日銭を稼ぐ、アスファルト色の目をした娼婦たち。街の上流地区から脱走してきた数人は、酒にいつもの自分を溺れさせて、別人に生まれ変わる。バーのうしろでは、がっしりした体にエプロンを着けたギリシャ人が哀しげな微笑を絶やさず、燃料、媚薬、催眠剤となる酒を提供していた。

私はライ・ウィスキーのストレートを注文し、立ったまま飲みながら、バーの鏡に映るハイスを見張った。彼はテーブル越しにぐっと身を乗り出し、黒い瞳の女は、びっくりしながら喜んでいる表情を見せていた。

彼の背後のブースから客が出ていったので、私はテーブルが片づけられる前に席をとった。店はひどくやかましかった。バーのがやがやいう人声にかぶさって、ジュークボックスがなりたてている。正面の酒のカウンターの脇にある電動シャッフルボードが、ときどき威勢よく機関銃のような音をたてた。私は座席の角に背をもたせ、耳をベニヤ板に押しつけた。一ヤード先で、ハイスがしゃべっていた。

「今日はずうっときみのことを考えてたんだ。大きなきれいな瞳を夢見てね。大きなきれいなエトセトラのことも坐って夢見てたんだよ。エトセトラってなにか、わかるだろ、フロッシー？」

「見当はつくけど」彼女は笑った。シロップでうがいをするような音だった。「冗談がお上手ね。ところで、あたしの名前、フロッシーじゃないわよ」

「じゃ、フロリーか。どうだっていいだろ？　もしきみが世界でただ一人の女の子ならさ、まあ、ぼくにしてみりゃ、そんな感じなんだけど、それなら名前くらいなんだっていうんだ？　きみこそぼくの理想の女の子なんだよ。だけど、きっとたくさんボーイフレンドがいるんだろうな」どうやらマックスは一日中飲み続けだったのだろう。ここまでやると、なにを言っても音楽にのせた詩のように聞こえる。

「たくさんいる、わけじゃないわ。ともかく、あなたには関係のないことよ、ミスター・デズモンド。ろくに知らない相手なのに」とはいえ彼女は恋愛ゲームを心得ていた。

「ほら、こっち側に来て、ぼくをもっとよく知ってくれよ、お嬢さん。フロリー。かわいい女の子にお似合いのかわいい名前だな。きみは花のような口をしてるって言われたことがあるかい、フロリー？」

「ほんとに口がうまいのね、ミスター・デズモンド」

「な、ジュリアンと呼んでくれよ。さあ、こっちに来て。警告しとくよ、安全じゃないからね。大きなきれいなエトセトラにぐいっと近づくと、かぶりつきたくなるんだ。あぶないぞ」

「おなかでもすいてるの？」かさこそと音がして、娘が近いほうの席に移ったのがわかった。「ところで、ジュリアン、ちょっとおなかすいちゃったの。なにか食べてもいい？」

「ぼくはきみを食べちゃうぞ」マックスの声はくぐもっていた。「ま、その前にきみを太らせたほうがいいよな？　ステーキと、なにか飲み物？　そのあとは、さあどうなりますか？　誰にわかる《キエン・サベ》、ときみの国では言うんじゃない？」

「あたしはアメリカ語しか話しません」彼女はぴしりと言い返したが、そこをはっきりさせると、また緊張を緩めた。「ステーキ、いいわね、ジュリアン。あなた、ほんとに楽しい人だわ」

ハイスはウェイトレスを呼んだ。ヘンナで染めた髪をだらしなく垂らした女が、足が痛むのか、小股で近づいてきた。「なにになさいますか？」

「こちらのレディにはステーキ。ぼくはもう食事をすませた」

「ええと、シェリーをお飲みですよね」

「うんとドライなシェリーだ」デズモンドことハイスは言った。

「はい、うんとドライなのですね」女は横を向き、一言つぶやいた。「そんなにドライがよければ粉にしとけば」

「あたしはアレキザンダー（ジン、クレームドカカオ、クリームを使ったカクテル）ね」娘は言った。

「ああ、好きなのをやってくれ」その声からは自腹出費の憂鬱が聞きとれた。「フロリーにはなんでも最高のやつでなきゃな」

外の通りから女が一人入ってきて、足早にブースの列に沿って歩いていった。勢いのいい動きにつれて肩幅の広い黒いコートがうしろにひるがえり、下から白い制服がのぞいた。女は私を見なかったが、私は女を見て、もたれていた背を伸ばした。彼女はハイスとフロリーの横で足を止めた。冷たい陶器のような顔の中で青い目がぎらりと光った。

「あ、ミセス・ベニング。ご用でしたか？」フロリーの声は小さく、きんきんしていた。

「仕事を終えていないでしょう。今すぐ帰って、すませなさい」

「仕事はすませました、ミセス・ベニング。言われたことはぜんぶやりました」

「わたしにたてつくの？」

「いいえ、でも今日は土曜日です。土曜の夜は休む権利があります。そうでなきゃ、いつ遊ぶ時間がとれるんですか？」

「遊ぶのはけっこうですけどね、あなたはうちの私的な事情を汚らしい覗き屋に売り渡しているのよ」

「なんだって？」ハイスは明るい調子で口を挟んだ。「失礼だがね、どういう意味です、レディ？」

「レディなんて呼ばないで。さあ、一緒に来るのよ、フロリー？」女の声は低かったが、過充電した回路のようにやかましく響いていた。

「なにかまずいことでも、マダム？」背後からウェイトレスがてきぱきと声をかけてきた。ミセス・ベニングは振り返ってウェイトレスを見た。その顔は私には見えなかった。黒い髪をした頭のうしろがこちらを向いていた。ウェイトレスはメニューを盾のように胸に抱えてあとずさった。

ハイスは立ちあがった。相手ほど背が高くない。「どなたか存じませんがね、レディ。これだけは言わせてもらいますよ。公衆の面前でぼくのガールフレンドにからむのはやめてください」強気の態度をなんとか顔に出そうとしていたが、彼の水っぽい眼差しは女の目とあうなり、だらしなく流れ去った。

女は彼のほうに身を乗り出し、低く響く単調な声で話しだした。「あなたの正体なら知っています。うちを見張っているのを見かけました。フロリーに話をしているのもオフィスの内線で聞きました。警告しておきます。彼女に近づかないで。そして、とりわけわたしには近づかないでください」

「フロリーには友達と会う権利がある」ハイスは世慣れた男の物腰でいこうと決めたが、すぐさま失敗した。「ミセス・ベニング、というのがお名前らしいが、あなたになど手も触れやしませんよ。猫の餌にだってしたくは――」

彼女はハイスの面前で高らかに笑った。「そんな機会はどうせありませんよ、おちびさん。さあ、さっさと自分の穴に這い戻りなさい。もしまた見かけたら、モグラ叩きみたいに棒で張り倒しますからね。いらっしゃい、フロリー」

フロリーはテーブルに両腕を置き、頭を下げて坐っていた。おびえながらも、頑固な様子だ。ミセス・ベニングは彼女の手首をつかみ、ぐいと立ちあがらせた。フロリーは逆らわなかった。足を引きずりながら、ミセス・ベニングについてドアまで行った。外の黄線を引いた歩道際でタクシーが待っていた。私が通りに出たときには、車はもう出ていき、車の群れに紛れて見えなくなっていた。

歴史が繰り返されている、という不快な予感がした。その予感がさらに昂じたのは、背後からハイスが近づいてきて、私の腕にさわったときだった。彼はなにかにつけて人に触れる。そうやって自分が人類の一員であることを確認しているのだ。

「モグラ獲りの毒でも食らえよ」私は言った。

青白い顔の中で、血管の浮いた鼻が目立った。「ああ、あんたの姿は店の中で見た。おれは見捨てられたとばかり思ってね。その悲しみを癒そうと、ぴちぴちしたメキシコのサボテン・キャンディを楽しんでいたんだ」

「彼女から情報を搾り出してたってことか」

「見くびるなよ。フロリーならとっくの昔に搾りつくしちまったさ！　女ってやつはおれに抵抗できない。おれのなにがそんなに効くのかなあ」よく動く口は超過勤務を続け、今では自慢に戻っていた。

「どういう話なんだ、マックス?」

「ごめんだね、アーチャー。割りこむチャンスをやったろう、今日の午後。でもおれにはかまいもしなかった。今となっては、こっちもあんたにかまいもしないよ」

「それなりの方法で聞き出せっていうのか」

「違う。小指一本でも触れてみろ、大声でわめいてやるからな」保護を頼るかのように、気どった目つきでそばを行き過ぎる群衆を見た。

「ご存じないようだな」私は言った。「それはおれのやり方じゃない」

「あんたのことなら、知りたいだけ知ってるとも」彼は言った。「今日の午後、すげなく突き放したじゃないか」

「もういいだろ。例のアロヨ・ビーチの失踪者とはどうつながってるんだ?」

「よしてくれ」彼は店の正面の角の柱にもたれた。「ただで情報をくれてやる? おれにはただでなにかくれるやつなんかいないぜ。あっちこっち必死にひっかきまわしてやっと手に入れるんだ」口紅のついたハンカチで顔を拭いた。

「あんたからなにか奪いとろうというんじゃない、マックス」

「なら、けっこう。じゃあな。会えてうれしくなかったわけじゃないぜ」彼は立ち去ろうとした。

私は言った。「ルーシーは死んだ」

彼の足が止まった。「なんだって？」

「今日の午後、ルーシーは喉をかき切られた」

「騙そうたってその手はくわない」

「死体置き場へ行って、その目で確かめたらいい。あんたが知っていることをおれに教えないつもりなら、警察に教えてやれ」

「そうするかもしれない」彼の目は背後から照らされた茶色いめのうのように輝いた。

「それじゃ、あらためて、さよなら《ボン・ソワール》」

彼は一、二度こそこそとうしろを振り返りながら歩き去り、北方向へ向かう歩行者の流れにまじった。私はあとを追いかけて力まかせに真実を吐かせてやりたいと思った。だが、それは私のやり方ではない。そう言ったばかりだし、その言葉に嘘はなかった。

第十章

マウントヴュー・モーテルから車に乗り、ベニング医師の家に向かった。白いペンキを塗った窓の内側に明かりはなかった。雑草が生い茂る庭の向こうで、長いあいだ誰も住んでいなかった空き家のように見える。背の高い灰色の正面壁は、背後から角材で支えられた舞台セットさながら、赤黒い空を背景にあぶなげに立っていた。

呼び鈴を鳴らすと、家は立体感をとりもどした。壁の向こう、ずっと奥のほうで、網にかかった虫のようにブザーが響いた。しばらく待ってまた鳴らしたが、誰も答えなかった。両開きのドアの両方に、幾何学模様を入れた昔風の磨《す》りガラスのパネルが嵌まっていた。その一つに顔を押しつけて中を覗いたが、なにも見えなかった。ただ、角の一つでガラスにひびが入っていて、押すとぐらぐらするのがわかった。

私は片手に運転用手袋をはめ、ひびの入った角に拳をつっこんだ。ガラスは中の床に落ちて粉々になった。しばらく待ち、通りの左右を確かめ、もう一度呼び鈴を鳴らした。誰も答えず、歩道に人も通りかからなかったので、私は三角形の穴にそっと腕を差し入れ、イェール錠をすばやく開錠した。

手袋をしたほうの手でドアを閉め、また施錠した。足の下で割れたガラスが音を立てた。壁に沿って手探りで進み、待合室に入るドアを見つけた。外の通りからわずかな光が窓越しに射しこみ、部屋は顔立ちの整った老女がその顔をヴェールでしっかり覆っているような、不確かな美しさを見せていた。

隅のデスクの背後にファイル・キャビネットがあった。小型の懐中電灯をつけ、体で光をさえぎりながら、〈現行患者〉の引出しを見ていった。カンバーウェル、カーソン、クーリー。ルーシー・チャンピオンのカルテはなかった。

明かりを消し、壁伝いに進んで、隣の部屋のドアに近づいた。ドアは数インチ開いていた。隙間を押し広げて体をすべりこませて閉めた。また懐中電灯をつけ、光のつくる白い指で壁と家具をつつき回った。部屋の中にはオーク張りの大きなデスクと回転椅子、そのほかに椅子が二脚あり、古い三段の組み立て式本箱には医学書や雑誌が並んでいるが、いっぱいではなかった。本箱の上の白塗りの壁には、額に入れた卒業証書が掛けてある。一九三三年六月発行で、聞いたことのない医科大学のものだった。

開いているドアを抜けて次の部屋に入った。壁は模様入りの油布を張り、床はリノリウムだ。奥の壁には、以前そこにあったガス・レンジの輪郭を示す茶色っぽいしみが残っている。今ではそこに、茶色いペンキ塗りのスチール枠に黒い人工皮革をかぶせた調節式診察台が置いてあった。その脇の壁際には、使い古された白いエナメル製用具戸棚と滅菌装置がある。部屋の反対側、ブラインドをおろした窓の下の流しには、蛇口から絶え間なく水が漏れていた。私はその先の閉まったドアまで行き、ノブを回した。鍵がかかっていた。合鍵を試してみると、二本目でドアがあいた。懐中電灯の光が死の象牙色の嘲笑を照らし出した。

私の目の高さより六インチ上から、骸骨の暗い眼窩がうつろに見おろしていた。一瞬ぎくっとして、巨人の骨かと思ったが、よく見ると、長い爪先の骨が床から一フィート近く上でぶらぶらしていた。何本もの針金で頭上の横木にとめつけた体全体の骸骨がクロゼットの中に吊りさげてあるのだ。関節は針金でていねいに連結され、ドアを開けた動きにつれて、骸骨はかすかに揺れた。その影が横縞をつくり、クロゼットの奥の壁にちらついた。見たところ、男の骨らしい。同じ男同士だ、その肉のない手をとって握手すべきだという気持ちが湧いた。ここにひとり寂しくいるのではないか。だが、彼に触れる勇気は出なかった。

家のどこかで、ネズミの鳴き声くらい小さく、ドアか床板がきしんだ。喉が締めつけられ、呼吸が苦しくなった。耳を澄ますと、自分の喉の奥でかすかにぜいぜいという音、蛇口から水が滴る音が聞こえた。震える指でクロゼットのドアにあわててふたたび錠をかけ、鍵をポケットにしまった。

消した懐中電灯を手に、真っ暗な中を手探りで診察室のドアまで戻った。敷居に張った金属の細い帯の上に片足をのせたとき、明かりがついて、顔に当たった。ベニング医師の妻が反対側の壁に背をつけて立ち、片手を照明スイッチに触れていた。微動だにせず、壁面装飾《フリーズ》に描かれた人物、壁そのものの一部だとしてもおかしくないほどだった。

「なにをしているんですか？」

私はかすれる声で答えを搾り出した。「先生がいらっしゃらないから、中で待たせてもらおうと思いまして」

「押し込み？　ヤク中？　このオフィスに麻薬は置いていませんよ」

「質問があって来たんです。オフィスから答えが見つかるんじゃないかと思った」

「なんの質問？」揺るぎない手に握られた小型のオートマティックはガンメタル・ブルーで、彼女の目も同じ色になっていた。

「銃をしまってください、ミセス・ベニング。そんなものを突きつけられていては、話ができない」

「話ならできます」彼女は壁から体を引き離し、こちらに近づいてきた。動いていてさえ、その体はしんとして冷ややかに見える。だが、雪の吹きだまりの下に隠れた地雷のような力が感じとれた。「あなたも同類、低級な覗き屋ってわけね」

「中程度ですよ。フロリーはどうなりました？」

彼女は部屋の真ん中で止まった。両足を開いて踏んばっている。銃の色をした目の瞳孔は暗い空洞で、体の中央からこちらを向いた銃口と同じだった。

私は言った。「その銃が火を噴いて私を傷つけたら、あなたは非常に困ったことになる。しまってください、必要ない」

言葉は聞こえてもいないようだった。「前に見かけたと思ったのよ。カフェにいたわね。フロリーがどうなったかは、彼女とわたしのあいだのことで、ほかの誰にも関係ないわ。お給料を払って解雇しました。悪い噂を漁り回る連中に話を売るような召使いは許しておけません。これで質問の答えになったかしら？」

「一つだけは」

「けっこう。じゃ、今すぐ出ていきなさい。さもないと、警察に押し込みで逮捕してもらいますよ」銃が動いたのはほんのわずかだったが、肌に爪を立てられたように感じた。

「そんなことはなさらないと思いますね」

「するかしないか、もうしばらくここにいて確かめたい？」彼女はデスクの電話に目をやった。

「そのつもりです。あなたには弱みがある。そうでなければ、すぐに警察を呼んでいたはずだ。ところで、あなたは医者の奥さんらしい話し方をしませんね」

「結婚証明書を見たいの？」彼女は小さくほほえみ、白い歯のあいだから舌の先をのぞかせた。「それとも、わたくしの婚姻を実証する書類をご覧になりたいと熱望されていらっしゃるのかしら。ほら、わたしは話す相手によって、違う話し方ができるのよ。ゴミの漁り屋が相手なら、銃で話すこともね」

「漁り屋という言葉は気に食わないな」

「この方、お気に召さないんですって」彼女は誰にともなく言った。

「私があなたからなにを求めていると思うんです？」

「おカネ。それとも、体で払ってもらおうっていうタイプ？」

「それもいいかな。後日までお預けってことで。今はまず、ルーシー・チャンピオンがこのオフィスでなにをしていたかを知りたい。銃をしまうつもりがないんなら、安全装置をかけてください」

彼女はまだ足を踏んばり、サーファーがボードにしがみつくような緊張感をもって銃を握りしめていた。張りつめた筋肉が誤って引き金を引き、私が撃たれる可能性はある。

「この人、おびえてるわ」さげすむように口をゆがめたが、親指で安全装置をかけた。

「ルーシー・チャンピオンがなんですって？　ルーシー・チャンピオンなんて人は知りません」

「今日の午後、ここに来た有色の若い女性です」

「ああ、あの子。ドクターのところにはいろんな患者が来るから」

「その多くが殺されますか?」

「おかしな質問ね。でも、笑ってはいないわ、気がついた?」

「ルーシーも笑っていない。今日の午後、喉をかき切られたんでね」

彼女はその情報を震えずに飲みこもうとしたが、動揺は隠せなかった。つっぱった体は前にも増して、危険な波に乗ってぐんぐん進んでいくサーファーのようだった。

「死んだというのね」彼女は抑揚なく言った。

「そうです」

目を閉じ、倒れはしなかったが、彼女の体がぐらっと揺れた。私は大きく一歩進み出て、その手から銃をとりあげ、クリップをはじき出した。薬室に弾薬は入っていなかった。

「知り合いでしたか、ミセス・ベニング?」

そう訊かれて、彼女は立ったままの失神状態から抜け出した。目が開いた。その瞳はまた瓦のようなブルー、なにも染み透さない色に戻っていた。「主人の患者の一人でした。当然、彼はショックを受けるでしょう。ああ、そのオートマティックは主人のものです」

彼女は今では上品な奥様の仮面をかぶり、声もそれに合わせていた。

私は銃をデスクに投げ、クリップは離さなかった。「クロゼットの中にある骸骨もご主人のものですか?」

「なんのことかわかりませんわ」

「お好きなように。ルーシー・チャンピオンが死んだと言ったときは、なんのことかちゃんとわかっていたでしょう」

真っ黒な髪の下で白々と見える額に片手があがった。「死は耐えられません、ことに知っている人の死は」

「どの程度の知り合いだったんです？」

「患者だった、と言ったでしょう。二、三度会ったことがあります」

「どうして彼女のカルテがないんですか？」

「カルテ？」

「現行患者のファイルに」

「知りません。あなた、わたしをここに一晩中立たせておくつもり？　警告しておきますが、すぐに主人が帰ってきます」

「結婚して何年になりますか、ミセス・ベニング？」

「よけいなお世話よ。さあ、さっさとここから出ていって。さもないと、本当に警察を呼びますからね」

言葉に説得力はなかった。ルーシーが死んだと告げられてから、彼女の中に力はなくなっていた。目を覚まそうとあがいている夢遊病者のように見えた。

「どうぞ呼んでください」

彼女は純粋な嫌悪を浮かべた顔で私を見た。「ウグッ」吐きそうになったような音だった。「勝手になさい。汚いことでもなんでもやればいい。とにかく、わたしの目の前から消えて」

乳房の上半分が、冷たく震える一対の月のように、制服の布を透かして淡く光った。私は彼女の脇をすり抜けて外に出た。

第十一章

アスファルト舗装の州道が私の車のヘッドライトの下に使い古しのタイプライター・リボンのように繰り出されていった。それはベーラ・ヴァレーを海から隔てる石の荒地を縫い、切り立った峡谷《キャニヨン》の壁にしがみつき、暗闇にそびえる峰々の肩をめぐっていた。長く感じられる山道の四十マイルを走ったあと、道路はようやく海岸沿いの窪地に達した。遅い月が海の向こうに重たげに昇ってきた。

国道一〇一号線代用道路との交差点から北へ五分行くと、アロヨ・ビーチの街の明かりが道路に沿って点々と見えてきた。モーテル、ガソリン・スタンド、不動産屋、広いパティオのあるステーキ・ハウスなどが、ネオンに縁どられた輪郭を闇に浮かびあがらせている。私はガソリン・スタンドのポンプの脇に車を寄せた。給油してもらうあいだ、公衆電話はあるかと係の男に訊いた。くたびれきった様子の老人で、灰色のつなぎに黒革の蝶ネクタイという制服姿だ。見た目も臭いも、モーター・オイルの風呂に入ったかのようだった。男はオイルのしみついた親指をぐいと突き出し、さっき出てきた一間《ひとま》の事務室のほうに向けた。

地元の電話帳は薄いパンフレットで、壁の電話に鎖でつないであった。ミセス・チャールズ・シングルトンは堂々たる存在だった。住所はアラミーダ・トパンガ一四一一番地、電話番号も一四一一だ。第二の番号が門番小屋の電話として載っていて、第三は運転手のアパートメント、第四は庭師のコテッジ、第五は執事の食器室だった。

係員が釣り銭を持ってきたとき、アラミーダ・トパンガの位置を尋ねた。

「誰を探しているんだね？」

「とくに誰ってわけじゃない。観光さ」

「夜のこんな時間に名所見物かい」私をじろじろ見た。「アラミーダにはパトロールの警備員が出てるよ、夜はね。あんたはガーデン・クラブの会員には見えないしな」

「不動産に興味があるんだ。このあたりはいい土地だと聞いた」

「いいなんてもんじゃない。あのでかいホテルが建って、金持ち連中がマリブーからこっちに移ってきて以来、土地は黄金を敷きつめたくらいの価値になった。おれも土地持ちならいいのにと思うよ。手に入れられたんだ。戦争前に女房が貯金をちょいと使わせてくれてたら、五エーカーくらい、ただ同然で買えた。今頃は左うちわだったろうよ。だけど、女房は無駄金は使うなと言ってね。あそこは死んだ土地だ、金持ち連中は出ていって、もう戻ってこない、と言ったんだ」笑い声は苦く、止めようのない老人の咳のように聞こえた。

「残念だったな」私は言った。「アラミーダはどこなんだ？」

丘の向こうは約束の地だとでもいうような身振りで、彼は暗い丘陵地帯を指さし、道順を教えてくれた。私は次の交差点でそちらの方向へ曲がり、地区のはずれまで行った。ゴミの散らばった空き地が国境の無人地帯のように、郊外のコテッジと豪壮な宅地をあちこちで隔てている。ユーカリの灰色の木の幹が両側に立ち並び、頭上で枝が合わさってアーチをなしている並木道に入った。道は生垣に囲まれたポロ競技場の脇を通り、ゴルフ・コースを横切った。遠くに見える明かりのついたクラブハウスの周囲にはたくさんの車がとまっていた。風に乗って音楽が耳に届いた。

道路は丘を上っていった。斜面は階段状に切り開かれ、お手軽な人工煉獄へ続く段々のようだ。さまざまな建物がちらちらと目に入った。ガラスとアルミニウム製の、家というより生活機械が、冷たい月光に照らされて手術用具のようにきらめいている。ヴェニスの宮殿、コートダジュールのヴィラ、スペインの城。ゴシックの庭、ギリシャの庭、ヴェルサイユの庭、中国の庭。植物は生い茂っているが、人の姿はなかった。きっと、この高地の空気はあまりにも希薄かつ高価で、人間の呼吸系統には適していないのだ。ここはカネが土地の上に植物を生み殖やす地上の楽園だった。人は存在意義がない。ただし、たまたまカネか土地を持っている人間は別として。

〝一四一一〟と書かれた石の門柱があり、そのうしろに控えるチューダー様式のコテッジの鉛枠の窓は暗かった。ゲートは開いていた。広々と長い道が延びている。私の棺の名誉付添い人のようなイチイの並木を抜け、月光と向き合った白いパラディィオ様式の豪奢なヴィラに着いた。

太い柱に支えられた車寄せのひさしの下に駐車し、脇の入口についた旧式な呼び鈴を鳴らした。分厚い羽目板張りのドアの向こうから、静かなためらいがちの足音が近づいてきた。錠の中で鍵が音高く回り、若い女が顔を出した。その顔に柔らかい栗色の髪が影を投げていた。

「なんのご用でしょうか？」声も静かでためらいがちだった。

「ミセス・シングルトンにお目にかかるには、時間が遅すぎますか？」

私は名刺を渡した。彼女は明かりのほうへ横顔を向けた。柔らかい顎、蜂に刺されたようにふっくらした柔らかい唇、まっすぐで正直そうな鼻。目は影に覆われたままだったが、それでもとても若い人だと見てとれた。

「調査員」彼女は言った。「というと、あの探偵社の方ですか？　ミセス・シングルトンの面会には遅い時間です。あまりお具合がよろしくないので」

「私は個人で探偵社を経営しています」

「そうですか。でも、ご用件はチャーリーの――ミスター・シングルトンのことですね？」

「では、まだ失踪中なんですか」

「はい。そうです」

「手がかりを差し上げられるかもしれません」

「本当ですか？　どこにいるかわかったとお考えですの？」

「そこまではまだ。この――一件に偶然ぶつかったのは、ほんの今日のことなんです。彼の失踪の経緯さえ知りません。懸賞金が今でも出ているのかも」

「出ています」彼女は不審げな薄い微笑を浮かべて言った。「偶然ぶつかったというのがなんなのか、教えていただけますか？」

遅い時間だろうとなんだろうと、私はミセス・シングルトンに会いたかった。若い女に向かって、考えつくかぎりでいちばん重苦しい答えを投げてやった。「死体です」

彼女の片手がおびえた小鳥のように、胸に飛び上がった。「チャーリーの？　まさか、チャーリーではないでしょう？」

「ルーシー・チャンピオンという名前の有色の若い女性です。喉をかき切られました。彼女をご存じでしたか？」

答えはなかなか出てこなかった。嘘をつこうとしているのだが、うまくいかないのだろう。「いいえ。存じません。いったいどういう関係が――？」声が途切れた。

「彼女はシングルトンの失踪と懸賞金についての新聞の切り抜きを持っていました。そのことで、あるいはこちらを訪ねたのではないかと思ったのです。警察もたぶん同じことを思いつくでしょう、そのうちにね」

「その方はこのアロヨ・ビーチで殺されたのですか？」

「ベーラ・シティです」彼女が地名におぼえがなかったようなので、私は言い添えた。「ヴァレーにある内陸の街です。ここからだと、直線距離でおよそ三十マイル」

「お入りください」彼女はまた名刺を確かめた。「ミスター・アーチャー。ミセス・シングルトンがお目にかかれるかどうか、訊いてまいります」

彼女は私を玄関ホールに立たせたまま、ホールを抜け、明かりのついた部屋の戸口へ向かった。高価で悪趣味な赤錆色のニット・スーツを着ているせいで、少なくともうしろから見ると、太り気味に見えた。動きには生娘らしいぎごちなさがあり、ふいに発達した肉体が与えてくれた豊かな富のおかげで動きが思うにまかせないかのようだった。

数分の時間つぶしに、私は壁に掛かった一連の中国絵画を見た。知恵の象徴である巨大な耳たぶを持った一人の中国紳士が、徒歩で谷を抜け、川を渡り、山を越えて、雪の中の聖堂まで旅をする。絵は七枚あり、それぞれが旅の各段階を描いていた。

娘が戸口に現われた。茶色い髪が背後から明かりを受けて後光のように見えた。「ミスター・アーチャー、ミセス・シングルトンがお目にかかります」

部屋の高く白い天井と壁の境にはドリス式蛇腹がついていた。壁沿いの本箱には、白い子牛革で同一の装丁を施した本がずらりと並んでいる。本箱の合間のそこかしこに絵画が掛かっていて、その一枚、低い襟ぐりのドレスを着て笑っている少女の絵は、ワットーかフラゴナールの作品かもしれない。背もたれの湾曲した白いソファに、どっしりした体格の灰色の髪の女が坐っていた。

角張った顎に濃い眉毛、不運な女性がときに父親から受け継ぐ種類の顔だった。やや馬面とはいえ、若いころはそれなりにきれいだったかもしれないが、年齢とわがままを重ねるうち、骨格はこわばり、皮膚の下からまるで隠し大砲のように突き出ていた。しまりのない体は、喪服になりそうな黒絹のドレスに包まれている。一枚岩のような黒い膝の上で目につく薄黄色の両手は、たえず震えていた。

彼女は咳払いした。「おかけください、ミスター・アーチャー、この肘掛椅子に」私がそのとおりにすると、先を続けた。「では、あなたはどういう方なのか、お教えください」

「認可を受けた私立探偵です。仕事の大半はロサンジェルスでやっていて、オフィスもそちらにあります。戦争前には、ロング・ビーチ署の部長刑事でした。こちらの若い方に名刺をお渡ししましたが」

「シルヴィアから見せてもらいました。それに、あなたがずいぶんショッキングな情報をお持ちだとも聞かされています。有色の若い女性のこととか？」

「ルーシー・チャンピオンという名前です。ベーラ・シティのモーテルで、喉を切られて死んでいるのを私が発見しました。ハンドバッグにベーラ・シティの地方紙の切り抜きが入っていたのですが、息子さんの失踪と、あなたが提供する懸賞金のことが報道された記事でした。それで、もしかすると懸賞金を請求しようとしたために殺されたのかもしれない、という可能性が頭に浮かびました。彼女は息子さんがここから出ていったのとほぼ同じころ、二週間前に、ベーラ・シティに現われた。とすると、彼女はあなたに接触したかもしれないと思いました」

「ずいぶん薄弱な根拠に基づいて結論を引き出していらっしゃるのではありませんか？」ミセス・シングルトンの声は低く、教養を感じさせるしゃべり方だった。その手は神経質な二匹のサソリのようにうごめき、たがいをつつき合っていた。「まさか、わたくしどもがその娘さんの死に、あるいは人生に、なんらかの関わりがあるとお考えではありませんわね？」

「説明が足りませんでした」——もっとも、説明なら充分したと思っていたのだが。「息子さんが犯罪行為に遭遇したとします。ルーシー・チャンピオンはなにが起きたか、誰が悪いのか、知っていたとします。もし彼女がそういう種類の情報を持って、あなたのところに行く、あるいはその筋に届け出るつもりだったとすれば、ああいう目にあったのも無理はない」

ミセス・シングルトンは私の話を耳に入れたという様子をまったく見せなかった。勝手にいらいらと動く両手を、絶縁したい相手のように見おろしている。「煙草に火をつけてちょうだい、シルヴィア」

「はい」ソファの端に坐っていたシルヴィアが立ちあがり、象牙製の箱から煙草を一本とり出すと、青ざめた唇でしっかりくわえ、テーブル・ライターの炎を近づけた。

ミセス・シングルトンは深々と吸い、煙を口と鼻孔から吐き出した。煙は彼女の顔や頭の隅々まで霧のように這いあがり、その目すら煙色に見えた。「うちの息子が有色の娘と一緒にベーラ・シティへ駆け落ちした、とほのめかしていらっしゃるわけではないでしょうね」

「まあ、ミセス・シングルトン！」シルヴィアは思わず声を上げた。「この方、そんな意味でおっしゃったんじゃありません」それから、自分の立場を思い出した。そこに控えているだけで、声を立ててはいけないのだ。おびえた様子でソファの端に腰をおろした。

ミセス・シングルトンは食いさがった。「そういう人物と息子とのあいだに、どんな関係がありうるのでしょうか？」

「こちらこそ知りたいところです。実際に興味もありますので、成功報酬ということで調査をさせてもらってもかまいません」

「つまり、懸賞金獲得の条件を満たせば、報酬を受けとる、ということですね。それはもちろんです」

「いえ、もうすこし明確な条件で。賞金というのは、いつのまにか警察官のポケットに納まってしまう。権力のあるところへ向かう帰巣本能がありますからね。それに私としては、一日五十ドルと経費を確実に手に入れたい」

「それはそうでしょう」彼女は煙を吐き出し、カーテンに隠れた猫のように煙のうしろで喉を鳴らした。「わかりかねるのは、あなたの活動をわたくしが承諾すべき理由がとくにあるのか、という点です」

「私には遊びで仕事をする余裕はありません。また、依頼主としてあなたのお名前を出せれば、なにかと役に立ちます」

「それは理解できます」鉄灰色の頭が尊大なポーズをとり、古代ローマ皇帝の頭像を思わせた。低かった声は大きく、高くなり、お茶の会の客を威圧する、あるいは野蛮人の襲撃を撃退する準備をしているかのようだった。「しかし、わたくしの個人的な事情になぜあなたが興味を持たなければならないのかが理解できません。現在、探偵社を雇っております。楽に出せる以上の金額がすでにかかっていますし、こちらが受けとったものの価値といえば、まったくのゼロ。わたくし、裕福な女ではございません」彼女の社会では、それはつまり百万単位を片手で数えられる程度、という意味だろう。自己憐憫の潮が引いてゆくついでに、息を切らせて言い添えた。「役に立つ情報にお金を払うのはいといませんが、大きな探偵社がこんなふうに息子を連れ戻すことができないでいるのに、たった一人で働いて成功するとは思えませんけれど」

ロの端にくわえた煙草は短くなっていた。シルヴィアは頼まれもせずにそれをとり去り、灰皿で揉み消した。

私は言った。「あれこれ検討してみて、私になにができるか考えます。ルーシー・チャンピオンがなぜ殺されたのか、調べ出すつもりです。わかれば、息子さんの居場所につながるかもしれない。すくなくとも、それが私の勘です」

「あなたの勘ね」彼女は軽蔑したように言った。「もしチャールズが身代金目当てに監禁されているなら、今夜あなたがこういうかたちで訪問なさったことは、息子をつかまえている人物からの予備交渉と解釈することもできます。あなたはその黒人女性、殺されたとされる女性を、知っていたのですか？」

「殺されたのは確かです。あなたとはお知り合いでしたか？」

ミセス・シングルトンの顔は怒りのあまり、白く鈍い光を放った。「生意気な態度は控えなさい。生意気な人間の扱いなら心得ています」

私はシルヴィアに目をやった。彼女は口元だけで微笑し、ほとんど見えないくらいわずかに首を振った。

「さぞお疲れでしょう、ミセス・シングルトン。夜も更《ふ》けましたもの」

年長の女性はなんの関心も向けなかった。私のほうに身を乗り出すと、黒絹のスカートが圧縮された鉄板のようなしわを作った。

「ほんの今朝のことですが、似たような状況で、男が一人、私立探偵と称してやって来ました、あなたのようにね。チャールズを見つけてやる、わたくしが懸賞金の一部を前払いする気があるなら、と言うのです。もちろん断わりました。すると男は質問を始めて、わたくしの時間をたっぷり一時間無駄にしたうえ、こちらから一つふたつ質問を試みてもなにも答えようとしません。建設的な言葉はひとつも出てこなかった。なんという名前だったかしら、シルヴィア？」

「ハイスです」

「ハイス」年長の女性は熱をこめてその名前を繰り返した。たった今、自分で発明した名前のような口ぶりだった。彼女は私のほうに視線を移した。その目は涙に漬けこまれ、悲しみにどんよりしていたが、それでも抜け目はなかった。「彼をご存じ？」

「知らないと思いますが」

「じつにいやらしい人物です。最後には、生きていようと死んでいようと、息子を発見した場合は、わたくしが五千ドルを払うという契約書に署名しろとまで言い張りました。犯罪の世界にいろいろコネがあると自慢していましたわ。詐欺をたくらんでいるか、さもなければなにかの犯罪組織の回し者だ、という結論に達したので、この家から出ていくよう命じました」

「で、私も同じ役回りだと？」

「あら、そんな」娘が隅の席から小声で言った。

ミセス・シングルトンはエネルギーを消耗し、身を引いた。ソファの湾曲した背に頭をぐったりのせると、たるんだ喉が目に見えないナイフの前にあらわになった。言葉がこみあげてきて、喉が弱々しく脈打った。「なにを考えたらいいのか、わかりません。わたくしは病気の老人です。子供がいなくなった悲しみに疲れ果てている。この世界は嘘つきばかり。誰もなにも教えてくれない」

シルヴィアは立ちあがった。優しい、心配そうな表情で、黙って私をドアへ導いた。ミセス・シングルトンがふいに意気ごんで呼んだ。

「ミスター・アーチャー。チャールズがあなたをここへよこしたのですか？　そういうことでしょうか？　息子はお金を必要としているの？」声の調子の変わりようにぎくっとした。おびえた少女のように聞こえる。向きを変えて彼女の顔を見ると、声と同じ偽りの少女っぽさが顔にも浮かび、一瞬の美しさを与えていた。その美しさは、時間を横切って照らし出すサーチライトの光線のように通り過ぎていった。残された口は母の愛のシニカルなパロディのようにゆがんでいた。

状況はあまりにも複雑で、私には理解することも、なにか手を打つこともできなかった。ミセス・シングルトンと息子とのあいだのへその緒が伸びに伸びたあげく、ぷつんと切れて彼女の顔を打ち、それで気がおかしくなってしまったのか。それとも、彼女は息子が死んでいると知りながら、絶望感に逆らって話しているのか。どちらにせよ、彼女はどんなことでもすべて信じる気になっており、人間は誰でもすべて怪しんでいる。現実世界に裏切られた結果だ。

「私はチャールズに会ったことはありません」私は言った。「失礼します。ご幸運を祈ります」

彼女は答えなかった。

第十二章

シルヴィアは私につき添ってホールを歩き、一緒に玄関まで行った。「申し訳ありません、ミスター・アーチャー。この二週間はミセス・シングルトンにとって苛酷だったんです。何日も鎮静剤を使っていました。物事がご自分の考えと一致しないと、すぐ耳に入れようとしなくなるか、忘れてしまうのです。精神に異常をきたしているというのではありません。ただ、あまりにもつらい目にあっていて、事実について話すことが、いえ、考えることさえ耐えられなくなっています」

「どんな事実です？」

驚いたことに、彼女はこう言った。「車に坐らせていただけます？　ミセス・シングルトンはわたしからあなたに話をしてほしいのだと思います」

「それがおわかりとは、読心術師ですね」

「ミセス・シングルトンのこととなると、わたし、けっこう読心術師に近いんです。人の親指に押さえつけられて、言うなりの立場にいると、そうなりますでしょう」

「親指の指紋が読めるようになる。あの方の下でどのくらい働いておられるんですか？」

「この六月に始めたばかりです。でも、家族同士は古くからの知り合いで。チャールズのおとうさまとわたしの父はハーヴァード大学で同期でした」彼女は私の前に腕を伸ばしてノブをつかみ、玄関ドアを開けた。「すみません、新鮮な空気が吸いたくて」

「ミセス・シングルトンをお一人にして、大丈夫ですか？」

「当直の召使いがおります。床に就く手伝いをしてくれます」彼女は私の車に向かって歩きだした。

「ちょっと待ってください、シルヴィア。チャールズの写真はお持ちですか？　最近撮ったスナップだとありがたいんだが」

「あら。はい、持っています」

「とってきてもらえますか？」

「ここにあります」彼女は恥ずかしがるふうもなく言った。スーツのポケットから赤い革製の紙入れを出し、小さなスナップ写真をとり出すと、渡してくれた。「このくらいの大きさと鮮明さでいいでしょうか？」

写真には若い男が写っていた。テニス・ショーツに開襟の半袖シャツという格好で、太陽に向かってほほえんでいる。力強く、脂肪のない顔の造作が、兵隊らしいクルーカットにした髪でよけい強調されていた。幅広のなで肩、筋肉質の前腕をもつがっしりした体つきだ。だが、この男にはどこか現実味の乏しい、俳優じみたところがあった。ポーズに自意識がうかがえる。胸をぐっと張り、腹をへこませ、あたかもライカ・カメラの冷たい目、あるいは太陽の熱い目を恐れているかのようだった。

「じゅうぶん鮮明です」私は言った。「お預かりしてもかまいませんか？」

「必要なあいだ、持っていらしてください。彼らしく撮れています」

車に乗りこむとき、きれいなふっくらした脚があらわになった。私は運転席に尻を滑りこませ、彼女のせいで車の中に澄んだ泉のような匂いがたちこめているのに気づいた。煙草をすすめた。

「ありがとうございます。でも、喫いませんので」

「おいくつですか、シルヴィア？」

「二十一です」と答えてから、関係なさそうなことを言い添えた。「母の信託基金から、四半期分の支払い小切手を初めて受けとったところです」

「おめでとう」

「その小切手なんですけど、千ドル近い金額ですの。わたし、あなたを雇うことができます。もしミセス・シングルトンでなく、わたしのために働いてくださる気がおありでしたら」

「確実なことはなにもお約束できません。彼を見つけてほしいと、強く願っておられるでしょう？」

「はい」その一言の背後には彼女の人生の力がかかっていた。「いくらお渡ししたらよろしいでしょう？」

「今はその点にはおかまいなく」

「どうしてわたしを信頼できると思われますの？」

「あなたなら、誰だって信頼しますよ。それより、あなたが私を信頼するほうが驚きだ」

「男性のことはわりによくわかります」彼女は言った。「父はいい人です。あなたはあのハイスという男とは違います」

「彼と話したんですか？」

「わたしも部屋におりました。お金だけが目当て。それがもう、あまりにも――あからさまで。警察を呼ぶと脅して、ようやく出ていってもらいました。本当に残念です。あの男が先に来て、あんないやな態度を見せていなければ、ミセス・シングルトンはあなたに対して心を開いたかもしれないのに」

「彼女が私に話せたはずなのに話さなかったことがある？」

「チャーリーの全人生よ」彼女は漠然と言った。「そのニグロの女性って、どんな見かけでした？」

私はルーシー・チャンピオンの顔かたちを簡単に教えた。

話がすまないうちに、彼女は言葉をさし挟んだ。「同じ人だわ」ドアを開け、車から出ようとした。なにをするときでも優しく、ほとんど後悔するような仕草で、行動とはすなわち危険なギャンブルだとでも思っているようだった。

「ご存じなんですか？」

「ええ。お見せしたいものがあります」そう言うなり、去ってしまった。

私は煙草に火をつけた。半インチも喫わないうちに、シルヴィアが家から出てきて、また私の横に乗りこんだ。「これ、その方のものだと思います」

柔らかい、黒っぽい品物を渡された。ルームライトをつけてよく見た。女物のターバンだ。金糸のまじった黒い毛糸で編んである。内側に製作者のラベルがついていた――ドニーズ。

「どこで手に入れたんです？」

「彼女、ここに来ましたの、おととい」

「ミセス・シングルトンに会いに？」

「今思えば、そうだったに違いありません。午後三時ごろ、タクシーで乗りつけました。わたしは庭で花を切っていたんですけど、彼女が心を決めかねるような様子でタクシーの後部席に坐っているのが目に入りました。ようやく車を降りて、タクシーは出ていこうとしました。彼女はドライヴウェイに立って、しばらく家を見ていました。そして、勇気が失せてしまったのだろうと思います」

「それは理解できる」

「堂々たる邸宅でしょう？　声をかけて、なんの用かと訊こうとしましたが、わたしが近づいてくるのを見るなり、彼女は大急ぎで駆け出しました。なんだか、怪物にでもされたような気がしましたわ。こわがらなくていいと呼びかけたのですが、彼女はもっと急いでドライヴウェイを走っていってしまいました。途中で帽子が脱げてしまったのに、立ち止まって拾おうとさえしなかった。というわけで、これが手元にあるんです」

「あとを追わなかった？」

「とても無理でした。腕にどっさり菊の花を抱えていましたし。運転手は彼女が追いかけてくるのを見て、車をバックさせました。どっちみち、わたしには彼女を止める権利はありませんでした」

「それ以前に見たことのない人でしたか？」

「ええ、一度も。観光客なのかなと思いました。とてもきちんとした服装で、この帽子も上等の品です。でも、帽子をとりもどしに来なかったので、どういう人なのかと不審に思いはじめました」

「警察に届けましたか？」

「ミセス・シングルトンが反対なさいました。わたしはドニーズに尋ねてみようかと考えたんですが、ミセス・シングルトンはそれにも反対で」

「これを作った女性をご存じなんですか？」

「名前は知っています。海沿いの大通り、ホテルのそばに店を構えています」

「ここ、アロヨ・ビーチでですか？」

「もちろんです。もしあなたがドニーズに質問なさったら、ミス・チャンピオンについてもっとなにかわかるという可能性はないでしょうか？」

「大いにありそうですね。どうしてドニーズに会いにいかれなかったんです？　ミセス・シングルトンをそこまでこわがってはいらっしゃらないでしょう」

「ええ」彼女はしばらく沈黙していた。「会ったらなにかわかる、それがこわかったのかもしれません。でも、今は違います。チャールズは、じつはある女と駆け落ちしました」気の進まない様子だったが、なんとか言葉を出した。「あのニグロの娘さんも――彼の女性の一人ではないかと、不安だったのです」

「母親も同じことを考えていたようだ。とくに理由が？」

「存じません。あの方はチャーリーのことをとてもよく知っています、自分でそこまで認めたことはないけれど」

「それは厳しい言い方だ」

「真実ですわ。フロイト心理学が一般化する以前の女性たちって、なんでも知っているくせに、決してなにも言わない、頭の中でさえね。ジャングルの中でもディナーの時間にドレスアップする、それだけが人生。というのは、父の表現です。父はブラウン大学で哲学を教えていますの」

「その女性、チャールズと駆け落ちした相手とは、誰なんです？」

「背の高い、黄色い髪の女性で、とても美人。それしか知りません。二人は連れだってホテルのバーにいたのを見られています、彼がいなくなった晩にね。駐車場の係員が、二人が彼の車で出ていくのを見ました」

「だからといって、駆け落ちとはかぎらない。ただ知り合った程度に思えますがね」

「いいえ。二人は夏じゅう一緒に暮らしていたんです。チャールズはスカイ・ルートに山小屋を持っていて、女性はそこでほとんど週末ごとに彼と過ごしているところを見られています」

「どうしてご存じなんですか？」

「同じ峡谷《キャニヨン》に住んでいるチャールズの友達と話をしたんです。画家のホレス・ワイルディング——名前をお聞き及びかもしれませんね。口が重い様子でしたが、その女性とチャーリーをそこで見かけた、ということは教えてくれました。あなたから話してみてくださいませんか？　男の方のほうがいいのじゃないかしら？」

私はダッシュボードのライトを強くし、メモ帳をとり出した。「住所は？」

「ミスター・ワイルディングの住所は、スカイ・ルート二七一二番地です。電話はありません。女の人は美人だと、彼も言いました」

　横を向いてシルヴィアを見ると、泣いていた。両手を膝にのせて静かに坐り、頬には涙の流れた線がきらめいていた。「絶対に泣いたりしません！」激しい口調で言った。それから、口調がすっかり変わった。「わたしも、その人みたいに美人だったらいいのに。黄色い髪だったらいいのに」

　私には、彼女は美しく見えたし、指でつついたらへこみそうなほど柔らかく見えた。その体の優しい輪郭の向こうに、アロヨ・ビーチの街の明かりが目に入った。幹線道路沿いのネオンと、海岸を糸抜きかがり《ヘムステッチ》で飾る光の点線とのあいだで、スポットライトに照らされた大ホテルの丸屋根が、なにかにつかまった気球のように膨れあがっていた。その先には、それより小さな白い気球のような月が昇ってきて、海の表面に光の綱を引きずっていた。

「金髪がいいなら」私は言った。「どうしてほかの女の子みたいに髪を漂白しないんだい？」

「そんなことをしても、なんにもなりません。彼は気づきもしない」

「チャーリーに恋しているんだね」

「もちろんです」まるで、まともな若い娘なら誰でもチャーリーに恋をするといわんばかりだった。話の続きを待っていると、言葉が出てきた。「初めて会ったときからです。戦争のあと、ハーヴァードに戻った彼は、週末はプロヴィデンスのわたしの家で過ごしました。わたしは彼に恋をしましたが、片思いでした。まだほんの子供だったんです。でも、彼は優しかった」声は内緒話をするような低いつぶやきに変わった。「二人でエミリー・ディキンソンを読みました。彼は詩人になりたいと言っていて、わたしは自分がエミリーだと思いこんだんです、本気でね。大学時代はずっと、いつかチャールズがやって来て、わたしと結婚するのだと勝手に想像していました。もちろん、彼は現われませんでした。

　何度か会う機会はありました。一度はボストンでの昼食会で、とても感じよく接してくれましたが、それだけのことでした。それから彼は実家に戻り、連絡が途絶えました。この春、わたしは大学を卒業したので、西部へ行って彼に会おうと心を決めました。ミセス・シングルトンはコンパニオンを探していらして、父の計らいでその仕事はわたしのものになりました。同じ家に暮らしていれば、チャールズがわたしと恋に落ちてくれるかもしれないと願いました。ミセス・シングルトンはかなり乗り気でした。チャールズが結婚するとすれば、彼女としては、相手は自分が操縦できる人物のほうが好ましいですから」

　顔を覗きこむと、彼女は心から信じてそう話しているのだとわかった。「きみは変わってるね、シルヴィア。そのことを本当にミセス・シングルトンと話し合ったの？」

「そんな必要はありませんでした。彼女は可能なかぎりいつでもわたしたちを二人にしてくれましたもの。事実は見分けられます。父に言わせれば、女の主たる美徳は目の前にあるものを見てとる能力で、そうやって見えるものについて真実を語るなら、それは女の最高の誉れだそうです」

「さっきの一言は引っこめるよ。きみは変わってるんじゃない、ユニークだ」

「そうだと思います。でも、チャールズはそう思わなかった。実家にあまり帰ってこないので、そばで暮らしているうちに恋に落ちるという目論見ははずれました。彼はほとんどの時間を山小屋か、あるいは州のあちこちを車で走り回って過ごしました。当時、わたしは例の女性のことを知りませんでしたが、彼女はチャールズの意図にぴったり当てはまると思います。彼は母親とその財産から逃れて、自分なりの人生を築こうと必死だったのです。ミセス・シングルトンは、ご主人が亡くなる前からお金を持っていらしたんですよ。ご主人のほうが、昔ながらの裕福な女性の夫というタイプで——ヨット遊びにポロ競技、妻の使い走り。チャールズはおとうさまとは違う考えを持っていました。自分を含めた階級は現実を認識していない、一人ひとりが物事の底辺まで降りて一からやり直すことで、自分の魂を救わなければならない、と信じていたのです」

「で、そうしたんですか？」

「自分の魂を救ったか、ということ？　努力はしました。でも、思ったより難しかった。たとえばこの夏、彼はヴァレーでトマトの摘み手として働きました。おかあさまは農場の支配人になるようすすめたのですが、彼は承知しなかった。もちろん、長続きはしませんでした。監督とけんかをしたあげく、仕事を失った。あれを仕事と呼べるならですけど。青あざだらけの腫れあがった顔で家に帰ってきたときは、ミセス・シングルトンは死にそうになられました。わたしもです。でも、チャールズはその経験からある種の満足を得たようでした」

「いつのことですか？」

「七月、わたしがこちらに来て二、三週間後でした。七月半ば」

「けんかをしたのは、どこで？」

「ベイカーズフィールド付近の農場です。正確な場所は知りません」

「そのあと、彼は九月一日までここで暮らしていた？」

「出たり入ったりで。旅行で二、三日留守にするのはふつうでした」

「今回も旅行に出たのだと思いますか？」

「かもしれません。そうだとすれば、今度は帰ってこないと思います。もう二度と。自分の意思では」

「彼は死んでいると思いますか？」ずばりと訊いたが、シルヴィアは受けとめることができた。とまどいがちな上品な雰囲気の奥に、彼女は強い力をたくわえている。

「死んでいれば、わたしにわかるはずです。死んだとは思いません。おかあさまから、それにひいおじいさまの不動産で入るお金から、とうとう自分を切り離すことができたのだと思います」

「本当に彼に帰ってきてほしいのですか？」

彼女はためらってから答えた。「すくなくとも、彼が無事で、自分を破壊するような生活はしていないことを知りたいんです。戦争中には敵機を撃ち落としていたくせに、まるで子供のような夢見がちな人です。彼に合わない女性だと、だめにしてしまうかもしれない」彼女は鋭く息を吸った。「メロドラマじみた言い方に聞こえないといいんですけど」

「ごくまともに聞こえますよ。でも、想像をたくましくしすぎているかもしれないな」彼女が聞いていないことが見てとれたので、口をつぐんだ。

シルヴィアの心は座標軸上の遠い曲線に沿って動いており、その線を単語を結んで描き出そうとしていた。「彼は自分が働いて稼ぎ出したのでないお金について、ひどく罪悪感を感じていました。そのうえ、母親を失望させているので、罪悪感は二倍になっていた。チャールズは苦しみたかった。人生すべてを罪滅ぼしと見なしていました。ですから、自分を苦しめてくれる女性を選ぶんです」

月光を背にした彼女の顔には、生娘ならではのきびしさがあった。柔らかな口と顎に、とぎれとぎれに鋭角の影が刻まれていた。

「じゃ、相手がどういう種類の女性だったか、わかってるんだね」

「それほどはっきりはしていません。手に入ったのはどれもまた聞きの情報です。探偵がホテルのバーテンダーを尋問して、女性のことを聞きつけ、ミセス・シングルトンに伝えた。それを彼女がわたしに教えてくれました」

「一緒にそのバーへ行きましょう」私は言った。「一杯おごってあげます。アルコールが力になりそうだ」

「あら、だめです。バーなんて、行ったことがありません」

「二十一歳なんでしょう」

「年齢の問題じゃありません。もう戻らなきゃ。いつも寝しなにミセス・シングルトンに本を読んで差しあげるんです。おやすみなさい」

車のドアを開けてやろうと身を乗り出したとき、彼女の顔に春の雨のように涙が伝っているのが見えた。

第十三章

栗色の制服を着たフィリピン人のベルボーイが二人、私が入っていくと期待をこめた目を向けてきたが、即座に関心を失ったようだった。ホテルの玄関の反対側にあるムーア様式のアーチの下では、副支配人が予約デスクの背後に立っていた。壁のくぼみに据えた聖人像にタキシードを着せたように見える。奥の隅のアーチの上には、手書き文字ふうの書体で〈酒場《カンティーナ》〉と書かれた赤いネオン・サインが出ていた。私はロビーに並ぶお定まりの鉢植えのヤシのあいだを抜けて進み、外のパティオに出た。バナナの木陰をカップルがそぞろ歩いている。急いで横切り、バーへ向かった。

そこは闘牛のポスターを飾った広いL字形の部屋で、空気は青く煙り、猿の檻なみに騒々しかった。長いカウンター沿いに客が三重に重なり、女性の白い肩、男性の黒、青、チェックのディナー・ジャケットがゆらゆらと揺れ、盛んに身振り手振りを競っている。男たちは不自然なほど健康な自信たっぷりの顔つきで、本当に危険な真似はしたことがないスポーツマンのようだ。もっとも、女性に関しては危険を承知でのぞんでいるのかもしれないが。女たちの体は頭以上に自意識たっぷりに見える。壁のうしろのどこかでオーケストラのサンバのリズムが始まった。演奏に惹かれて、何人かの肩とディナー・ジャケットがカウンターから離れていった。

勤務中のバーテンダーは二人いた。一人はきびきびしたラテン系の青年、もう一人は髪の薄くなった男で、若いほうをしっかり見張っている。バーの仕事が一段落するまで待って、髪の薄い男に声をかけ、常雇いのバーテンダーなのかと尋ねた。男はこの商売特有の無感情な目でこちらをじろりと見た。

「そうですよ。なにをあがります？」

「ライを頼む。質問があるんだ」

「どうぞ。目新しいのがおありでしたらね」手が勝手に動き、ショット・グラスを満たすと、カウンターに置いた。

カネを払った。「チャールズ・シングルトン・ジュニアのことだ。失踪した晩に彼を見かけたのか？」

「やれやれ」彼はいいかげんにしてくれと言わんばかりに、わざとらしく天井に目をやった。「保安官に話した。新聞記者に話した。私立探偵にも話した」その目が私の顔に戻った。灰色の濁った瞳だった。「お客さん、記者かね？」

私は身分証を見せた。

「また私立探偵か」彼は動じるふうもなく、うんざりした口ぶりで言った。「あの奥さんのところへ戻って、こんなことはこっちの時間の無駄、そっちのカネの無駄だと言ってやったらどうなんだ？　ジュニアはほれぼれするような金髪美女と一緒に出ていった。戻ってくる理由があるか？」

「どうして出ていったんだろう？」

「あんた、見てないからな。あの女にはすべてそろっていた」両手を動かしてその意味を示した。「あの女とジュニアなら、メキシコ・シティかハバナあたりでよろしくやってる、絶対だね。戻ってくる理由があるか？」

「その女をよく見たのか？」

「ああ。ジュニアが来るのを待つあいだ、おれに飲み物を注文した。その前にも二度くらい、彼と連れだって来たことがある」

「何を飲んでいた？」

「トム・コリンズ」

「服装は？」

「黒っぽいスーツ、これみよがしなところはない。趣味のいい服だ。ほんとの上流じゃないが、その次くらいだな。生まれついての金髪。このくらい、眠ってたって答えられる」目をつぶった。「夢に見てるのかもな」

「目の色は？」

「グリーンかブルー、あるいはその中間かな」

「ターコイズ？」

彼は目を開けた。「質問ひとつでずいぶん広い範囲にわたるんだな。協力して詩でもひねり出そうか。ま、いずれそのうちにな。あんたがターコイズと言いたいのなら、おれもターコイズにしておこう。彼女はおれが子供のころ、シカゴでよく見かけたポーランド人の若い子に似ていた。だけど、ウェスト・マディソン・ストリートからはかけ離れた女だったよ、それは絶対だ」

「あんたが見逃す出来事なんて、あるのかな？」

これでさらに三十秒、関心を買うことができた。「このバーでなら、ないね」

「で、ジュニアが彼女と一緒に自分から出ていったのには間違いない？」

「ああ。彼女に銃を突きつけられたとでも思うのか？　二人はぴったりくっついてたよ。彼は女からいっときも目を離せなかった」

「どうやって出ていった？　車か？」

「そうみたいだ。駐車場のデューイに訊くんだな。ただし、まず小銭を握らせてやれよ。あいつはおれと違って、自分の声にうっとりするようなおしゃべりじゃない」きりをつけるいい台詞《せりふ》だと考えたのか、バーテンダーは離れていった。

私はウィスキーを飲み干し、外に出た。ホテルはヤシの並木道を挟んで海に面している。道路の陸側に高価なものを売る小さな店が並び、駐車場はその背後にあった。歩道を進むあいだ、銀と革紐を組み合わせたペンダント、ペザント・スカートを穿いたマネキン二体、ショー・ウィンドウいっぱいに並べた翡翠《ひすい》などの展示品の前を通った。すると、ふいにドニーズという名前に眉間を打たれた。帽子屋の飾り窓のガラスに活字体の金文字で書かれていたのだ。中には、美術館に展示された彫刻の名品のように帽子が一つだけスタンドに掛かっていた。店内は暗く、一瞬迷ったが、私は歩き過ぎた。

駐車場の隅のアーク灯の下に、番兵舎のような緑のペンキを塗った小屋があった。壁の看板に〈駐車係員の収入はチップのみです〉と書いてある。私は看板の脇に立ち、一ドル紙幣を明かりの下に掲げた。缶詰のサーディンのようにぎっしり並んだ車のあいだのどこかから、小柄な男が一人現われた。やせた灰色の男だった。古びた海軍のタートルネック・セーターの下で、肩甲骨が水にさらされた流木のように飛び出している。キャンヴァス製のスニーカーを履いた足で音もなく動き、長く尖った鼻先を引っ張られているかのように、前のめりに進んできた。

「メーカーと色は？　チケットはどこです、旦那？」

「私の車なら、すこし先にとめてある。別の車のことで話を聞きたかったんだ。きみはデューイだろう？」

「そうらしいね」自分が誰だったか考えているという澄まし顔で、色褪せた目をしばたたいた。もじゃもじゃの灰色の頭は私の肩の高さだった。

「車にはさぞ詳しいだろうな」

「さぞね。人間にも詳しいよ。あんたは刑事だ。見当外れかな。若いチャーリー・シングルトンのことで質問したいんだろう」

「警察じゃなく、私立探偵だがね」私は言った。「いくら賭ける?」

「一ドル」

「あんたの勝ちだ、デューイ」私はカネを渡した。

彼は紙幣を小さく折りたたみ、ズボンの時計用ポケットにつっこんだ。世界一汚らしいグレイフラノのズボンだった。「当然だろ」まじめくさって言った。「おれの貴重な時間をつぶしてるんだから。さっきまで、フロントガラス磨きをしていた。土曜の夜はそれでたっぷりカネが入る」

「じゃ、さっさと片づけよう。彼と一緒に出ていった女を見たか?」

「もちろんさ。とびっきりの美人。来たときも帰るときも見た」

「なんだって?」

「見たんだよ、来たときも帰るときも」彼は繰り返した。「金髪のレディ。十時ごろ、青いプリマスのステーションワゴンの新車で乗りつけた。ホテルの前で降りるところを見たよ。おれも玄関前で車を預かったところだったからな。彼女はステーションワゴンを降りて、ホテルの中に入った。すごい美人だった」灰色の短いひげの生えた顎をゆるませ、目をつぶって、記憶に集中している。

「ステーションワゴンはどうなった？」

「もう一人のほうが運転していった」

「もう一人？」

「ステーションワゴンを運転していた、もう一人のほうさ。浅黒い肌の女で、金髪女を降ろすと、出ていった」

「有色の女だった？」

「ステーションワゴンを運転してた女か？　かもしれない。浅黒い肌だった。よくは見なかった。金髪のレディのほうばかり見てたからさ。それからここに戻った。しばらくすると、チャーリー・シングルトンが車でやって来た。中に入って、金髪のレディを連れて出てくると、二人でいなくなった」

「彼の車で？」

「そうだ。一九四八年型ビュイックのセダン。ツートーンのグリーン」

「よく観察しているな、デューイ」

「いやあ、若いチャーリーが自分の車に乗ってるところなら、何度も見てるからな。おれは車に詳しい。初めて運転したのは一九一一年のことさ、ミネソタ州のミネアポリスでね」

「ここを去ったとき、二人はどっちの方向へ行った？」

「悪いが、教えられない。見なかった。例のもう一人のご婦人に訊かれたときにも、そう答えたんだ。そしたらかんかんになって、チップさえくれなかった」

「もう一人のご婦人というのは？」

色褪せた目が私をじろじろ見た。ゆっくりしばたたくたびに、目の奥の色褪せた脳に信号が送られていく。「フロントガラス磨きに戻らなきゃならん。土曜の夜は時間が貴重だ」

「もう一人のご婦人を思い出せないんだろう」

「いくら賭ける？」

「一ドル？」

「その倍？」

「二ドル」

「よし。二人がいなくなって数分後に、女がひとり、いきなりやって来た。例の青いプリマスのステーションワゴンを運転して」

「浅黒い肌の女？」

「いや、別の女だ、もっと年老いてる。豹毛皮のコートを着ていた。前にもこのあたりで見かけた女だ。金髪のレディと若いチャーリー・シングルトンがどっちへ行ったかと訊いた。見なかったと答えたら、おれを阿呆よばわりして出ていった。頭がイカレちまったみたいに、怒り狂ってた」

「誰か同乗していたか？」

「いや。おぼえてない」

「その女、このあたりに住んでいるのか？」

「前にも見かけた。どこに住んでるのかは知らない」

私はドル紙幣を二枚握らせた。「ありがとう、デューイ。あと一つ。チャーリーは金髪女を連れて出かけたとき、うれしそうな様子だったか？」

「さあな。チップを一ドルくれたよ。あの金髪のレディとお出かけじゃあ、誰だってうれしくなると思うがね」しわの寄った口の片側だけ上げてにやりとした。「たとえば、おれだ。大恐慌のときに女房と別れてからこっち、女の体には縁がない。二十年は長いぜ」

「まったくだ。じゃ、おやすみ」

デューイは寂しげに鼻をひくつかせると、その鼻を車の列のほうに向けて歩きだし、見えなくなった。

第十四章

ホテルに戻り、公衆電話を見つけた。電話帳によれば、〈ドニーズ帽子店〉の経営者はミセス・ドニーズ・グリンカーなる人物で、自宅はジャカランダ・レーン一二四番地。そこに電話して、応答を確かめるなり電話を切った。

その道は幹線道路と海岸のあいだをうねうねと牛の歩く道のように曲がりくねって続いていた。ジャカランダと糸杉が生い茂り、暗闇に並ぶ家々がよく見えない。私はギアを二速に入れてゆっくり運転し、懐中電灯で家の正面を照らしていった。中流の住宅地だが、ボヘミアン風な自堕落に向けて身を持ち崩している。前庭は雑草だらけ。薄汚れた窓の隅にあれこれ広告が貼られている――〈手づくり陶芸〉、〈アンティーク〉、〈タイプ。原稿清書おまかせください〉。灰色に褪せたレッドウッド材の木造の平屋があり、その門柱に〈124〉の番号がペンキで縦に手書きしてあった。

車をとめ、ぼさぼさしたユーゲニアのアーチをくぐって入った。玄関ポーチの壁には錆びた自転車が立てかけてあった。ノックをするとポーチの電灯がつき、ドアが開いた。ネルのバスローブに身を包んだ大柄な女が片方の腰を突き出してドアの隙間に現われた。髪の毛を金属のカーラーに巻きつけているので、顔がむきだしになり、のっぺりと大きく見えた。それでも、感じのいい顔だった。私の凍った微笑が解け、もう少し温かみのある表情に変わるのが感じられた。

「ミセス・グリンカーですか？　アーチャーといいます」

「こんにちは」彼女は愛想よく言い、ほろ酔いかげんの大きな茶色の目で私を値踏みした。「まさか、また店に鍵をかけ忘れたんじゃないでしょうね？」

「そうでないといいですが」

「あなた、警察の人じゃないの？」

「ま、そんなような。疲れていると顔に出るんです」

「ちょっと待って」彼女はバスローブのポケットから革製のケースをとり出すと、べっこう縁の眼鏡をかけた。「知っている方じゃないわね？」

「ええ。今日の午後、ベーラ・シティで起きた殺人事件について調査しているんですが」私はポケットから丸めたターバンをとり出し、差し出した。「これは被害者のものです。あなたが作ったのですか？」

彼女はそれをしげしげと見た。「あたしの名前が中についてるわ。そうだとしたら、どうなの？」

「売った相手が誰かおわかりでしょう、オリジナルの品なら」

彼女は電灯の下でさらに身を乗り出し、帽子から私へ視線を移した。眼鏡の暗い色の縁のせいで顔が引き締まり、抜け目ない、きつい線をなしていた。「人を特定するという問題なの？　これは被害者のものだとおっしゃったでしょう。じゃ、その被害者って、誰なんですか？」

「名前はルーシー・チャンピオン。二十代前半の有色の女性です」

「で、あたしがその人にこのターバンを売ったかどうかを知りたい？」

「そう言ったわけではありません。伺いたいのは、あなたがそれを誰に売ったかです」

「答えなきゃいけないの？　バッジを見せてちょうだい」

「私立探偵です」私は言った。「警察に協力しています」

「誰に雇われて？」

「依頼人から、名前を出さないよう言われています」

「そこよ！」ビールくさい息を吐きかけられた。「職業倫理。あたしもおんなじ。この帽子を売ったことは否定できないし、オリジナルであることも否定しません。でも、誰が買ったかなんて、言えるはずないでしょ？　作ったのはずいぶん前、今年の春のいつだったか。でも、一つ確実にわかってることがあるわ。買ったのは有色の若い女じゃない。うちの店にそういうのが来たことは一度もありません。ただし、インドとかペルシャとか、そういったところの茶色い肌の人なら何人かいらしたけど、同じじゃありませんからね」

「生まれた場所が同じでない、とは言えますね」

「はいはい、議論はよしましょう。有色の人を悪く思っちゃいないのよ。ただ、あたしから帽子を買うお客様じゃない。その女の子はきっと、帽子をどこかで見つけたか、盗んだか、人からもらったか、がらくた市で買ったかしたんでしょう。だから、あたしからそれを買ったのがどなただったか、たとえ思い出せるとしても、お客様の名前を殺人事件に引きずりこむような真似はできません。そうでしょ？」彼女の声に嘘くさい響きがまじった。昼間、店で客相手に交わすおべっかまじりのおしゃべりのこだまだった。

「よくお考えになれば、ミセス・グリンカー、きっと思い出せますよ」

「思い出せるかもしれないし、だめかもしれない」彼女は悩んでいた。声が上すべりしている。「思い出せたらどうなの？　職業上知りえた秘密を漏らすことになるわ」

「帽子製作者は守るべき倫理について宣誓をするんですか？」

「あたしたちなりの規範があります」うつろな声だった。「正直、なんとしてでもお客さんを失いたくないってこと。あたしの値段で買ってくれるような人はどんどん減っているのよ、適齢期の男性と同じでね」

私は適齢期の男性らしく見えるよう、懸命につとめた。「依頼人の名前を出すわけにはいきません。ただ、彼女はシングルトン家につながりがある、とだけ申し上げておきます」

「チャールズ・シングルトン家？」大好きな詩の一節を引用するかのように、彼女はその名前をゆっくり、はっきりと発音した。

「ええ」

「ミセス・シングルトンはどうしていらっしゃる？」

「あまりお元気ではありません。息子さんのことをご心配で――」

「この殺人事件は彼に関係しているの？」

「それを見きわめようとしているのです、ミセス・グリンカー。ご協力いただけないと、見きわめようがありません」

「ごめんなさいね。ミセス・シングルトンはうちのお客様じゃありません――帽子はほとんどパリでお買いになるから――でももちろん、どういう方かは知っています。さあ、入って」

玄関を開けると、そこはレッドウッドの羽目板張りの居間だった。赤レンガの暖炉の中でガス・ストーブの火が弱く燃えていた。部屋は暖かく、みすぼらしく、猫の臭いがした。

彼女は歓迎するように手を動かして、毛糸編みの毛布が掛かったソファ・ベッドを示した。その脇のレッドウッド製コーヒー・テーブルの上では、グラスに入ったビールが泡を立て、生気を失いつつあった。「ナイトキャップにビールを飲んでいたの。あなたにもお持ちするわ」

「おそれいります」

彼女は別の部屋に入り、ドアを閉めた。

ソファ・ベッドに腰をおろすと、下からふかふかした灰色の猫が現われ、私の膝に飛び乗った。喉を鳴らす音が、遠い飛行機の音のように高くなったり低くなったりする。家のどこかから低い話し声が聞こえてくるような気がした。ドニーズはなかなか戻ってこなかった。

猫を床に降ろし、部屋を横切って、さっき彼女が閉めたドアに近づいた。ドアの向こうで、彼女は電話用の明晰なアクセントでこう言っていた。「その人、ミセス・チャールズ・シングルトンに雇われていると言っていますの」沈黙があり、電話からひっかくような音がした。続いて、「絶対にそんなことはいたしません、お約束します。もちろん、よくわかります。この件で、まずご意見を伺っておきたかったもので」沈黙と、かさこそという音。ドニーズは甘ったるい声で別れの挨拶をすると、電話を切った。

忍び足で席に戻ろうとすると、灰色の猫が脚のあいだをちょろちょろと歩いてついてきた。私が坐ると、前をこれみよがしに行ったり来たりしながら、ズボンに体をこすりつけ、つんとした女っぽい軽蔑を見せて、こちらを見あげた。

私は言った。「しっ、あっちへ行け」

ドニーズが泡立つグラスを両手に部屋に入ってきて、猫に言った。「いたずらなおじさんは、にゃんこちゃんが好きじゃないのかな？」

猫はなんの関心も示さなかった。

私は言った。「孔子をめぐる逸話があります、ミセス・グリンカー。孔子というのは、共産主義以前の中国人ですが」

「孔子が誰かなら知っています」

「あるとき、隣村で、まあベーラ・シティと呼んでおきましょうか、馬小屋が焼けてしまった。すると孔子は、怪我をした人はいるかと訊いた。馬については尋ねなかった」

これが急所を突いた。グラスの縁から泡がこぼれ、指に垂れた。彼女はグラスをコーヒー・テーブルに置いた。「猫と人と、両方好きになることだってできます」言い方に確信はなかった。「信じられないかもしれないけど、大学生の息子がいるの。亭主がいたときだってあるのよ。あの男、いったいどうなったんだか」

「この事件が片づいたら、探してあげますよ」

「おかまいなく。ビールを飲まないの？」彼女はソファに浅く腰かけ、濡れた指をクリネックスで拭いた。

「今、調査している事件には」私は言った。「死んだ女性が一人と行方不明の男性が一人、関わっています。もしおたくの猫が轢き逃げされて、誰かがその車のナンバーを知っているとしたら、教えてもらうのが当然だと思うでしょう。さっき、誰に電話していたんですか？」

「誰でもないわ。間違い電話」彼女の指は湿ったクリネックスをねじり、一見女性の帽子のような、小さいカップ型のものをこしらえていた。

「電話は鳴らなかった」

こちらを見上げた大きな顔には苦痛の表情が浮かんでいた。「お客様の一人です。ちゃんとした女性です」苦痛の原因は、経済問題であり、道徳問題でもあるようだった。

「ルーシー・チャンピオンはどうやってあの帽子を手に入れたんです？　お客さんはそれを説明してくれましたか？」

「もちろんよ。だから彼女の名前を持ちこむのはぜんぜん意味がないんです。ルーシー・チャンピオンは以前、彼女のメイドだった。しばらく前に、仕事をやめるという予告もなしに出ていってしまった。そのとき、雇い主から帽子を盗んだ。そのほかのものもいろいろとね」

「そのほかというと、どんなものを？　宝石類ですか？」

「どうして知ってるの？」

「馬の口から（「本人から直接」の意味の成句）聞きました。いや、馬というのは当たらないかな。ミセス・ラーキンはどちらかというとポニーのタイプだ」

ドニーズはこの名前に反応しなかった。無意識のうちに指がすばやく動き、クリネックスをあの黒と金糸のターバンのミニ版に形作っていた。自分の指が作っていたものに気がつくと、彼女はそれを猫の前に放った。猫は飛びついた。

女は頭を左右に振った。金属のカーラーがまとまりのない考えのように鈍い音を立てた。

「なにもかも、すごく混乱してわけがわからない。しょうがないわね、飲みましょ」グラスを掲げた。「混乱に乾杯。そして普遍の闇がすべてを覆う（アレグザンダー・ポープの詩「愚人列伝」の一節）」

私はビールに手を伸ばした。ソファ・ベッドのスプリングが沈んでいるので、私たちは肩と肩がくっつくほど近づいてしまった。「いまのをどこでおぼえたんです？」

「おかしな話だけどね、あたしも一度は学校に行ったの。芸術熱にやられる前ね。名前はなんですって？」

「アーチャー」

「それはわかってる。女性の名前よ。宝石類を盗まれたって、あなたに言った人」

「ミセス・ラーキン。たぶん偽名です。ファースト・ネームはユーナ」

「小柄で黒い髪？　五十くらい？　男っぽいタイプ？」

「ユーナだ。おたくのお客さんだったんですか？」

ドニーズはビールに向かって眉をひそめ、思いをめぐらしながら一口飲むと、口の上に泡が薄くひげをつけた。「こんなふうに口に出しちゃいけないの。でも、彼女が偽名を使ってるんなら、なにか怪しいことがあるに違いないわ」疑るような表情がこわばり、自分の心配に変わった。「あたしが話したって、彼女にも、ほかの誰にも言わないでいてくれるわね？　商売あがったりで、ぎりぎりもちこたえてるの。まだ教育の必要な息子がいるし、面倒ごとになっちゃ困るのよ」

「ユーナだって同じですよ。本名はなんだか知らないが」

「ユーナ・ドゥラーノ、ミス・ユーナ・ドゥラーノよ。少なくとも、ここではその名前で通ってる。あなたはどうして知り合ったの？」

「一時、彼女のために働いたことがあるんです、わずかな期間ですが」今日の午後が遥かな昔のように思えた。

「どこから来た人なの？」

「知りません。それより興味があるのは、今どこにいるかです」

「このさいだから、ぜんぶ教えちゃうわ」ドニーズは苦笑いして言った。「彼女は今ペパーミル荘園に住んでいます。春の初めごろ借りたの。すごい額を払ってるそうよ。月千ドル」

「じゃ、ダイヤモンドは本物なんですね？」

「ええ、そう、ダイヤモンドは本物よ」

「で、ペパーミル荘園というのは、どこにあるのですか？」

「教えてあげる。でも、今夜は会いにいかないわね？」彼女は力強い指で私の腕を握った。

「そんなことをしたら、あたしが告げ口したって気づかれちゃう」

「これは現実の問題なんですよ、ドニーズ」

「わかってます。あたしの個人的現実でもある。彼女があの帽子を買って払ってくれた百ドルで、その月の家賃が払えたんだから」

「その月って？」

「三月だったと思う。うちの店で彼女が買った最初の品だった。そのあと二度くらい来たわ」

「よく似合ったでしょうね、あの人に似合うものがあるとしての話ですが」

「だめよ。女らしさがぜんぜんないもの。どっちみち、あのターバンは自分のために買ったんじゃないの。代金は払ったわ、百ドル札でね。でも、あれを試してみて、そのままかぶって店を出ていったのは連れの女性のほうだったわ」彼女の手は、まるで心地よい巣に落ち着いて一夜を迎えた鳥のように、まだ私の腕の上にあった。筋肉が緊張したのを感じとった。「どうしたの？」

「連れの女性というのはどういう人でした？」

「きれいな人だったわ。ミス・ドゥラーノよりずっと若い。彫像みたいな金髪美女で、それはもうみごとな青い目。あたしの帽子をかぶると、お姫様みたいに見えたわ」

「その人はミス・ドゥラーノのところに住んでいた？」

「なんとも言えない。連れだっているところは何度も見かけたわ。でも、金髪の女性がお店に来たのは、そのとき一回だけ」

「名前は耳にした？」

「いいえ、残念ながら。大事なこと？」彼女の指は塑像を作るように私の前腕の筋肉をなぞっていた。

「なにが大事で、なにが大事でないかはわかりません。でも、いろいろとありがとうございました」私は彼女の手から逃れ、立ちあがった。

「ビールがまだ残ってるじゃない。今夜はあそこに行くのは無理よ。真夜中過ぎてるもの」

「場所を見てみようかと。どこなんです？」

「やめて。ともかく、中に入って彼女と話したりしないって約束して、今夜はね」

「彼女に電話なんかしなければよかったんだ」私は言った。「約束なら、もっといい約束をしよう。もしチャーリー・シングルトンを見つけたら、おたくの店でいちばん高価な帽子を買います」

「奥さんのために？」

「結婚はしていません」

「あら」彼女は唾をのんだ。「そう。ペパーミルの屋敷へ行くには、海岸道路で左折して、街のはずれまで行くの、墓地を通り越してね。墓地を過ぎたら、最初の大きな荘園よ。温室がいくつもあるからわかるわ。それに、自家用飛行機の発着場も」

彼女は大儀そうに立ちあがり、部屋を横切ってドアに向かった。猫はクリネックスの帽子を裂き、その切れ端が汚れた雪片のようにカーペットに散っていた。

第十五章

海岸道路に戻り、南へ向かった。疾風が車の風翼にぶつかって角度を変え、湿り気と海の匂いが強く顔に当たった。ヘッドライトの光の端に見える、音を立てて揺れるヤシの並木の背後で、月下の海面は銀を流していた。

海岸道路は左に折れて浜から離れた。上り坂になり、丘の斜面には風になぶられてねじれ、ごつごつになった常緑樹が雑然と並んでいた。道路脇に石塀が現われ、タイヤの唸り、エンジンの呟きが拡大された。塀の内側では、石の天使たちが空を指さし、聖者たちは鉄の腕を広げて祝福を与えていた。

墓地の塀はふいに終わり、先を尖らせた鉄のフェンスがとって替わった。柵の奥に目を走らせると、広大な芝生が荒れ果て、その向こうは平坦な野原で、一隅に波型鉄板製の航空機格納庫があり、屋根の上に風見用吹流しがはためいているのが見えた。車のスピードを落とした。

オベリスク型の門柱に挟まれて、重々しい錬鉄製の門があり、門柱の片方には〈売家〉

の大きな看板が打ちつけてあった。車を降り、門を試した。鎖と南京錠がかかっている。桟の隙間から覗くと、ココナツ・ヤシの並木に沿って長くまっすぐにドライヴウェイが延び、その突き当たりにいくつかの離れに囲まれた巨大な屋敷が見えた。一方の翼の端にはサンルームがあり、傾斜したガラス屋根がきらめいた。

登ろうと思えば登れる門だった。縦の桟のあいだに鉄の木の葉の装飾がついていて、足がかり、手がかりを提供してくれる。私は車のヘッドライトを消し、門を乗り越えた。ドライヴウェイを避け、芝生を大きく迂回したが、芝と雑草が腰の高さまで伸びていて、歩くのは容易ではなかった。月を道連れに、屋敷に近づいた。

建物は異端審問の伝統を色濃く残したスペイン・ルネサンス様式だった。装飾のある鉄柵をつけた細い窓が、幅広い平らなコンクリート壁の奥深くに嵌まっている。明かりのついた窓が二階に一つあり、丈の高い黄色い長方形の上に桟が縦縞をつくっていた。部屋の天井の一部が見え、ぼんやりした影がいくつかちらちらと踊っていた。しばらくすると影は窓に近づいてきて、人間の形にまとまった。私はあおむけに寝そべり、ジャケットの前をかき合わせて、シャツの胸を隠した。

男の頭と肩が、丈の高い黄色い長方形の底辺に現われた。月に照らされて顔がぼんやりと見え、目は黒っぽく、髪はぼさぼさなのがわかった。その目は空を見あげている。私はまっすぐ頭上に広がる紺青の井戸を見つめた。月光に洗われ、無数の星がこぼれんばかりだった。窓辺の男はそこになにを見ているのだろう、あるいはなにを探しているのだろう、と思った。

男が動いた。黒いシルエットから二つの青白い手が飛び出し、彼の顔を囲んでいる桟をつかんだ。体がゆらゆらと左右に揺れると、ぼさぼさ頭の片側に髪が白い筋になっているのが見えた。肩がもだえるように動いた。男は鉄の桟をコンクリートの枠から無理やり外そうとしているらしい。試しては失敗し、そのたびに喉にからむ低く唸るような声で、一つの言葉を漏らしていた。

「地獄」彼は言った。「地獄。地獄」

言葉は彼の口から四、五十回も重くこぼれ、そのあいだじゅう体は激しく左右に揺れ動いて、鉄の桟を引っ張ったり持ちあげたりしていた。すると、現われたときと同じくらい唐突に、男は窓から離れた。見守っていると、影はゆっくり天井を横切り、やがて溶けて人の形を失った。

私は建物に近づき、壁に沿ってにじりより、かすかに明かりの漏れる一階の窓に近づいた。窓の中は丸みのある天井をもつ長いホールだった。光は奥の開いたドアから射している。耳を澄ますと、なにか音楽が聞こえた。ジャズの細い音が静寂の蓋の上をかさこそとひっかいていた。

屋敷の左手をぐるりと回り、一列に並んだガレージの閉まったドア、ところどころ雑草の生えたクレー・テニスコート、伸びすぎたサボテン類に覆われた沈床園《ちんしょうえん》を通り過ぎた。そのはずれから先は絶壁で、崖のてっぺんが海に向かって張り出している。絶壁の下、海は水平線に向かって斜めに立ちあがる波型金属板の屋根のように見えた。

屋敷のほうへ戻った。家と沈床園とのあいだに、周囲をプランターで囲んだ石敷きのパティオがあった。砂にまみれて錆びたテーブルと椅子は、死んでしまったいくつもの夏の鉄の遺物だ。高い壁についた大きな窓から光がパティオの家具のあいだに落ちていた。壁の向こうでジャズがさっきより大きく聞こえ、招待されなかったダンス・パーティーの音楽のようだった。

窓にカーテンはないが、位置が高すぎて、私には部屋の中が見えなかった。黒い梁のある天井と、奥の壁の上の方だけが目に入った。オーク材の羽目板張りの壁には肖像画がぎっしり並んでいる。レースのキャップをかぶった鳩胸の女たち、羊肉型の頬ひげを生やし、ヴィクトリア朝の黒い上着を着た男たち。誰かの先祖だが、ユーナの先祖ではない。彼女は機械で型抜きされた人間だ。

爪先立ちになると、アストラカンのような短い黒い巻き毛に覆われたユーナの頭頂部が見えた。彼女は微動だにせずに窓際に坐っていた。向かい側に若い男が坐っていて、首から上が横向きに見えた。重たげで輪郭のはっきりしない横顔だ。どんな力があるにしても、顎の下や口と目のまわりのぼてぼてした肉に隠されてしまっている。淡い茶色の髪は手入れの悪いクルーカットで逆立っていた。じっと目を向けているものは彼とユーナとのあいだ、窓敷居より低いところにあり、二人の目の動きからカードゲームをやっているのだろうと私は推察した。

壁の向こうの音楽が止み、また始まった。同じレコード、〈センチメンタル・レディ〉（一九四三年、デューク・エリントンのヒット曲）を何度も繰り返しかけている。センチメンタルなユーナ、と内心で言ったそのとき、吠え声が始まった。家の中のいくつもの壁に隔てられて遠く弱く聞こえるその吠え声は、月に向かって遠吠えするコヨーテの声のように高くなったり低くなったりしていた。いや、コヨーテではなく、男の声だ。うなじの毛が逆立った。ユーナがガラス窓を通して聞こえるほどの大声をあげた。「まったくもう、さっさと黙らせて」

クルーカットの男が立ちあがり、上半身が見えた。看護師か病院用務員の着る白い厚手木綿のスモックを着ているが、それに見合ったてきぱきした雰囲気はまったくなかった。

「どうすりゃいいんだ、ここに連れてくるのか？」彼は女のような身振りで両手をきつく握り合わせた。

「そうするしかなさそうね」

吠え声がまた大きくなった。用務員の頭が声のほうを向き、体が続いた。彼は歩いて窓から離れ、私の視野から消えた。ユーナが立ちあがり、同じ方向へ大股に歩いていった。

きっちりと仕立てられた黒いパジャマ・ジャケットに包まれている肩は形よく見える。音楽を大きくした。音楽は暗く形のない大波のように家じゅうに打ち寄せ、男の叫びは溺れかけている人の悲鳴のように、それに負けじと響いた。吠え声はふいに止んだ。音楽は続き、人間のこだまの上を流れていった。

やがて部屋の中に複数の声がした。ユーナの声が音楽を縫って切れ切れに聞こえる。「頭痛が……静かにして……鎮静剤を」それから、さっき耳にした唸るような喉声が、最初は低く、しだいに高くなって音楽より大きくなった。

「だめだ。ひどい。ひどいことが起きている。やめさせなければ」

「やめさせじいさんだ。そうとも、あんたならやめさせられるよ」青年のやや甲高い声には、くすくす笑いがまじっていた。

「よけいな口出しをしないで！」ユーナがきつい大声を発した。「言いたいことを言わせなさい。一晩中、叫ぶのを聞きたいの？」

また沈黙があり、音楽だけが高く低く流れていた。私はプランターをまたいでパティオに入り、錆びたテーブルの一つに体重をかけてみた。大丈夫そうだった。椅子を踏み台にして、テーブルの上にあがった。ぐらぐらして倒れるかと心配したが、落ち着いてくれた。まっすぐ立ちあがると、私の頭は十フィート先の窓敷居とほぼ同じ高さになった。

ユーナは部屋の奥のほうの蓄音機のそばに立っていた。音を低くし、窓のほうにまっすぐ歩いてきた。私は反射的に頭を引っこめたが、彼女はこちらを見ていなかった。怒りと忍耐のまじった表情で、部屋の中央に立っている男を見守っていた。側頭部に稲妻形の傷のような白い筋のある男だ。

男の小さな体は赤い錦織の絹のバスローブに包まれていた。もっと大柄な男からの借り物のように、だぶだぶだった。顔さえ皮膚の下で縮んでしまったようだ。二重顎のかわりに、青白い皮膚が鶏の肉垂のように垂れ、口を動かすたびにひらひらした。

「ひどいことばかりだ」とぎれとぎれの唸り声は静寂の中で大きく響いた。「しじゅう起きている。おれはおふくろを襲った犬どもをつかまえた。やつらは親父をはりつけにした。おれは暗渠から這いあがり、丘を登り、親父の両手の釘を見た。親父はみんな殺せと言った。皆殺しだ。末期の言葉、路面電車、川の下を通るトンネルに入る、死んだ少年たちが横たわり、くず拾いどもはズボンに銃を入れて得意げに歩き回って」声はしだいに小さくなり、英語とイタリア語の卑猥な罵り言葉のメドレーとなって消えていった。

白いスモックを着た用務員は革張りの椅子の肘掛に腰を載せていた。横に立つフロア・ランプの明かりのせいで、男はピンクの象のように非現実的に見えた。彼は球場の控え選手の待機場所から応援するような大声をあげた。

「そいつらにはっきり言ってやれよ、ドゥラーノ。みごとな記憶力だな」

ユーナが男のほうへ駆け寄り、怒った顔を突き出して言った。「ミスター、立場をわきまえなさい、このデブ。ミスターと言いなさい！」

「ミスター・ドゥラーノ。失礼しました」

その名前の人物は明かりのほうへ顔をあげた。黒い目は平らできらきらして、深くおちくぼみ、柔らかな雪に埋めこんだ炭のかけらのようだった。「ミスター地方検事殿は」彼は真剣な口ぶりでわめいた。「川にドブネズミがいる、ルージュ工場にドブネズミがいると言った。抹殺しろと言った。飲料水にドブネズミ、おれの血管の中を泳いでいます、ミスター・ドクター検事殿。一掃しますとおれは約束した」

「銃を渡してあげなさいよ、お願いだから」ユーナが言った。「さっさとすませましょう」

「お願いだから」ドゥラーノは彼女の言葉を真似た。「暗渠から這いあがったとき、丘の上に親父が見えた。両手に蹄鉄釘を打たれて。犬どもがおふくろを襲っていた。親父はおれに銃をくれて、ズボンに入れておけ、息子よ、血流の中にドブネズミが入りこむ、と言った。一掃しますとおれは言った」細い手がイタチのようにバスローブのポケットめがけて飛びこんだ。出てきた手は空っぽだった。「銃をとられた。銃を持っていかれて、どうやって一掃すればいいんだ？」激しい怒りにもだえて両手を握りしめ、拳で額を打った。

「おれの銃をよこせ！」

ユーナはレコード・プレーヤーに近づいた。追い風に押されているかのように、ほとんど駆け足になっていた。音量をあげ、ドゥラーノのもとに戻った。部屋の中を吹き荒れている精神の逆風に向かって、一歩一歩必死に進んでいた。太った用務員はスモックの裾を持ち上げ、ベルトの下から黒いオートマティックをとり出した。ドゥラーノは弱々しく男に飛びかかった。用務員は抵抗を示さなかった。ドゥラーノはその手からオートマティックをもぎとり、数フィートあとずさった。

「さあ！」にらみをきかせてから、一連の卑猥な言葉を口にした。まるで口の中にそういう言葉が充満していて、吐き出すしかないといったふうだった。「さあ、おまえたち二人とも、両手を頭につけろ」

用務員は言われたとおりにした。ユーナは男の横に並び、指輪をひらめかせて両手をあげた。顔は無表情だった。

「これまでだ」ドゥラーノはくぐもった声で言った。さっき自分で額を打ったところが赤いみみずばれになっていた。緩んだ口はまだ動いていたが、音楽より小さな声で、なにを言っているのかは聞きとれなかった。彼は身を乗り出し、銃をつかんだ指が白くなるほど力をこめた。騒音の波に沈まないよう、彼を支えているのがその銃だとでもいうように。

ユーナが低い声でなにか言った。用務員はぼてぼてした顔に薄ら笑いを浮かべて下を見た。ドゥラーノはスキップするように軽く一歩踏み出し、至近距離から男に三発撃ちこんだ。用務員は床に倒れ、伸ばした片腕を枕にして横たわった。顔にはまだ薄ら笑いが浮かんでいた。

ドゥラーノはユーナも三度撃った。彼女は芝居がかった渋面をつくり、二つ折りになって、長椅子の上に倒れた。ドゥラーノはほかにも殺す相手はいないかとあたりを見回したが、誰も見つからなかったので、銃をバスローブのポケットに落としこんだ。さっき発砲を始めたとき、私はおもちゃのピストルだと気づいていた。

ユーナは長椅子から身を起こし、音楽を低くした。ドゥラーノは驚いたふうもなく彼女を見守っていた。白衣の男は難儀そうに立ちあがり、ドゥラーノに付き添って部屋を横切った。ドゥラーノは夢見るような微笑を浮かべて、戸口から振り返った。自分でつけた額の傷は腫れあがり、青あざに変わりかけていた。

母親が子供を送り出すときのようにユーナが大げさに手を振ると、用務員はドゥラーノをせかして出ていった。彼女は窓際のカード・テーブルに坐り、トランプを切り始めた。センチメンタルなユーナ。

私は止まり木から降りた。ずっと下の浜辺から波の音が聞こえる。リズミカルに寄せては返すその音は、砂の上で手叩き遊びをする子供たちが立てる音のようだった。

屋敷の正面側に回った。二階の鉄の桟のある窓にはまだ明かりがついていて、天井に映る影が見えた。玄関ドアに近づいた。彫刻を施した黒いオーク材で、高さは十二フィートくらい。銃の台尻で強くノックをしなければいけないタイプのドアだ。私は雑草だらけの花壇の中に立ち、柱廊玄関の鉄柵に顎をもたせて、上着のポケットに入っている銃の台尻に触れた。そして、今日はこれまでにしようと決めた。

ユーナを逮捕するほどの証拠はないし、そんな権限もなかった。どちらかが手に入らないうちは、彼女はそっとしておくほうがいいだろう。こうして安全に家族の懐に身を置いているのだし、必要になればまた見つけられるのだから。

第十六章

山の十字路に立つ道標の柱は、発砲好きなハンターたちの銃弾で痛めつけられていた。白いペンキ塗りの板が四枚、四方に向かって伸びている。一枚は私が来た道をさしていた——〈アロヨ・ビーチ　七マイル〉。一枚は前方をさしている——〈ベーラ・シティ　三十四マイル〉。右手の一枚は——〈イーグル・ルックアウト　五マイル〉。左手の一枚は——〈スカイ・ルート〉。標識のない五枚目の方向は真上だ。青い丸天井に一羽のタカが旋回していた。明るい早朝だった。

私は運転席に戻り、スカイ・ルートに向かった。ヘアピン・カーブの砂利道で、山の斜面を等高線に沿って走っていた。私の左側で低くなった山は峡谷となり、ところどころに家々の屋根が見える。峡谷の遠い先方にある海は距離のせいで滑らかに見え、アロヨ・ビーチの白い細い曲線に縁どられて、ティーカップの中のワインのようだった。

険しい坂道の入口に、支柱に載せた郵便受けが二つ三つ立っているところをいくつも通り過ぎた。二七一二番の郵便受けには、〈ハイホーム荘、H・ワイルディング〉と名前まで真っ赤な太い活字体の大文字で書かれていた。ワイルディングの小道は下るにつれて広くなり、やがて谷底に近い空き地に出た。空き地の奥のホワイト・オークの木々のあいだに小さな石造りの家があった。

庭では数羽のバンタム鶏が地面をひっかいていた。老いぼれた猟犬が半白の鼻面をこっちに向け、片方の眉を上げた。車の進行方向からどこうとしない。私はハンドブレーキをかけて車を降りた。犬は動かないまま、気のない様子で私に向かって唸った。灰色の雄のガチョウがかすれ声をあげ、翼をばたつかせながら突進してきたが、ぶつかる直前に私をよけて木立ちの中へ入っていった。下の峡谷の林の陰では、子供たちの一群がインディアンの鬨《とき》の声をあげながら賑やかにしゃべり合っていた。

石造りの家から出てきた男は、インディアンといっても通りそうだった。汚れたキャンヴァス地のショーツを穿いているが、残る部分は黒く焦げたかのように日焼けしている。白髪まじりのまっすぐな黒い髪が耳を隠して垂れていた。

「こんにちは」彼は洗濯板のような肋骨をかき鳴らして音のない序曲を奏でながら、声をかけてきた。「今日はよく晴れて、空気が澄んでいます。光の質に気づかれたかな。たいへん特別な光です。ホイッスラーなら絵の具で表現できたかもしれないが、わたしには無理だ」

「ミスター・ワイルディングですか？」

「もちろん」彼は絵の具で汚れた手を差し伸べた。「お会いできてうれしいです。誰に会っても、なにと出会ってもうれしいんだ。光は風景を創造する、だからある意味では、世界は毎日新たに創造されている、そう思いついたことはありますか？　ある意味、というのは、わたしの考える意味ですがね」

「ぜんぜんありませんでした」

「まあ、考えてごらんなさい」彼はまじめな口ぶりで言った。「光は古く黒い混沌の中から風景を創造する。われわれ画家はそれを再創造する。毎朝外に出るたび、天地創造の二日目に至った神のような気分にならずにはいられない。いや、三日目だったかな？　そのへんはどうでもいい。わたしは時間という観念を捨ててしまった。純粋な空間の中に生きているんです」

「アーチャーといいます」言葉の奔流に溺れてしまわないうちに、私は言った。「二週間前――」

「申し訳ない、失礼な態度をとりました。めったに人に会わないもので、たまに会うと蓄音機同然になってしまう。アーチャー、とおっしゃいましたか？　もしや、射手座《サジタリウス》の星の下にお生まれとか？　射手《アーチャー》を象徴する星座でしょう。もしそうなら」結論はお粗末だった。

「愉快なんですがね」

「なんと、サジタリウスは私のファースト・ネームなんです。愉快この上もありませんよ」

ワイルディングは甲高く大笑した。人間の陽気な笑い声を真似たモッキングバードの声のようだった。林の中の子供たちから、そっくりな笑い声のこだまが返ってきた。

「それはともかく、どちらさんです?」彼は言った。「入って、お茶でもどうぞ。いれたばかりですから」

「私は探偵です」

「シングルトン事件を調べている?」

「ええ」

「そうですか」お茶のすすめは繰り返されなかった。「ほかの人たちにすっかり話したんで、あらためてお教えできることはべつにありませんよ」

「私はひとりで調査をしています。ほかの人たちとは話をしていませんし、彼らがなにを知っているか、なにを考えているかは知りません。私の勘としては、彼は死んでいると思います」

「チャールズが死んだ?」驚きか、ほかのなにかの感情がコードバン革の顔に通した引き紐を引いたかのように、顔がしわしわになった。「そうだとしたら、惜しいことをした。まだ二十九だったのに。どうして彼は死んだと思われるのですか、ミスター・アーチャー?」

らしい」
「類推です。昨日、女性が一人殺された。理由は、彼になにが起きたかを知っていたから
「金髪の女性、あの人が殺されたんですか？」
「有色の女性です」ルーシーのことを教えた。
彼はインディアンのようにあぐらをかいて坐り、曲げたむきだしの膝に片方の肘をつい
て、人差指で地面の土埃に模様を描いた。棺の形をした長い顔の仮面で、彼自身の顔にや
や似ていた。バンタムの雄鶏がやって来て、彼の手をつついた。
ワイルディングは立ちあがり、たったいま棺の絵を描いた手で自分の目の上を軽く叩い
た。「物事を象徴化する機能が働くと、こうなります、ごく原始的な形でですがね。たま
に、亡き母はナヴァホの男と浮気をしたんじゃないのかと思うことがありますよ」彼はサ
ンダルを履いた足で土に描いた絵を消し、間を置かずに話し続けた。「画家は出来事を絵
に描き、詩人は出来事を言葉に表わす。行動する男はなにをするんでしょう、ミスター・
アーチャー？　出来事に殉じる？」
「お友達のシングルトンはそうなったのだと思います。彼はあなたの友達だった、いや、
友達だ、と考えていいのでしょうね？」
「ええ、友達でした。チャールズなら高校生のころから知っている。わたしはしばらくア
ロヨ私立高校で教えていたんです、絵が売れ始める前にね。それに、彼は十年近く前から、

夏にはここに来るようになった。ここから家が見えますよ」

彼は峡谷に沿って北を指さした。谷の奥、半マイルほど先に、油を塗った丸太製のずんぐりした茶色の建物がライヴ・オークの木々のあいだで鈍くきらめいていた。「わたしが手伝って建てたんです、一九四一年の夏にね。一間しかないんだが、チャールズはいつもぼくのスタジオと呼んでいました。ハーヴァードで一年を終えると、詩人になりたいという思いを抱いて帰ってきた。高台にある母親の家にいると、窮屈で息が詰まりそうになる。母親も、家も――ご存じでしょうかね――伝統でガチガチ、それも詩人になろうという若者の役に立つような伝統じゃない。チャールズはそれを逃れるためにここに来たんです。この峡谷のことを、魂を育てる自分だけの谷、と呼んでいました」

「あの山小屋を見てみたいのですが」

「お伴しますよ」

ワイルディングはふいに思い立ったように私の車に向かい、私はあとを追った。低速ギアで小道を上り、やがて左折して、峡谷の壁を切り開いた砂利道に曲がりこんだ。道端の二番目の郵便受けにはシングルトンの名前がステンシルで入れてあった。もう一度左折すると、峡谷の斜面を降りていく小道に入った。谷底までの道の半ばあたり、両側に峡谷の壁が迫る自然の棚の上に、丸太小屋は建っていた。その前に駐車して車を降りると、玄関ドアが役所の紙を貼られて封印されているのが目に入った。

私はワイルディングのほうを向いた。「家が封印されているとは教えてくださらなかった。保安官はここで暴力行為があったのではないかと考えているんですか?」

「打ち明けてくれる相手じゃありませんよ」ワイルディングは苦笑いして言った。「銃声が聞こえたと話したとき、保安官はそう真剣に受けとったようには見えなかった」

「銃声?」

「すみません、ご存じだとばかり。こっちの方向から銃声が聞こえたんです、あの土曜日の夜遅く。そのときはなんとも思わなかった。なにしろ、狩猟の季節であろうとなかろうと、銃声はいやというほど耳にするんでね。次の週に質問を受けたとき、もちろん銃声のことに触れました。そのあと、警察は家の内外を徹底的に調べたようですが、弾丸とか、そういうものはまったく見つからなかった」

「見つからないでしょう、タマがシングルトンの体に入ったんならね」

「なんてことだ」彼は言った。「チャールズは自分の山小屋で撃たれたと、ほんとに思っているんですか?」

「ここでなにかが起きたと、警察は考えているに違いない。さもなければ、封印はしません。あの土曜の夜、ほかになにか聞こえましたか?」

「なんにも。ぜんぜんなんにも。十一時ごろに銃声が一発聞こえて、それだけ。車は数台通りましたが、夜遅くにはいつも車の往来がある」

ワイルディングは山小屋の正面の壁にある、ドアと対をなした大きな窓に近づいた。肩越しに覗くと、半開きになった茶色い厚手木綿のカーテンの隙間から中を見ていた。一見素朴なそこは梁のある正方形の部屋で、磨いた木、手織りの布、銅製品など、一見素朴な贅沢品がそろっていた。すべてきちんとして見える。窓の向かい側にある、銅張りの通風孔のついた暖炉の上に、ハンサムな青年を描いた油絵が掛かっていた。漂白した木の額の中から、青年は私たちの頭の遠く先に五マイル続く陽の当たる峡谷を眺めていた。

「あれはチャールズです」ワイルディングは額の中の青年に聞かれてはまずいと思っているかのように、ささやき声で言った。「わたしが描いて、彼にあげました。二十歳のときには詩人シェリーの若いころそっくりだった。残念ながら、今は違いますがね。戦争中、あの女性と付き合うようになって、天使のような清らかさを失ってしまった。あるいは、戦争そのもののせいだったかもしれない。たぶん、わたしは女性に対して偏見があるんだろうな。独身を通していますから」

「その女性というのは、さっき話に出た金髪の人ですか？」

「話に出しましたっけ？　そんなつもりはなかったんだが」彼は向きを変え、茶色い手を私の肩に置いた。「ところで、あなたはミセス・シングルトンが雇った調査員の一人なんですか？　そうなら、これ以上なにも言いたくはない。当然ながら、保安官にはすべて話しました」

「私に話してくださることは、他言しません」

彼の黒い目は餌をあさるカブトムシのように私の顔を調べてまわった。「話のついでに伺いますがね、チャールズについて、どういう関心をお持ちなんです？」

「ミセス・シングルトンのコンパニオンに雇われています」

「シルヴィア・トリーン？　いい子だ。チャールズに惚れこんでいると思う。しかし、まさか――」

「彼女は金髪の女性の存在を知っています」

「そう。わたしが教えたから。長い目で見れば、それがいちばんだろうと思ったんでね。なにがあったにせよ、チャールズはシルヴィアとは結婚したはずはない。彼は結婚するようなタイプじゃないんだ。その女性との情事がどのくらい続いていたかは、シルヴィアには教えなかった」

「この夏に始まったことだと言っていましたよ」

「そう想像するように仕向けたんです。実際には七、八年にもなる。チャールズは空軍に入った年にわたしを彼女に紹介してくれました。名前はベス、苗字はおぼえていない。とても若くて、ぞくぞくするような美人、肌や髪の色がすばらしかった。どこから見ても完璧なんだが、口を開いたとたんにがっかり――しかし、ゴシップはいけないな」と言いながらさらに続けた。「チャールズは昔からプロレタリアに対する憧れがありましてね。それにもかかわらず、というか、そのせいで、本当に恋に落ちていたのは明らかだった。あの子たちはおたがいに夢中だった。いや、あの子たちなんて言っちゃいけない。彼女は子供じゃなかった。すでに結婚していた、と思っています。もちろん、それがチャールズにはありがたかったんだ」思い返すように言い加えた。「彼女と結婚すべきだったのかもしれないな」

「その女性が彼を撃ったのだと思いますか？」

「そんなふうに考える理由はわたしにはない。可能性は確かにあるでしょうがね。若い女が若い男の決断を待つのに、七年は長い時間だ」

「彼がいなくなった夜、彼女はここにいましたか？」

「知りようがない。山小屋に明かりがついているのは見えました。そういえば、彼女の姿は何週間も見ていないな。夏のあいだ、しょっちゅう一緒に来ていた、という印象はあります。ほとんど毎週土曜日の夜にね」

「で、それ以前は？」

彼は封印されたドアに寄りかかり、茶色の細い腕を胸の前で組んで、しばらく考えた。

「ずっと続けて来ていたわけじゃない、それは確かです。ベスが最初に現われたのは一九四三年の夏で、わたしはそのとき初めて会ったんだ。彼女をモデルに絵を描きたいと思った。ところが、チャールズはひどく独占欲が強くて、以後、彼女が来ているときには絶対にわたしを呼んでくれなかった。その夏のあと、一九四五年にチャールズが空軍をやめるまで、彼女の姿は見かけなかった。それからの二、三年は、遠目によく見ましたよ。そのあと、一九四八年の秋にチャールズは法律を学ぶためにハーヴァードに戻り、この春まで、二人を見かけることはなかった。彼女があとを追ってケンブリッジまで行った可能性はありますが、チャールズに彼女について尋ねたことはない」

「なぜです？」

「さっきも言ったように、彼は嫉妬心が強いし、個人の事情については秘密主義なんだ。母親のせいでもある。人間の性欲《リビドー》に対するミセス・シングルトンの態度ときたら、ごく控えめに言っても禁欲的でね」

「すると、金髪の女がどこから来たのか、どこへ行ったのか、アロヨ・ビーチでなにをしていたのか、結婚相手は誰なのか、あなたはご存じない？」

「今の質問すべてについて、ノーとお答えするしかないな」

「外見を説明できますか？」

「言葉を見つけられるならね。彼女は若いアフロディテだった。北欧の頭を持った、ベラスケスのヴィーナス」

「もう一度お願いします、ミスター・ワイルディング、単純な言葉で」

「バルト海から上がってくる北欧のアフロディテ」思い出し笑いがこぼれた。「非の打ちどころがなかった。ところがいったん口を開くと、彼女は英語を、あれを英語と呼べるならだが、まあ相当に野卑な環境で習いおぼえたことが、痛いほど明らかになった。

「つまり、青い目の金髪女であって、上流の女性ではなかった、ということですね」

「バルト海の青い目」彼は繰り返した。「髪はまるで若いトウモロコシの毛。ドラマティックすぎて、本気で絵にはできないくらいだった。もっとも、ヌードはぜひ描いてみたかったがね」彼の目は空中に人の形を焼きつけていた。「チャールズは絶対に承知しなかった」

「記憶を頼りに、絵に描けますか?」私は訊いた。

「やろうと思えば」彼は反抗する少年のように土を蹴った。「もう何年も、人間を題材にしたことはないんだ。現在の関心は純粋な空間にある。自然の持つ英知の輝きによって照らされた空間。おわかりになるかな」

「わかりません」

「ともかく、わたしは自分の芸術を利用することはないし、利用されるのを許すこともない」

「なるほど。たいへん高潔なお考えです。あなたは時間というものを捨ててしまった。ところがたまたま、お友達の一人が痛い目にあって同じ結果に至ったらしい。そんな場合たいていの人なら、偉そうな態度をあらためて、できるだけ協力するものですよ」

　彼は顔をしわだらけにして、苦々しい表情でこちらを見た。泣き出すかと思った。だがそうではなく、またあの甲高い、人間離れした笑い声をあげ、その声は峡谷に迷いこんだカモメの鳴き声のようにこだました。「おっしゃるとおりだと思います、ミスター・サジタリウス。家に連れて帰ってくだされば、できるだけのことはしてみましょう」

　三十分後、彼は画用紙を一枚振りながら、家から出てきた。

「はい、これ。できるかぎり彼女らしく見えるように描いたつもりです。パステル・チョークの上に定着液をかけてあるから、折りたたんだりしないでください」

　私は絵を受けとった。若い女の彩色スケッチだった。三つ編みにした淡い色の金髪が冠のように頭のてっぺんにまとめてある。目には人当たりのよさがあるものの、タイルのように冷たく、鈍い輝きを放っている。ワイルディングは彼女の美しさをとらえていたが、現在の彼女はこの絵よりも年老いていた。

　彼は私の考えを感じとったようだった。「初めて会ったときの彼女を描くしかなかったんです。それがわたしにとっての彼女のイメージですから。実際にはこれより七つか八つ年上です」

「髪の色も変えていますよ」

「じゃ、彼女をご存じなんですね」

「よくは知りません。これから、近づきになります」

第十七章

ベニング医師の家の正面階段を上り、呼び鈴を押した。私がぶち抜いたガラスの隅の穴はボール紙とセロファンテープでふさいであった。上着なしでサスペンダーを引きずったベニング医師が戸口まで出てきた。櫛をいれていない髪の毛は、頭皮のピンク色の砂漠を縁どる枯れ草だった。くたびれ果てた老人という雰囲気だが、口を開くと印象が変わった。その声は歯切れがよく、せかせかしていた。

「ご用件は？　昨日の午後、待合室にいた人じゃないかね？」

「診察していただこうというのではありません、先生」

「じゃ、なにをしに来た？　起きたばかりなんだ」

「警察からまだ連絡がありませんか？」

「ないね。きみは警官か？」

「私立探偵です、警察と協力しています」私は身分証を見せた。「われわれはルーシー・チャンピオンという有色の若い女性が殺された事件を調べています。彼女は昨日の午後、こちらを訪ねました」

「ここまで尾行して来たのか？」

「はい」

「理由を教えてもらえるかな？」ぎらつく朝の光の中で、瞳の色は薄く、目は緊張して見えた。

「そうするよう雇われていたので」

「で、彼女は死んでしまった？」

「見失ってしまったのです。また見つけたときには、昨日の午後遅くですが、喉をかき切られていました」

「もっと早く連絡してこなかったとは不思議だな。彼女はうちの患者で、どうやらわたしは彼女が生きていたとき最後に会った人間の一人のようなのに」

「ゆうべお目にかかろうとしたんですがね。奥様から聞きませんでしたか？」

「今朝はまだ話をしてない。家内は具合がよくないものでね。まあ、入りたまえ。ちょっと時間をもらって着替えをすませるよ。そのあと、できるだけのお手伝いはしよう」

彼は私を待合室に招き入れた。スリッパを履いた足音が階段を上がり、しだいに細く《ディミニュエンド》消えていった。十分後、しわの寄ったブルーの吊るしのスーツを着て、きれいにひげを剃った顔で降りてきた。隅にある受付デスクにもたれ、煙草に火をつけると、私にパックを差し出した。

「朝食前には喫いません、どうも」

「わたしは喫っている。馬鹿だよな。空っぽの胃に煙草はよくないと患者たちには注意するのに。しかし、医者とはそういうものだ。このところ、予防医学というのが合言葉になっているがね、医者の半数は今でも過労で早死にしている。まさに、医者の不養生だな」

ベニングは服とともに医者らしい物腰も身に着けていた。

「早死にの話ですが」私は言った。

「無駄話はよそう」さっとひらめかせた微笑には少年のような魅力のかけらが残っていた。

「悪い癖だ、患者と心を通わせようとするためだがね。さてと、さっきの患者、ミス・チャンピオンだが。喉を切られた、というんだね、ミスター——ええと、アーチャーだったかな?」

「彼女は喉を切られていた、そのとおり、名前はアーチャーです」

「で、わたしから具体的にどういう情報が欲しい?」

「個人として、医師としての観察です。彼女がこちらの医院に来たのは、昨日が初めてでしたか?」

「三度目だったはずだ。記録の不備をお詫びしなければならないが、ここしばらく、そういう仕事のできる者を使っていないんだ。それに、うちの患者の多くは一回きり、現金払いの患者でね。まあその、貧乏な人たちが医者にかかればそんなものです。だから、現金出納記録は別として、完全なカルテをいつも作っているわけではない。ただ、彼女が前に二度来たのは確かにおぼえている。一度は先週の半ばごろかな、あと一度はその前の週だった」

「誰の紹介でしたか?」

「下宿の家主、ミセス・ノリスです」

「ミセス・ノリスとはお知り合いですか?」

「ええ。准看護婦の仕事をよくやってもらったことがある。アナ・ノリスはニグロ女性の鑑だ、というのがわたしの考えだ。肌の黒い女性、と彼女なら言うだろうがね」

「彼女の息子はこの殺人事件の容疑者になっています」

「アレックスが?」片方の脚をびくっと振ったので、踵がデスクの側面に当たった。「いったいどうして彼が容疑者なんかに?」

「現場にいたんです。警察につかまるとパニックになって逃げ出しました。もしまだ捕えられていなければ、たぶん逃亡を続けているでしょう」

「そうだとしても、アレックスが犯人だとは考えられないんじゃないの?」

「同感です。だが、ブレーク警部補はそう思っていない。アレックスは被害者と親密にしていたんです。結婚するつもりだった」

「彼女のほうがだいぶ年上では？」

「いくつでしたか？」

「二十代の半ばあたりだろう。正看護婦として何年も経験を積んでいた」

「なんの病気だったんです？」

吸っていない煙草から長い灰が落ちた。彼は意識するふうもなく、履き古した黒靴の爪先で灰を踏み消し、カーペットにこすりつけた。「病気？」

「なにを治療しておられたんですか？」

「結局、なにというほどのものではなかった」やや間を置いて答えた。「胃腸の不具合を訴えていて、わたしは軽い結腸痙攣ではないかと考えた。不運にして、彼女は病気というものを知りすぎていて、かつ無知でもあった。それで、自分が悪性の病気にかかっているとおおげさに思いこんでしまったんだ。もちろん、まったくそんなものではなかった。軽い心身症というだけだ。おわかりかな？」

「部分的には。すると、彼女の症状は神経が原因だった」

「神経とは呼びたくないな」自分が相手の知らないことを知っているので、ベニングはいい気持ちになり、打ち解けてきた。「心身症の原因となるのは全人格だ。われわれの社会では、ニグロ、ことに高レベルの訓練を受けたミス・チャンピオンのようなニグロの女性は、しばしば欲求不満に陥り、それが神経症につながる可能性がある。強い人格は、ときに初期の神経症を肉体症状に変えてしまうことがある。おおざっぱな言い方だが、それがミス・チャンピオンの例です。彼女はいわば人生にがんじがらめにされていると感じて、その欲求不満が胃痙攣という表現をとった」彼は息を継いだ。

「彼女はこのベーラ・シティでなにをしていたんですか？」

「こちらが知りたいね。仕事を探していると言っていたが、看護婦としてカリフォルニア州で登録されていたとは思わない。ぜひ経歴を知りたいところだ」

「出身はデトロイトです。家族は貧しく、ほぼ無教育。これで助けになりますか？」

「それだけでは、精神生活はあまりわからないだろう？」

「精神生活がどうして大事なんですか？」

「病気を恐れるだけが彼女の恐怖症ではないことは一見してわかった。もっと深い、もっと一般的な恐怖があって、それがさまざまな形で現われていた。その点を説明して、自己理解につなげようとしたが、彼女には無理だった。堰が切れて、わたしの肩にすがって泣いたよ。ほかにも恐怖があると教えてくれたのは、そのあとだった」

「なにを恐れていたんです？」

彼は講義をするように両手を広げた。「はっきりとは言いがたい。わたしは精神科医ではないのでね。その方面の文献は出るたびに読むようにしているが」彼はみすぼらしい待合室を見渡し、ふいに判然としない衝動に駆られて言い足した。「この荒れ果てた街で、ほかの医者たちはそこまでだって努力していませんよ」

「彼女の恐怖は現実のものでしたか、それとも空想でしたか？」

「それこそ、わたしには答えかねる質問だ、彼女についてもっと知らないかぎりは」思いをめぐらし、目がどんよりした。「恐怖は主観的にはつねに現実だ。恐怖についてむしろ考えなければいけないのは、それが現在の状況に関係があるのか、状況によって正当化されるのか、という点です。このケースでは、そうだったらしい。ミス・チャンピオンは自分が追い詰められている、死ぬ運命にあるのだと信じていた」

「なにか詳しいことを言いましたか？」

「いいや。打ち明けてもらえるほどの信頼関係を築く時間はなかった。その迫害恐怖を口にしたのは、最後の訪問のとき、つまり昨日だった。きみは彼女の生と死を調べてきたんだろう、ミスター・アーチャー。彼女は本当に誰かから追われていたのか？　そして、その人物にとうとうつかまってしまった？」

「わかりません。私自身、彼女を尾行していましたが、やり方がまずくて気づかれてしまった。もし彼女がもともと強い恐怖心を抱いていたのなら、それだけでもきっかけになったかもしれない」私はしたくないと思っていた質問をした。「純粋なおびえから、彼女が自殺した可能性はありませんよね？」

一つのドアから次のドアへとカーペットの上に続くすり減った道に沿って、ベニング医師は行きつ戻りつしはじめた。やがて足を止め、私のほうを向いた。落ち着かない様子に見えた。「率直に申しましょう。その意味でわたしは彼女のことを心配していた。だからできるだけ恐怖を和らげてやろうとしたのだ」

「自殺志向があるとお考えでしたか？」

「可能性としては考えていた。そのくらいしか言えません。わたしは精神科医ではないので」恥ずかしながら無力だといった身振りで両方の掌を上向きに広げた。「傷は自殺を示唆するものだったのか？」

「自分でつけた傷にしては、ずいぶん深かった。その質問には、私よりブレークか副検視官のほうがきちんと答えられるでしょう。それに、ブレークはあなたから供述をとりたがっているはずだ」

「支度は整っている。署に行くのなら、一緒に行けるが」

私は行くと言った。ベニングはホールに出て帽子を手にとった。禿げ頭が隠れるとだいぶ若く見えたが、あの女といまも結婚しているにしては、美男でもなければ裕福でもなかった。

出かける前に、彼は階段の上に向かって声をかけた。「出かけるよ、ベス。なにか買ってきてほしいものがあるかい？」

答えはなかった。

第十八章

薄汚れた白いレンガ造りの市庁舎が周囲の商店ビルやオフィス・ビルと違うのは、日照りで枯れた芝生に旗のない旗竿が立っていることだった。裏手に回ると、舗装した駐車場からコンクリートの傾斜路が下りていく先に、警察署の傷だらけの緑色のドアがあった。ベニングはドアの前で振り返り、自分だけにわかる微苦笑を浮かべて言った。

「地獄《アウエルヌス》へ下る道だ（ウェルギリウス『アエネーイス』の一節、「地獄へ下る道は易しい」から）」

中に入ると、壁を緑色に塗った廊下の天井には金網で覆った電球が数個点り、胆汁のような薄暗がりを保っていた。床用オイルと金属磨きの鼻をつく臭いの下に、恐怖と殺菌剤、貧困と古い汗の臭いがまじり、複雑にいりまじった人間のざわめきが感じとれる。奥のいちばん薄暗い隅、〈内勤巡査部長〉と書かれたドアの向かい側に置かれた壁際の木のベンチには堂々たる恰幅の人物が坐っていた。

黒い布地のコートを着た大柄なニグロ女性だ。黒いフェルトの帽子の下からのぞく髪の毛は、色も見た目もスチール・ウールそっくりだった。女が顔を向けてこちらを見たとき、誰だかわかった。

ベニングが先に声をあげ──「ミセス・ノリス！」──両手を伸ばして近づいた。

彼女はその手をとり、どっしりした黒い顔を医師のほうへ上げた。「お目にかかれてうれしいです、先生」部分的に影が射しているせいで、鼻と口と顎の先は長年風雨にさらされて丸くなった黒い石のように見える。目だけが生気をもち、悲しげにきらめいていた。

「警察はアレックスを逮捕したんです。人を殺したと言って」

「きっとなにかの間違いだ」患者に接するときの低い音だった。「いい子だと、わたしは知っている」

「いい子です」彼女は問いかけるように私を見た。

「こちらはミスター・アーチャーだ、ミセス・ノリス。この事件を調べている。ミスター・アーチャーはアレックスは無実だと思うと、わたしにおっしゃっていたところだ」

「ありがとうございます、ミスター・アーチャー。はじめまして」

「いつ逮捕されたのですか？」

「今朝早く、砂漠で。州から出ようとしていたんです。ところが、車が故障して。そもそも逃げようとするなんて、愚かなことでした。連れ戻されたおかげで前の倍もまずいことになってしまった」

「弁護士はつけましたか？」ベニングが訊いた。

「はい、ミスター・サンタナです。週末で山《シエラ》へ行ってらっしゃるんですが、家政婦さんが連絡をとってくれました」

「いい人物ですよ、サンタナは」彼女の肩を軽く叩いてから、彼は巡査部長のドアのほうへ向かった。「これからブレークと話をして、アレックスのためにできるだけのことをしてみます」

「先生なら、アレックスの力になってくださると承知しております」

言葉には希望がこもっていたが、彼女の背中と肩はあきらめを見せて丸まった。私が坐ろうとしているのを見てとると、彼女はコートの裾を寄せ、体をベンチの片側へ移した。ひだになったコートの中から、思わずため息が漏れた。軟材のベンチには落書きのイニシャルがたくさん彫りこまれている。そのアルファベットのごった煮の上に私は腰をおろした。

「息子をご存じなんですか、ミスター・アーチャー？」

「ゆうべ、ちょっと話をしました」

「で、犯人だとは思われない？」

「ええ。彼はルーシーをとても好いているようでした」

ミセス・ノリスはぼってりした唇を怪しむようにすぼめ、声を小さくした。「どうしてそうおっしゃるんです？」

「彼が自分でそう言いましたから。それに、行動にも現われていた」

これで彼女はしばらく黙った。黒い手がおずおずと伸びて私の腕に軽く触れ、胸元にひっこんだ。細い金の結婚指輪が薬指の肉に沈んでほとんど見えなくなっていた。「わたしたちの味方なのですか、ミスター・アーチャー？」

「正義の味方です、正義を見つけられるときはね。見つけられないときは、負け犬の側につく」

「息子は負け犬じゃありません」一瞬、誇りを見せて言った。

「残念ながら、負け犬扱いされるでしょう。アレックスは濡れ衣を着せられて、手早く有罪判決となる可能性がある。それを防ぐ唯一確実な方法は、真犯人を見つけることだ。その仕事で、あなたに助けていただけるかもしれません」

「あなたは道義心のある方だと信じます、ミスター・アーチャー」私は深呼吸した。

そう信じさせておいた。

「わたしに言えること、できることでしたら、なんでもご利用ください」彼女は続けた。

「さっきおっしゃったことは、そのとおりです。息子はあの女に夢中でした。結婚するつもりだった。わたしはあの手この手でやめさせようとしました。アレックスはまだ十九で、結婚を考えるには若すぎます。わたしはあの子にちゃんと教育を受けさせようと計画してきました。肌の黒い男は、教育という踏み台がないかぎり、この国では無に等しいと教えてやろうとしたんですよ。それに、ルーシーはあの子にふさわしい結婚相手ではなかった。アレックスより五つか六つ年上で、遊び好きだった。うちから追い出したんです、そうしたら殺されてしまって。認めます、わたしの間違いでした。昨日、腹が立って、はっきり文句をつけたんです。でも、彼女には安全な行き先がなかった。あのあとでどんな運命が待ち受けているか知っていたら、うちに置いてやっていたのに」

「ご自分を責めることはありませんよ。起こるべくして起こった事件だと思います」

「そう思われますか？」

「彼女は重すぎる荷物を抱えていた」

「そんな気がしました。ええ。おびえていました」ミセス・ノリスはどっしりした体をこちらに乗り出し、打ち明け話をするように言った。「最初から、ルーシー・チャンピオンはわたしにとっても、うちにとっても、悪運だという感じがしたんです。デトロイトから来た人でしたが、アレックスが赤ん坊のころ、わたしもあそこに住んでいました。ゆうべ警察の人たちが来て、彼女が殺されたと言ったとき、今までずっと恐れていたこと、不況の中でなんとか生活していこうと、アレックスを連れて街から街へと渡り歩いていたころ、わたしたちに降りかかってくるんじゃないかと恐れていたことが、ぜんぶひとつになったような感じがしました。とうとうああいうことが、このヴァレーでいきなり起きてしまったみたいな。これまで何年も、懸命に働き、計画し、自分の名前を汚さないようにしてきたのに、今になって」

彼女の目は深く黒い過去から湧き出る深く黒い泉だった。私は言うべきことをなにも思いつかなかった。

「いいえ、間違った言い方をしました」彼女はあらたに力を得たかのように言った。「自分の名前が大事だったんじゃありません。息子です。北部の大都市を離れて、まともな家を手に入れて二人で暮らせば、あの子の父親が願ったように、まっすぐな人間に育てられると信じていました。ところが、今では逮捕されてしまった」

「おとうさんはどこにおられるんです？　力になってくれれば助かるでしょう」

「ええ、きっとね。アレックスの父親は戦死しました。ミスター・ノリスは合衆国海軍の一等兵曹でした」彼女は感嘆符の効果を上げるかのように力強く鼻をかみ、目頭を押さえた。

私はしばらく待ってから言った。「ルーシー・チャンピオンはいつお宅に来たんですか？」

「日曜日の朝、タクシーで乗りつけました。教会へ行く前です。今日からちょうど二週間前になりますね。安息日に商売をするのはいやなんですが、そんな個人的なことで追い払う権利はありません。彼女の場合、この街でまともなホテルには泊めてもらえませんし、わたしたちみたいな人間が借りられる家といったら、たいていは犬だって住めないようなところばかりです。彼女は言葉がていねいで、服装もきちんとしていました。職場から休みをとっていて、個人の住宅に滞在したいのだと言いました。うちでは春からずっと脇の部屋が空いていましたし、アレックスが大学に入るので、お金が必要でした。

彼女はおとなしい人柄のようでしたが、神経質で内気でした。昼食のほかは、めったに家から出ません。朝食は自炊で、夕食はわたしたちと一緒に食べました。まかないつきの契約だったんです」

「充分に食べていましたか？」

「そういえば、あまり食べませんでしたね。小鳥みたいにつつくばかりで。わたしの料理が口に合わないのか、一度か二度尋ねてみましたが、曖昧な答えしか返ってこなかった」

「病気があると話しましたか？」

「いいえぜんぜん、ミスター・アーチャー。あら、ごめんなさい。確かに話しました。胃の具合が悪いと。神経性の胃痛です」

「それで、ドクター・ベニングのところへ行かせた？」

「行かせたわけじゃありません。お医者様が必要なら、ドクター・ベニングはいい方だと教えたんです。彼女が行ったかどうかはわかりません」

「確かに行きましたよ。でも、ドクター・ベニングのことをあなたには一言も話さなかった？」

「記憶にありませんね。話題に出たのは、わたしが先生をすすめた、あのときだけで」

「彼女はミセス・ベニングのことを口に出しましたか？」

「ミセス・ベニング？　わたしの知るかぎり、ドクター・ベニングに奥様はいらっしゃいませんよ」

「私はゆうべ、彼の家で会いましたよ。すくなくとも、ミセス・ベニングだと自称する女性に」

「きっとフロリダ・グティエレスでしょう。先生のところで働いている。あの人と結婚なさるはずはないわ。ドクター・ベニングはどんな女性とも結婚しませんよ、最初の奥様とずいぶんこじれてましたからね」

「先生はやもめですか？」

「離婚なさったんです」不快感を隠しきれずに、平板な言い方をしたが、それから急いでつけ加えた。「先生が悪いというんじゃありません。まあ、ご自分よりずっと若い女と結婚したのは愚かでしたけど。奥さんはイゼベル（旧約聖書中の邪悪な王妃）だったんですよ。恥ずかしげもなく夫を痛めつける、金髪のイゼベル。予想どおりになりました。奥さんはほかの人を追いかけて家を出て、離縁状をつきつけた。まあ、そう聞いています」彼女ははっとして背筋を伸ばした。「口をすすがなきゃならないわ、主の日にまた聞きのゴシップやスキャンダルをべらべらしゃべるなんて」

「その女性の名前は、ミセス・ノリス？」

「エリザベス・ベニング。先生はベスと呼んでらっしゃった。旧姓は存じません。戦争中に結婚なさったんです、先生が合衆国海軍の軍医でいらしたころにね。わたしたちが北部からこっちに移ってくるより前のことです」

「奥さんが出ていったのは、いつごろ？」

「二年近く前になります。先生はあの方と一緒でないほうがよろしいんですよ。まさか、先生にそう申しあげたことはありませんけど」

「彼女、戻ってきたようですよ」

「いま？　あのお宅に？」

私はうなずいた。

ミセス・ノリスはまたぎゅっと口を結んだ。顔全体が私を避けて閉じた。何世代もの時の重なりを通して堆積していった石の層のように、白人男性に対する不信感は彼女の深いところに強固に根づいていた。「わたしの言ったこと、誰にも話さないでくれますね？邪悪な舌を持っていて、いまだに抑えがききませんの」

「私はあなたを厄介な状況から救い出そうとしているのです。もっと深みにはまるよう仕向けるつもりはありません」

しばらくして、彼女はゆっくり答えた。「あなたのおっしゃることは信じます。それで、ほんとなんですね、彼女は先生のところに戻ってきた？」

「あの家にいます。ルーシーは奥さんのことをまったく口にしませんでしたか？　彼女は先生の医院へ三回行っています。ミセス・ベニングは受付係として働いていたんですよ」

ミセス・ノリスはきっぱり答えた。「ルーシーから聞いたことはありません」

「あなたは看護の経験があると先生はおっしゃった。ルーシーには病気の徴候が見られましたか、肉体の、あるいは精神の病気でも？」

「健康な女性に思えましたよ、食が細いのは別として。もちろん、お酒を飲む人はだいたい食べませんけれどね」

「彼女は酒を飲んだ？」

「飲む人だとわかって、残念でしたし、悲しく思いました。いま、ルーシーの体の具合について訊かれて思い出したんですけど、ミスター・アーチャー、不思議に思っていたことがありますの」

黒いハンドバッグの口金を開き、中に手をつっこんでなにかを探した。出てきたのは黒い模造革のケースに入った体温計で、彼女はそれを私に手渡した。

「出ていったあとで見つけました、部屋の洗面台の上にある薬戸棚の中で。振って下げないでくださいね。温度を見ていただきたいんです」

私はケースを開け、細いガラス棒を回して、水銀の柱が見える位置にした。華氏一〇七度（摂氏約四二度）を示していた。

「ルーシーのものなのは確かですか？」

彼女はケースにインクで書き入れた頭文字〈L・C〉を指さした。「確かにあの人のものです。看護婦でしたから」

「こんな体温だったとは考えられないでしょう？　一〇七度といったら死んでしまうと思っていましたが」

「そうです、成人ならね。だからわたしにもわからないんです。これ、警察に見せるべきだと思われますか？」

「よかったら、私が見せましょう。その前に、彼女の習慣についてもうすこし教えていただけませんか？　物静かで内気だったとか？」

「ええ、最初はとてもね。人とのつき合いがなくて。夜はたいてい部屋に坐って、自分が持ってきた小さなポータブル蓄音機を聴いていました。若い娘の休暇にしては変わった過ごし方だと思って、そう言ったんです。彼女は笑いましたが、愉快そうな感じではないんです。ヒステリックな笑い方になって、この人は緊張を強いられているんだと気がついたのはそのときです。そのうち、彼女がいると緊張が家の空気に感じられるようになってきて。なにしろ、二十四時間のうち二十三時間は家にいる、まあそんなふうに思えるくらいでしたからね」

「訪ねてきた人は？」

彼女はためらった。「いいえ、一人も。いつも部屋に坐って、ラジオでジャズみたいな音楽をかけていた。それから、お酒を飲むとわかりました。ある日、彼女がダウンタウンにお昼を食べに出かけているあいだ、部屋の掃除をしていたんです。引出しの底に新しい紙を敷こうと思って開けたら、ウィスキーの壜が入っていました。パイント・サイズの空き壜が三、四本」あきれたという様子で、小声になっていた。

「緊張を緩めるためだったかもしれない」

ミセス・ノリスは鋭い目つきで私を見た。「アレックスがまさにそう言ったんですよ、わたしが教えたらね。彼女を弁護したんです。それで、二人が同じ家にいるのはどうなのかと考えるようになりました。それが先週の終わりです。すると今週の半ば、水曜日の夜遅くですが、彼女が部屋の中を足音高く歩き回っているのが聞こえました。ドアをノックすると、彼女はシルクのパジャマを着て出てきて、アレックスが部屋にいるじゃありませんか。彼女にダンスを教わっていると言うんです。まぎれもなく、うちの息子に俗世のよこしまな道を教えていたんですよ、赤いシルクのパジャマなんか着て。わたしは面と向かってそう言ってやりました」

その時の怒りが余震のように思い出されたのか、胸が盛り上がった。

「神を畏れるわたしの家をダンスホールに堕落させている、息子に近づかないでほしい、と言いました。彼女はアレックスが自分で決めたことだと言い返し、息子もそのとおりだ、ぼくは彼女を愛しているんだと言いました。それで、わたしはきつい言葉を浴びせました。あの生意気な体を包んだ赤いシルクのパジャマに目がくらみ、慈悲の心を見失ってしまったんです。よこしまな怒りがこみあげてきて、アレックスに手を出すな、さもなければその寝巻きのままわたしの家から出ていけ、と言ってやりました。息子には、あんたが与えられるよりよっぽどいい人生をわたしは計画しているんだともね。するとアレックスが口をはさみ、ルーシー・チャンピオンが出ていくなら、ぼくも一緒に出ていく、と言ったんですよ」

ある意味では、アレックスはそうしてしまったのだ。母親の視線は、ルーシーが先に入っていった影の中へ向かう息子の後ろ姿を追っているように見えた。

「それでも、彼女を追い出しはしなかった」私は言った。

「ええ。息子の意志はわたしに対して強い力を持っているのです。翌朝、ルーシーは出かけましたが、荷物を残していきました。その日いちにち、どこで過ごしたのやら。バスでどこかへ行ったことは知っています。晩に帰ってくると、バスの便が悪いとこぼしていましたから。なんだかとても興奮した様子でした」

「木曜の夜？」

「ええ、木曜日の夜でした。金曜日はずっと静かにおとなしくしていましたが、内心では心配そうで。なにか計画しているんだろうと思い、アレックスと駆け落ちするつもりじゃないかと、わたしはびくびくしていました。その晩、さらに面倒ごとがあったんです。彼女が滞在を続ければ、厄介なことが重なるばかりだとわかりました」

「金曜の夜の面倒ごとというのは？」

「口にするのも恥ずかしい」

「大事なことかもしれない」隣の家から盗み聞きした口論を思い返し、ミセス・ノリスが言おうとしないことがなにかの見当はついた。「ルーシーを訪ねてきた人がいたんですね？」

「たぶん、お話ししてしまうのがいちばんでしょうね、アレックスの助けになるんでしたら」まだためらっていた。「そう、金曜日の夜、ルーシーを訪ねてきた人がいました。脇のドアから彼女の部屋に入る物音がして、ずっと見張っていると、帰るときにその人の姿が見えました。自分の部屋で男をもてなしたんですよ、白人の男。その晩はなにも言いませんでした、怒りのあまり言うべきでないことを言ってしまいそうで。一晩、神様のお助けをお祈りしようと決めましたが、ほとんど眠れなかった。ルーシーは朝遅くまで寝ていて、それから、わたしが買物に出ているあいだにお昼を食べに出かけました。帰ってくると、うちの息子を誘惑したんです。路上で、人目もかまわずキスをしたんですよ。みだらな、恥知らずの行為です。出ていけ、とわたしは言い、彼女は出ていきました。息子はわたしを置いて、一緒に出ていこうとした。それで、彼女が部屋に男を入れたことを話してやらずにはいられなかった」

「まずかったですね」

「わかってます。反省しています。無分別でしたし、相手を軽蔑した態度でした。しかも、息子はそれくらいで愛想を尽かしはしなかった。同じ日の午後、彼女は息子に電話してきて、彼は言われるまま出ていったんです。どこへ行くのか訊いても、答えようとしない。わたしの許しも得ずに車を出しました。そのとき、もうだめだ、なにが起きようと、息子はもうわたしから離れてしまったと悟りました。それまで、息子がわたしの言うことを聞かなかったことは一度もなかったんです」

彼女はいきなり頭を垂れ、両手で顔を覆ってむせび泣いた。黒いラケル（旧約聖書中の人物で、失われた息子たちを嘆く母）だ。黒、白、茶色、肌の色にかかわりなく、息子への希望が崩れ去るのを嘆く母親すべてを体現していた。巡査部長が戸口に現われ、彼女をしばらく黙って見守っていた。それから言った。

「大丈夫かな？」

「息子さんを心配しているんです」

「当然だ」彼は他人ごとのように言った。「あんた、アーチャーか？」

そうだと答えた。

「ブレーク警部補を待っているんなら、オフィスに入ってくれ」

礼を言うと、彼はそそくさと引っこんだ。

ミセス・ノリスの悲しみの発作は、起きたときと同じようにふいにおさまった。彼女は言った。「申し訳ありません」

「いいんですよ。たとえ一度はおかあさんに逆らったとしても、アレックスはまたまともな人間に戻れると、心にとめておかなければね。彼は自分で決断できる年です」

「おっしゃるとおりだと思います」彼女は言った。「でも、身持ちの悪い、下品な女のあとを追ってわたしを棄てるなんて、残酷ですし、間違っています。あの女のせいで、息子はあっというまに刑務所送りになってしまったんですよ」

「彼の嫉妬心をあおるようなことはすべきじゃなかった」私は言った。

「だからもう息子の無実は信じられないと言われますの？」

「そうではありません。しかし、これは動機になる。嫉妬心をもてあそぶのは危険です。ことに事実関係をよく知らないときは」

「彼女がどういう女だったかは、疑いありません。夜遅く、部屋に白人の男を入れるなんて」

「彼女には部屋は一つしかなかった」

「それはそうです」

「ほかに客に会える場所がありましたか？」

「うちにはちゃんとした居間があります」彼女は言った。「自由に使っていいと言ってありました」

「プライヴァシーが欲しかったのかもしれない」

「どうしてか、知りたいですね」その疑問にはもう答えが暗示されていた。

「男が女を訪ねる理由なら、たくさんあります。どんな見かけの男でしたか？」

「ほんの一瞬見えただけです、曲がり角の街灯の下で。ごくふつうの感じでした。中背、中年。年はともかく、動き方がゆっくりしていました。顔は見ませんでした、人相がわかるほどは」

「服装は見ましたか？」

「ええ。麦わらのパナマ帽をかぶって、明るい色の上着を着ていました。ズボンはもっと濃い色だった。わたしの目には、上品な人物には見えませんでしたね」

「たぶん上品な人物ではないですよ、ミセス・ノリス。しかし、彼がルーシーを訪ねたのは仕事のためだったと請け合います」

「ご存じなんですか？」

「名前はマックス・ハイス。私立探偵です」

「あなたと同じように？」

「ちょっと違います」私は立ちあがった。

彼女は引き止めるように私の腕に手を置いた。「しゃべりすぎてしまいました、ミスター・アーチャー。今でもアレックスの無実を信じていらっしゃいますか？」

私は言った。「もちろんです」だが、彼女の話に出た動機が気になっていた。

ミセス・ノリスは私の疑念を察し、悲しげにありがとうと言うと、手をひっこめた。

第十九章

ブレークのオフィスは廊下と同じ緑色の漆喰壁に囲まれた飾りけのない小部屋だった。天井近くには、鉄の臓物を切りとったような暖房管が金属の支えから下がっている。壁の高い位置に小窓が一つあって、しみのついた四角い空が見えた。

ドクター・ベニングは帽子を膝に置き、壁際の背のまっすぐな椅子に居心地悪そうに坐っていた。ブレークはいつものように鈍重だが抜け目ない雰囲気を漂わせながら、デスクの電話で話していた。

「忙しいんだよ、わからんやつだ。交通警察に任せておけ。わたしはもう二十年も交通巡査はやっていない」

電話を切り、馬鍬《まぐわ》のような手を鈍い鳶色の髪に走らせた。それから、戸口に立っている私に初めて気づいたふりをした。「ああ、あんたか。お訪ねくださったのだね。入って、坐ってくれ。あんたがこの事件にかなり意欲的な興味を持っていると、ドクから聞いたよ」

私はベニングの隣に坐った。医師はそんなことは言っていないというように微笑し、しゃべろうとして口を開いたが、その機会を与えずに、ブレークは続けた。

「そういう状況だから、一つ二つ、はっきりさせておこう。わたしはひとりですべてやろうとしているわけじゃない。援助はありがたい、私立探偵だろうと、一般市民だろうと、誰だろうと。たとえば、あんたがドクを送りこんでくれたおかげで、ホトケさんのことが少しわかって助かった」

「自殺についてはどう思います？」

ブレークはその質問を払いのけた。「その話はあとだ。まず言っておきたいことがある。あんたがこの事件に関わって、わたしの証人たちに話をしたり、勝手に動き回るつもりなら、あんたの立場と、あんたの依頼人の立場を知りたい」

「もともとの依頼人は逃げてしまいました」

「じゃ、どういう関心がある？　ドクの話では、あんたは警察がノリスの息子を嵌めようとしていると考えているそうだが」

「そこまで強い言い方はしませんでしたよ」ベニングは言った。「わたしもミスター・アーチャーと同意見でしてね、あの子はおそらく無実だろうと思います」

「そういう意見かね、アーチャー？」

「そうです。それで、アレックスと話をしたいんだが――」

「だろうな。ところで、母親があんたを雇ったのかね？　わたしに逆らうために？」

「被害妄想にとりつかれているのかな、警部補？」

雲の影が丘の斜面をよぎるように、敵意が一瞬だがゆっくりと彼の顔を暗くした。「ノリスに罪がないというのは、あんたの意見にすぎない、それは認めるんだな。話を始める前に知っておきたい。あんたはいまいましい弁護士みたいに、意見の土台にするのに都合のいい証拠を探しているのか。それとも、純粋に証拠を探しているのか」

「純粋に証拠を探している。昨夜、ミス・シルヴィア・トリーンに雇われたんだ。彼女はミセス・チャールズ・シングルトンのコンパニオンだ」

二番目の名前を耳にすると、ベニングは身を乗り出した。「それって、息子さんが失踪したという女性じゃありませんか？」

「そうです」ブレークは言った。「彼について、先週、通常の回報を回した。そのあと、チャンピオンの持ち物の中に、そのことを報道した記事の切り抜きが見つかった。失踪したシングルトンのような上流階級の男と、このヴァレーにひょいと現われた黒人娘とがどうつながるのか、考えていたところだ。このことで、なにか思いつきますか、ドク？」

「とくに考えたことはなかったな」彼はそれを今やってみた。「一見したところでは、偶然のつながりのように見えますね。わたしの患者で、およそ無関係ないろいろなもの、切り抜きやらなにやらを持ち歩く人がけっこういますよ。情緒面で問題のある女性は、新聞で読んだ人たちと自分を同一視することがよくあります」

ブレークはいらいらして私に言った。「あんたはどうだ、アーチャー？　意見があるか？」

私はベニングのまじめな長い顔に目をやり、妻のことをどれくらい知っているのだろうと思った。だが、彼女の過去を教えるのは私の仕事ではない。

「意見といっても、その気になれば豆鉄砲一挺で穴だらけにできるものばかりでね」

「わたしは四五口径のほうが好みだがな」ブレークは言った。「依頼人はどうだ？　ミス・トリーン、という名前だったか？」

「ミス・トリーンはシングルトンの失踪の詳細を多少教えてくれました」ブレークにその詳細を伝えた。といっても、ベーラ・シティでは彼の協力が得られ、アロヨ・ビーチでは彼の協力に邪魔されない程度の詳細だ。金髪女のことは完全に省いておいた。

削除版にあきあきしたブレークは、金属の腕バンドを鋭く鳴らし、〈未決〉箱に入った書類をいじくった。ベニングは緊張した様子で熱心に耳を傾けた。

私が話を終えると、医師はやにわに立ちあがり、手で帽子を回した。「失礼します。教会へ行く前に、病院を覗いていきますから」

「来ていただいて、感謝しますよ」ブレークは言った。「よかったら、ホトケさんをざっと検分してください。だが、ためらい傷が見つかるとは思いませんよ。喉を切った自殺者で、ためらい傷のないのは見たことがない。その傷があれほど深いのもね」

「遺体は病院の遺体安置室ですか？」

「剖検を待っている。まっすぐ入っていって、わたしの許しを得ていると、監視の警官に言ってください」

「わたしは病院の医局員ですから」ベニングはまた自分にしかわからない微苦笑を浮かべて言った。帽子を深くかぶり、横歩きでドアに近づいた。長い両脚が鋏のようなぎごちない動きをした。

「ちょっと待ってください、先生」私は立ちあがり、ミセス・ノリスから受けとっていた体温計を渡した。「これはルーシー・チャンピオンの持ち物でした。どうお考えになりますか？」

彼はケースから体温計をとり出し、明かりに近づけた。「一〇七度、たいへんな温度だ」

「昨日、ルーシーは熱を出していましたか？」

「知りませんね」

「患者の体温を測るのは当然じゃありませんか？」

やや間を置いてから答えた。「ああ、思い出した。ミス・チャンピオンの体温を測ったんだ。正常な範囲でしたよ。一〇七度では、長く生きてはいられない」

「まさに長く生きなかった」

ブレークがデスクを回りこみ、ベニングの手から体温計をとった。「どこから持ってきたんだ、アーチャー？」

「ミセス・ノリスから。彼女がルーシーの部屋で見つけた」

「マッチを近づけてあったためたってこともありうる。違いますか、ドク？」

ベニングは戸惑い顔だった。「それはあまり意味をなさない」

「わたしには意味をなしますね。チャンピオンは熱で朦朧として、頭がおかしくなっていたときに自殺した、その証拠だとミセス・ノリスは言いたてようとしたのかもしれない」

「そうは思わない」私は言った。

「待てよ。ちょっと待て」ブレークは木槌のように重い掌でデスクを強く叩いた。「チャンピオンがこっちに来たのは、今月の一日あたりじゃなかったか？」

「今日からちょうど二週間前だ」

「そうだと思ったんだ。先々週の週末、ヴァレーがどのくらい暑かったか知ってるか？　一〇七度。熱があったのはチャンピオンじゃない、この街だよ」

「そうですか、先生？」私は訊いた。「水銀体温計は気温で上がって、そのままになる？」

「振ったりしなければね。わたしの体温計もしょっちゅうそうなりますよ、思い出してしかるべきだった」

「これで手がかりは消えた」ブレークは言った。

「では、わたしも消えます」ベニングは面白くもないしゃれを言った。

医師がドアを閉めて出ていくと、ブレークは椅子に背をもたせ、葉巻に火をつけた。

「チャンピオンには恐怖症があったというドクの考えに一理あると思うかね？」

「彼は心理学に詳しいようだな」

「ああ。心理学を専攻したいと思った時期があったが、さらに五年、訓練に費やす余裕がなかったんだそうだ。あの娘は精神病だったと言うなら、わたしはお言葉どおり信じたっていい。ドクにはその意味するところがわかっているからな。問題は、こっちはさっぱりってことさ」彼は煙の輪を作り、下品に中指を突き出して輪を貫いた。「わたしは物的証拠のほうが歓迎だね」

「その線では、どうなんだ？」

「充分そろってる。他言するな。すぐさま被告側弁護士に伝えるような真似はしないでくれるだろうな？」

私は被告側弁護士という一言をとらえた。「ちょっと急ぎすぎなんじゃないか？」

「この仕事では、ずうっと先まで見る必要があると学んでいてね」

彼はデスクのいちばん下の引出しから黒いスチール製証拠箱をとり出し、蓋を上げた。

中には黒い木の持ち手に模様を彫りこんだボロ・ナイフが入っていた。湾曲した刃についた血糊は乾いて暗い茶色になっていた。

「それは見た」

「だが、誰のものか知らないだろう」

「あんたは知っているのか？」

「ゆうべミセス・ノリスにこのボロを見せた、チャンピオンがどうやって殺されたか知らせないうちにな。彼女には即座にわかった。七年ほど前、夫がフィリピンからアレックスに送ってきたんだ。以来、ずっとあの子の持ち物だった。寝室の壁に飾っていて、母親は毎朝ベッドを整えるたび、それを目にしていた。昨日の朝までな」

「彼女がそう言ったのか？」

「そうだ。ドクが言ってたように、チャンピオンにはちょっとした心理的問題があったかも。われわれの知らないところでシングルトン事件と結びついているのかもしれん。だが、わたしはそんなことに気を揉むつもりはないね。今ここにあるものだけで充分、殺人罪で起訴して、そのうえ有罪判決に持ちこめる」証拠箱の蓋を閉め、鍵をかけると、引出しに戻した。

知っていることすべてをブレークに教えるべきかどうか、今朝ずっと迷っていたのだが、教えないことに決めた。シングルトン、彼の金髪女、ルーシー、ユーナ——何人もの人生のほつれた端が、この事件には編みこまれている。それを一本一本たどって私が見つけつつある模様はあまりに複雑で、物的証拠の言語では説明しきれない。ブレークの理解するところでは、田舎の陪審員の頭蓋骨に叩きこんでやれるような種類の事実を証拠箱にためればいい。だが、これは田舎の事件ではなかった。

私は言った。「アレックスから話は聞いたのか？　彼は馬鹿じゃない。ボロ・ナイフの持ち主は自分だと突きとめられてしまうことはわかっていたはずだ。そんなものを使って人を殺したあげく、現場に置いていったりするだろうか？」

「置いていきやしなかった。とりに戻ろうとした。帰ってきたところはあんたが見ている。あんたに襲いかかりさえした」

「それは重要じゃない。私がルーシーにちょっかいを出していると思って、かっとなったんだ。あの子は緊張していた」

「そのとおり。それがわたしの言い分の一部さ。あいつは感情的なタイプだ。いいか、前もって計画した行動だと主張するつもりはないんだ。痴情に基づく犯罪、第二級謀殺。欲情に駆られて部屋に押し入った。あるいは、ドライヴをしていたあいだにハンドバッグから鍵を盗み出していたのかもしれない。ともかく、彼女は思いどおりにならなかった。彼は暴れ、彼女を切り殺して、出ていった。それからナイフのことを思い出し、とりに戻った」

「その筋書きは表面の事実にはうまく当てはまるが、容疑者には当てはまらない」だが、いったん嫉妬心という動機が見つかってしまったら、ブレークの言い分はこちらが手も足も出ないほど強力になる、と私は考えていた。

「あんたはこういう人間どもをわたしほどよく知らないからな。こっちは毎日相手にしているんだ」彼はシャツの左の袖口のボタンを外し、そばかすの散った太い前腕をあらわにした。手首の関節から肘にかけて、ぎざぎざの白い傷跡が走っていた。「こいつをくれた黒人野郎はわたしの喉を狙っていた」

「だからノリスは喉切りだって理屈か」

「それだけじゃない」名誉の負傷を披露しているくせに、ブレークは自己弁護の姿勢になっていた。弱きを助け、強きを挫《くじ》いて彼が戦っている暴力の世界は、彼にとっても、誰にとっても、ありがたいものではないし、それを自覚しているのだ。

「そのとおり、それだけではないと思う。ルーシーに関心を持っていた人間が多すぎる。最初にぶつかった容疑者で手を打つべきではないな。そう簡単な話ではない」

「誤解だよ」彼は言った。「わたしが言ったのは、あの子がいかにも罪があるらしく行動してるってことだ。こっちは三十年も、ああいう連中の顔を見て、しゃべるのを聞いてきたんだ」わざわざ教えられなくてもわかる。その三十年は、古い樹木に残る火事の痕跡のように、はっきり彼の体に跡を残していた。「そりゃ、わたしはいまだにマイナー・リーグのプレーヤーさ。わかってる。だが、これはわたしのリーグだ。チャンピオン事件は、マイナー・リーグの殺人だ」

「罪の意識というのは、一筋縄ではいかない。ひとつには、心理的なものだからな」

「心理的もくそもあるか。明白な事実だ。尋問のために拘束しようとすると、あいつは逃げた。つかまえて連行しても、しゃべろうとしない。わたしは話をしようとしたんだ。やつはぶすっと押し黙っている。世界は平らだと言ったって、そうだとも違うとも、そうかもしれないとも答えやしないね」

「彼をどう扱っている?」

「指一本触れていない、わたしも、ほかの連中もな」ブレークはシャツの袖を下げ、袖口のボタンをかけ直した。「われわれにはわれわれなりの心理学ってもんがある」

「彼はどこにいる?」

「遺体安置室だ」

「かわった場所だな」

「そうは思わない。この街では月に一件、ときには二件の殺人がある。それをわたしは解決するんだよ、わかるな? ま、大部分はね。遺体安置室の雰囲気に身をさらすと、殺人犯はすぐ口を割る。これほど効果のあるものはほかに知らないね」

「心理学か」

「そう言ったろう。さてと、あんたはこっちのチームでプレーしているのか、それとも涙を拭くタオルが欲しいのか？　チームの一員なら、これから一緒にあそこへ行って、ノリスが話をする気になったか様子を見てみよう」

第二十章

ドアには〈01〉と番号がついていた。そのドアの向こうは、窓のない、天井の低い、コンクリート壁の部屋だった。中に入り、背後でドアが啜るような音を立てて閉まった。地下深くにある墓の中だと言われてもおかしくない。合成素材の床にブレークの踵が鈍く響いた。室内に一つしかない電灯に彼が近づくと、その影が私に覆いかぶさった。

光源は円錐形のシェードをかけた電球で、高さが滑車で調節でき、ゴムの車輪のついた担架の上に低く下げてある。シートで覆われたルーシーの遺体は担架に横たわり、白くぎらぎらした光に照らされていた。頭部はシートがめくられ、顔はアレックス・ノリスのほうを向いている。彼は担架の向こう側の椅子に坐り、死んだ女の顔をひたと見つめていた。彼の右手首は青い鋼鉄の二つの輪でルーシーの右手首につながれている。コンクリート壁に囲まれた部屋の中で時間がしだいに減っていくかのように、冷却装置のポンプが低い唸りをあげながら鼓動していた。冷蔵室の両開きのガラスのドアの向こうでは、ほかにもシートで覆われた何体もの遺体がこれから行く地獄を夢見つつ、審判を待っているのかもしれない。ここは地獄のように寒かった。

アレックスの反対側に坐っていた制服警官が立ちあがり、片手を上げていいかげんな敬礼をした。「おはようございます、警部補」

「元気がいいな。ここでお通夜をやってるのか、シュウォーツ？」

「あいつに傷をつけるなとのご命令でしたので。そのとおり、自然の成り行きにまかせてあります」

「それで？　自然の成り行きの結果は？」ブレークはアレックスの前に立ちはだかった。幅の広い体が光をすっかりさえぎった。「供述する気になったか？」

脇へ寄ると、アレックスがゆっくり目を上げるのが見えた。顔が細くなっている。一晩という時間がこめかみと頬骨から肉をそぎ落としていた。幅のある、くっきり刻まれた唇が開いて歯が覗いたが、なんの音も出ないまま、また閉じた。

「それとも、一日中坐って手を握っていたいのか？」

「警部補のおっしゃることが聞こえたろう」シュウォーツが唸るように言った。「冗談じゃないんだ。しゃべるまでずっと坐っていてもらうぞ。あと一時間くらいしたら、副検視官が彼女を切り刻んで、おまえがやった仕事を終わらせる。かぶりつきで見物したいのか？」

アレックスはブレークにも部下にも注意を払わなかった。視線はまた死んだ女の顔に戻り、その死を信じられないかのようにひたむきな愛をこめて見つめていた。無慈悲にぎらつく照明の下で、彼女の髪は渦巻状の鋼鉄の削り屑のように輝いた。

「どうしたんだ、ノリス？　人間らしい感情ってもんがないのか？」地下世界の静けさの中、ブレークの声はほとんどぐちっぽく聞こえた。めめしいといっていいくらいなのは、青年のほうがすべてを受け容れてしまったことで、形勢が逆転したからなのか。

私は声をかけた。「ブレーク」考えていたより強い力がこもっていた。

「なんだ？」彼はとまどったように眉根を寄せてこちらを向いた。口の片隅の消えた葉巻が黒い指のように顔の片側を引っ張ってゆがめていた。私はドアまで退き、彼はしだいに小さくなる自分の影を追うようにこちらに近づいてきた。「涙を拭くタオルが欲しくなったのか？」

私は声を低め、だがアレックスの耳には届くように言った。「扱い方が間違っている。彼は繊細な子だ。腕っぷしの強い悪漢みたいに扱ってはいけない」

「あいつが繊細？」ブレークは葉巻を手にとって、床に唾を吐いた。「サイなみの面の皮だ」

「そうは思わない。ともかく、私にやらせてみてくれないか。手錠を外してやって、二人だけで話をさせてほしい」

「今日は女房と山へ行く予定だった」ブレークは関係のないことを言った。「ピクニックだと子供たちに約束してあったんだ」

手にした消えた葉巻を見てせせら笑うと、ふいに床に落とし、踵で乱暴に踏みつぶした。

「シュウォーツ！　そいつをほどいてやれ。ここに連れてこい」

手錠が開く金属音はごく小さかったが、錘《おも》りがわずかに無罪のほうに振れて天秤の支点がきしんだかのような重要な音だった。

シュウォーツはアレックスを引っ張って立たせた。二人は並んで部屋を横切った。肩を落としたアレックスの足どりが渋り、シュウォーツは手荒くせきたてている。「留置場に戻しますか、警部補？」

「まだだ」それから、ブレークはアレックスに向かって言った。「ここにいるミスター・アーチャーはおまえの味方だ、ノリス。ちょいとおしゃべり会をやりたいそうだ。わたしとしては、そんなのはみんなの時間の無駄だと思うがね、決めるのはおまえだ。ミスター・アーチャーと話をするか？」

アレックスはブレークから私へ視線を移した。その若い滑らかな顔には、前にホテルの裏で会ったインディアンの老女の顔に見えたのと同じ表情が浮かんでいた。白人の男がなにをしようと、なにを言おうと、絶対に到達できないものがそこには潜んでいる。彼は無言でうなずき、振り返ってルーシーを見た。

ブレークとシュウォーツは出ていった。ドアが閉まった。アレックスは部屋の奥へ戻ろうと歩きだした。老人のように脚を開いた不安定な歩き方だ。床は部屋の中央にある格子をかぶせた排水溝に向かって緩く傾斜しているのだが、彼はそのほとんど目につかない傾斜をよろよろと下り、足を踏みしめて担架の向こう側へ上った。

うなだれてルーシーの前に立つと、「どうしてこんなことをされたんだよ?」と、涙も感情もない声で訊いた。

私は彼のうしろから手を伸ばし、シートを引っ張ってルーシーの頭部を覆った。彼の肩をつかみ、こちらを向かせた。一瞬、体重の一部がこちらにもたれかかったが、それから筋肉が緊張した。「まっすぐ立て」私は言った。

彼は私と同じくらいの身長だったが、まだ未発達の首の上で頭が垂れていた。私は握った右手を顎の先に当て、押しあげた。「しっかりしろ、アレックス。こっちを見るんだ」

彼は身を引いた。私は左手で肩を押さえた。ふいに彼は体をこわばらせ、私の手を顎から払いのけた。

「ほれほれ、落ち着け」

「おれは馬じゃない」彼は怒鳴った。「馬を扱うようなしゃべり方はやめてくれ。体に触わるな」

「馬より悪い。頑固なラバだ。大事な女の子が死んでしまったというのに、きみは口を開こうともしない。それじゃ、誰のしわざか教えようがないだろう」

「あいつらは、おれがやったと思ってる」

「そうだとすれば、きみのせいさ。逃げたりしたのが悪い。撃たれなかったのは幸運だった」

「幸運か」その一語はしゃっくりのように無意味だった。

「死なずにすんで幸運だった。誰にもくつがえせないただひとつの状況、それは死だ。きみは今、ひどい目にあっていると思っているし、そのとおりだが、だからといって、黙っていればいいってものじゃない。いずれ気持ちがしっかりとしたら、ルーシーの身に起きたことを真剣に気にかけるようになるだろう。ただ、そのときはもう手遅れで、きみにはどうすることもできない。今すぐ、私に協力してくれなければだめだ」

私は手を離した。彼はよろめきながらも自力で立ち、爪を嚙んだ跡のある人差指で肉厚な下唇をつついた。それから言った。「最初はいろいろ話そうとしたんだ、今朝、連行されたとき。だけど、あいつと地方検事補が考えてたのはただひとつ、おれがやったと言わせることだった。どうして自分の婚約者を殺したりする？」ひくひくと震える胸から、疑問文が強くこみあげてきた。言葉を出そうと懸命になり、なにも見ていない。男らしく話すにはとてつもない努力が必要だった。とうとう続けることができなくなった。「おれもルーシーとおんなじに、死んだほうがましだ」

「死んでいたら、われわれを助けることはできないだろう」

「助けてくれなんて、誰にも頼まれなかった。誰がおれの助けなんか欲しがる?」

「私は欲しい」

「おれが彼女を殺したと思わないのか?」

「思わない」

彼は三十秒ほども私を見ていた。視線は心臓の鼓動のリズムに合わせて、私の右目と左目を行き来した。「彼女、自分でやったんじゃないよな? ミスター? ルーシーが――自分で自分の喉を切ったなんて、思わないだろう?」背後にいる死んだ女を思いやって、ささやき声で訊いた。

「可能性は低い。どうなのかという話は出た。きみはどうしてそう考えた?」

「理由はないけど、ただ、彼女はおびえていたんだ。昨日、ひどくおびえていた。だから、彼女がうちを出たとき、ナイフを貸してあげたんです。なにか身を守るものをくれと言われたけど、銃とか、役に立ちそうなものは持ってなかったから」詫びるように声が低くなった。「あのナイフを渡した」

「彼女が殺された凶器か?」

「はい。今朝、警察から見せられた。とうさんが南太平洋からおれに送ってきた、小さなボロ・ナイフです」

「彼女はそのナイフをずっと持っていた?」

「はい、サー、ハンドバッグに入れて。大きめのハンドバッグだった。おれがナイフを渡すと、彼女はそれをバッグに入れて、うちから出ていった。もし悪いやつにつかまったら、抵抗して傷を残してやると言っていました」悲しみに眉が八の字になった。

「誰を恐れていたんだろう？」

「彼女をつけていた男たちです。木曜日に始まったんだ。アロヨ・ビーチからバスで戻ってきたら、男が一人、同じバスを降りて、家までつけてきたと言っていた。おれ、最初は彼女が謎めいたところを見せようとして、話をこしらえたんだと思った。だけど次の日、彼女がランチから帰ってきたとき、おれもその男をこの目で見た。近所をうろうろしていると思ったら、その晩、彼女をうちに訪ねてきたんです。昨日、彼女にそいつのことを訊いたら、いんちき探偵だって。彼女がやりたくないことをやらせようとしているが、絶対にそんなことはしない、と言っていた」

「男の名前は教えてくれた？」

「デズモンド、ジュリアン・デズモンドだと言ってました。その次の日、別の男があとをつけてきた。おれは見なかったけど、ルーシーは見たんだ。それから、うちで厄介なことになって、彼女は出ていった」

私は口の中に湧きあがってきた苦い罪悪感を飲みこんだ。「彼女は街を離れるつもりだったのか？」

「うちを出る前には決心がつかないでいた。あとで電話すると言いました。電話してきたときには、駅にいた。汽車はまだ二時間くらい来ないし、男たちに見張られているから、車で迎えにきてくれって。おれは駅で彼女を拾って、空港旧道でやつらを巻いた。そのあと、空港のフェンスのうしろに駐車して、話をしました。彼女はおびえきって、がたがた震えていた。そのとき、結婚しようと二人で決めたんだ。一緒にいれば、おれが彼女を守ってやれると思った」声が胸の奥深くに沈み、ほとんど聞こえないくらいになった。「思ったようにはしてあげられなかった」

「それはみんな同じだ」

「彼女はすぐさま街を離れたがった。それでまず、マウントヴュー・モーテルへ荷物をとりに行かなきゃならなかった」

「彼女はモーテルの部屋の鍵を持っていたか？」

「失くしたと言ってました」

「きみには渡さなかった？」

「なんでおれに渡す？　おれは一緒に部屋に入るわけにはいかなかった。たとえ彼女みたいに肌の色が薄くて、白人のふりができたとしたって、入ったりするつもりはなかった。彼女は一人で部屋に入った。それきり出てこなかった。誰かが中で待ち伏せしていて、彼女からナイフを奪いとって、刺したんだ」

「誰が待ち伏せしていた？」

「ジュリアン・デズモンドじゃないかな。彼が望むことを彼女はやろうとしなかったから。でなきゃ、彼女をつけていた、もう一人のほう」

そのもう一人の男は私だったと、恥をしのんで教えた。彼は肩を落とし、口のまわりの肉が垂れて、呆《ほう》けたような顔になった。精神力がまた失せてきた。私はシュウォーツの椅子を移動させ、彼をそっと坐らせた。

「坐ってくれ、アレックス。きみの不利になる大きな点はこれでわかった。あといくつか小さな点が残っている。そのひとつは、カネだ。どういう結婚資金があったんだ？」

「カネなら自分のが少しある」

「いくら？」

「四十五ドル。トマト摘みをやって稼いだんだ」

「結婚資金というにはわずかだな」

「仕事を見つけるつもりだった。足腰は強いんだ」むっつりした声に誇りがこもっていたが、彼は私の目を見ようとはしなかった。「ルーシーだって働けた。前は看護婦だったんです」

「どこで？」

「教えてくれなかった」

「なにか話しただろう」

「いいえ、サー。おれはなにも一度も尋ねませんでした」

「彼女にはカネがあった？」

「尋ねなかった。どっちみち、女からカネをもらうつもりはなかった」

「でも、きみが正当に稼いだぶんならかまわないだろう」私は言った。「きみの手助けで街を無事に離れられたら分け前をやると、彼女は言わなかったか？」

「分け前？」

「懸賞金のさ」私は言った。「シングルトンの懸賞金」

彼の黒い目がゆっくり私の目の高さまで上がってきたが、すぐに落ちた。彼は床に向かって言った。「おれと結婚するのに、ルーシーがカネを払う必要なんかなかった」

「どこで結婚するつもりだった？　昨日、車でどこへ行こうとしていたんだ？」

「ラスヴェガスあたり。どこだっていい。関係ない」

「アロヨ・ビーチ？」

彼は答えなかった。私は質問を繰り出していたが、それは速すぎ、行きすぎていた。がっくりと垂れたまま動かない、貫きようのない頭蓋を見おろしていると、ブレークの尋問方法とやり場のない怒りが理解できた。彼は三十年のあいだ、立法府と司法府から渡される四角四面の法律パターンに人間の真実を嵌めこもうと努力してきたのだ。ブレークの怒りを考えていると、自分の怒りは消えてなくなった。

「いいか、アレックス。もう一度、最初に戻ろう。ルーシーは殺された。きみも私も殺人犯を見つけ出し、罰を受けさせたい。きみのほうが私よりそうしたい理由が多くある。きみは彼女を愛していたと主張している」

「愛していたよ！」頭蓋を貫いたドリルが神経に触れた。

「なら、それが理由の一つだ。もう一つ、理由がある。真犯人を見つけ出さないかぎり、きみは何年も刑務所で暮らすことになる」

「今さら、どうなったってかまうもんか」

「ルーシーのことを考えてくれ。きみがモーテルで彼女を待っていたとき、何者かがあのナイフを奪い、それで彼女の喉をかき切った。なぜだ？」

「知らないよ」

「ジュリアン・デズモンドは彼女になにをさせたがっていたんだ？」

「彼のために証人になる」アレックスはゆっくり答えた。

「なんの証人？」

「知らない」

「殺人」私は言った。「殺人事件かな？」

「かもな。知らないよ」

それが理由じゃないか？」ところが、それなら一人でやれば懸賞金を独り占めできると彼女は考えた。殺されたのは、

「殺人事件だ、そうだろう？　彼はルーシーの手を借りて、懸賞金を受けとろうと思った。

「そこまで考えていなかったよ、ミスター」

「だが、懸賞金のことは知っていたんだろう？　彼女がそれを受けとろうと期待していたのは知っていた」

「分け前をもらおうなんて思ったことはない」彼は頑固に言い張った。

「彼女は男の母親に会おうと、木曜日にアロヨ・ビーチへ行ったが、最後の瞬間にしりごみしてしまった。それが真実じゃないかな？」

「はい、サー。そうだったようです」

「彼女は昨日、もう一度やってみようとしていた」

「そうかもしれない。どんな殺人事件だろうと、おれはぜんぜん関係ない。ルーシーだって同じだった」

「だが、彼女はシングルトンの身になにが起きたのか知っていた」

「なにか知っていることがあった」

「きみもなにかを知っていた」

「彼女がそのことを教えてくれたんです。おれは訊かなかった。かかりあいたくなかった。

でも彼女はかまわず話した」

「なにを教えてくれたんだ、アレックス？」

「ある男が彼を撃った。頭のおかしな男が彼を撃って、彼は死んだ。ルーシーはおれにそう教えました」

第二十一章

シュウォーツは廊下にひとりでいた。ブレークはどこだと私は尋ねた。

「車だ。無線連絡が入った」

救急車用入口へ向かいかけると、入ってくるブレークにでくわした。

「ノリスはなにか話したか？」

「たっぷりとね」

「白状した？」

「とんでもない。供述する心の準備はできた」

「こっちの準備ができてからだ。今はもっと重要なことがある。山へバーベキュー・ピクニックに行く」不吉な顔つきでにやりとし、廊下の向こうにいるシュウォーツに声をかけた。「ノリスを留置場へ戻せ。地方検事局のピアスを呼んでこい、もしノリスが供述したいと言えばな。できるだけ早く帰ってくる」

「バーベキュー・ピクニックだって？」私は言った。

「ああ」金属をかぶせた白いドアを押してさっさと通り抜け、揺れ戻ったドアは私の顔を打ちそうになった。あとを追い、彼が車の左側に坐りこむなり、私は右側におさまった。

「興味を持つだろうと思ったよ、アーチャー」前方に跳ね出た車は病院の駐車場の砂利をこすり、タイヤが唸りをあげた。「男が一人、バーベキューになった。とにかく男だ」

「なに者だ？」

「まだ身元はわからん。今朝早く、車がランチェリア・キャニヨンの崖から落ちて、火がついた。見つかったときには、中に遺体があることさえわからなかった。森林警備隊詰所から消防車が来るまで、中に入れなかったんだ。そのときには、男は黒焦げだった」

「放火殺人かな？」

「ホールマンはそう考えているようだ。カリフォルニア交通警察の警部だがね。初めは事故だとしていたが、ガソリン・タンクを調べてみたら、漏れていなかった。つまり、燃えたガソリンはどこかほかのところから来たってことだ」

「車の種類は？」

「一九四八年型ビュイックのセダン。登録書類は燃えてしまった。ナンバー・プレートとエンジン番号から所有者を割り出そうとしている」

郊外に建つ安普請の平屋の最後の数軒がうしろへ飛び去った。速度計の針はじりじりと時計回りに動き、五〇、六〇、七〇を超えて、八〇近くでためらった。ブレークはサイレンのスイッチを入れた。低い音程でサイレンは呻くように鳴りだした。

その音で声がかき消されないうちに、私は言った。「車はひょっとして緑のツートン・カラーじゃないかな？　シングルトンの車は一九四八年型ビュイックだった。こっちも緑のツートン・カラーか？」

ブレークは帽子を引きはがした。額を横切って赤い線がついていた。その帽子を後部座席へ放った。「シングルトンが脳ミソから離れないんだな。色は聞いてない。だが、シングルトンがどこに関係してくるんだ？」

「彼は殺害されたとノリスが言った」私はサイレンの音に負けじと叫んだ。

ブレークはサイレンを止めた。「ノリスがなにを知っている？」

「ルーシー・チャンピオンが、シングルトンは撃たれたとノリスに教えたんだ」

「ただし、今じゃ彼女はいい証人にはなれないな。あいつに騙されるなよ。首吊り縄の輪の中からあの黒い首をなんとか引っ張り出すためなら、なんだってあんたに言うさ」

速度計の針はじりじりと動き、八〇を超えた。ゆるい坂を上りきったとたん、車はふわりと地面を離れて飛びそうになった。スピードがわれわれをこの世から持ち上げ、ベーラ・シティのぼろぼろの舗装道路からブレークを根っこごと引き抜いたように感じられた。

「間違いだったと、そろそろ認めたらどうなんだ？」

彼は目を細くしてこちらを見た。注意が逸れて、猛スピードの車がかすかに横揺れし、それからまた道路に視線を戻した。「こっちには凶器、やつの持ち物のナイフがあるというのにか？」

「ルーシーは自衛のためにあれをノリスから借りたんだ。ハンドバッグに入れていた」

「彼はそれを証明できるか？」

「そんな必要はない。証明担当はあんただ」

「ふん、いかさま弁護士みたいな話し方をしやがって。法律の邪魔をしようとする口先ばかりのいかさま弁護士は大嫌いだ」

「一口にはありあまる台詞だな」

「よく嚙みしめろ」

郡の簡易舗装道路は向きを変え、ヴァレーを東西に横切るコンクリートの幹線道路と合流した。ブレークは赤い〈一時停止〉標識を無視し、タイヤをきしませて曲がりこんだ。

「ナイフで切るの、火をつけるのって連中は、どうすりゃいい？　肩を叩いて、どんどんやれと言うのか？　やめさせて、刑務所にぶちこむのがこっちの仕事だ」

「しかし、ぶちこむ相手を間違えないでもらいたいね。ルーシーを殺したのはアレックスで、今度の新しいやつは別の誰かが犯人だと、個別に解決することはできない」

「できるさ、関連がないんなら」

「関連はあると思う」

「すがすがしい空気が吸いたくて山登りしてるんじゃない」

「証拠を見せろ」

道路は乾いた粘土質の切り立った壁のあいだでしだいに上り坂になっていった。〈土砂崩れ注意〉の黄色い警戒標識があった。ブレークの爪先はアクセルを床につくほど押さえつけていたが、それでも速度計の針は止まった時計の針のように七〇にへばりついていた。東の山並みに折り重なる青い斜面は、フロントガラスの額縁を通して鋭角の遠近法の絵となった。手が届きそうなほど近くに見える。一分後、一マイル近づいても、距離感は少しも変わらない。高度を耳に感じるようになった。さらに登り、新しい視野が開けると、峰々の向こうに小さな白い雲がいくつか、熟した綿花のようにはじけ出た。背後の下界では、埃っぽいチェス盤の上に無造作に集められた駒のように、ベーラ・シティが畑の中に立っていた。

さらに五マイル進み、千フィート登ると、幹線道路の左側にある半円形の砂利敷きの待避所に着いた。数台の車と、レッカー車、赤い消防車がそこにとまっていた。一群の男たちが外縁に立ち、下を見ている。ブレークは〈交通警察〉と書いたフォードの新車のうしろに車を寄せた。オリーブ色の綾織の制服を着た警官が一群から離れ、こちらに向かってきた。

「やあ、ブレーク。火を消し止めたあと、崖下にあるものはすべてそのままにしておけと部下たちに命じておいた。きみのために写真まで撮ってやったぜ」

「学びつつあるな。おでこの真ん中に金星を貼りつけてやりたいね。ご紹介しよう、こっちはリュウ・アーチャー、考える人だ。こちらはホールマン警部」

警部は不思議そうな目で私を見ると、力強く握手した。私たちは待避所のへりを縁どる丸太製の低い柵のほうへ移動した。その下は峡谷の側面がなだらかに下り、ライヴ・オークの生い茂る涸《か》れ谷の底の砂利に続いている。この高みから見ると、九月の小川はところどころに水たまりのある、曲がりくねった小石の道に見えた。川岸におもちゃのように転がった自動車から蒸気が巻き毛のように立ちあがり、太陽に照らされて消えていく。それは緑色の濃淡に塗り分けられたビュイックだった。

そこかしこで灌木が折れ、一部は焦げている。その線をたどると、ビュイックが道路を離れ、谷底へ転がり落ちた地点がわかった。ブレークがホールマンに言った。

「道路にはなにか見つかったか？」

「路肩にタイヤの跡があった。スピードを出していたんじゃない。それでまず怪しいと思ったんだ。横すべりした跡がない。誰かが火をつけてからハンドブレーキを外し、転がり落ちるにまかせたんだ」ホールマンはひどく真剣な顔でつけ加えた。「ここであの車にガソリンを撒いて火をつけたやつの罪状は、殺人だけじゃすまないぞ。山火事にならなかったのは運がよかったとしか言いようがない。風がなかったからな」

「いつのことだ？」

「今朝の夜明け前に違いない。ヘッドライトがついていた。通報を受けたのは八時すぎだ。現場を見て殺人らしいと思ったので、きみのために、男は発見したときのままにしておいた」

「まだ誰だかわからないのか？」

「まあ、見てみろ。焼いたハンバーガーについていた焼印を探すようなもんさ。だが、エンジン番号のほうはすぐ答えが出るはずだ」

「あれはシングルトンの車だ」私はブレークに言った。

「その点は当たりかもしれん」彼はため息をついた。「さてと、降りなきゃならんのなら、そうするしかないな」

「年を感じてきたか？」ホールマンは言った。「これより深い穴から鹿をかついで引き揚げたことだってあるだろう。ついてってやりたいところだが、もう二度降りたんでね。うちのやつらを二人、監視につけてあるよ」

その二人がめちゃめちゃになった車のうしろの丸石に坐っているのが見えた。澄みきった空気は望遠鏡となり、彼らの唇の動きから会話を読みとれそうなほどだった。

ブレークは丸太柵を乗り越え、崖を降り始めた。私も続いた。彼の足跡が作ったジグザグの通り道をたどり、いじけた木々の枝をつかみながらスピードを緩めた。谷底に着いたときには、二人とも息が荒くなっていた。交通警察官たちが涸れた川底に沿って、大破した車まで案内してくれた。

車は右側面を下にして転がっていた。ボンネットとルーフとラジエーター・グリルは、数人がかりでハンマーを振るって叩きまくったようにぼこぼこだった。タイヤは四つともパンクしている。左のドアは壊れて半開きになっていた。

「救いようがないですよ」警察官の一人が言った。「たとえどうにか引き揚げたとしてもね」

ブレークはきつい言葉を返した。「そりゃ残念だ。ひとっ走りさせるつもりでいたんだがな」

彼は車にのぼり、半開きのドアをいっぱいに開けた。私はそのうしろから、火ですっかり焼け、水浸しになった車内に目をやった。地面についている右のフロント・ドアに寄りかかって、人の形があった。体を丸め、顔は隠れている。

ブレークは開口部から体を降ろした。左手でステアリング・コラムをつかんで支えにし、右手を黒い形のほうへ伸ばした。衣類は焼けて大部分失くなっていたが、胴回りにベルトが残っていた。ブレークがそのベルトをつかんでぐいと引っ張ると、切れて外れた。彼はそれを私に渡してよこした。黒ずんだ銀のバックルには、〈C　A　S〉のイニシャルが入っていた。

第二十二章

長い間隔を置いて三度鳴らした。日曜日の呼び鈴《ベル》は静寂の中で応答頌歌のように鳴り響いた。ようやくミセス・ベニングが戸口まで出てきた。ざっくりした茶色いウール地のバスローブの前をかき合わせ、喉元までしっかり隠している。朝のあいだずっと悪夢と戦っていたかのように、顔には眠りの痕跡が残っていた。

「またあなたなの」

「また私です。先生はおいでですか？」

「教会よ」彼女はドアを閉めようとした。

私の足が邪魔をした。「けっこうです。あなたとお話がしたい」

「まだ着替えもしてないわ」

「あとですればいい。また人殺しがありました。またあなたのお友達です」

「また？」強く叩かれたかのように、手が口を覆った。

私は玄関ホールに彼女を押しこむようにして自分も入り、ドアを閉めた。正午のぎらつく光と日曜日ののんびりした騒音から遮断され、私たちはすぐ近くに立って、じっと相手の顔を見た。ぼんやりとながらたがいの胸の内が通じたように思えた。彼女は向きを変え、長い背中がウエストからぐらりと揺れた。手を伸ばして支えてやりたい気になったが、思いとどまった。

彼女は鏡に向かって言った。「誰が殺されたの？」

「ご存じだと思いますが」

「主人が？」鏡の中で、その顔は仮面のようだった。

「それはあなたが誰と結婚しているかによりますね」

「サム？」彼女はダンサーの動き方でくるっと向きを変えると、垂直の姿勢になった。

「まさか」

「あなたがチャールズ・シングルトンと結婚していたという可能性が頭に浮かんだのですがね」

思いがけず、彼女は笑った。感じのいい笑い声ではなく、止んだときにはほっとした。

「シングルトンなんて、聞いたこともない。名前は——シングルトンよね？　あたしはサム・ベニングと結婚して、もう八年以上になるけど」

「それでもおかまいなしにシングルトンと知り合い、親密になった。その証拠はあります。彼は今朝殺害されました」

彼女はあとずさりし、息が荒くなった。呼吸の合間に言った。「どんなふうに殺されたの？」

「誰かがハンマーか、その類《たぐい》の重い凶器で彼を殴った。頭蓋骨が一インチもへこんだが、それで死にはしなかった。そのあと、彼は自分の車で山へ運ばれ、ガソリンを浴びせられて、火をつけられた。車は三百フィートの高さの崖から押し出され、シングルトンを中に入れたまま、谷底で燃えた」

「どうして彼の車だったとわかるの？」

「一九四八年型ビュイックのツードア、濃い緑のボディに淡い緑のルーフ」

「中にいたのが彼なのは確実？」

「確認されました。衣類はほとんどすっかり燃えてしまったが、ベルトのバックルに彼のイニシャルが彫りこまれていた。遺体安置室へ行って、正式に身元確認をしたらいかがです？」

「知りもしない人だと言ったでしょう」

「見ず知らずの人にずいぶん興味を示していますね」

「当たり前でしょ、あなたがうちに現われて、あたしが殺人犯だと言いがかりをつけてるのも同然だもの。とにかく、いつのことなの？」

「今朝の夜明け前」

「あたしは朝までずっと寝てました。ネンブタールを二錠飲んで、まだふらふらしてる。どうしてあたしのところに来たの？」

「ルーシー・チャンピオンとチャールズ・シングルトンはどちらもあなたの友達だった。そうじゃないかな、ベス？」

「違います」はっとして口をつぐんだ。「今、どうしてベスと呼んだの？　名前はエリザベスよ」

「ホレス・ワイルディングはベスと呼んでいる」

「それも聞いたことのない人だわ」

「スカイ・ルートのシングルトンのスタジオのそばに住んでいる。一九四三年にシングルトンからあなたに紹介されたと言っていますよ」

「ワイルディングは嘘つきよ。昔からいつも嘘つきだった」白い歯で下唇をとらえ、強く噛んだ。

「知らないとおっしゃったでしょう」

「しゃべりまくってるのはそっちじゃないの。死ぬまでしゃべってればいい」

「ルーシーはそうやって死んだ？」

「ルーシーがなにをしたかなんて、知りません」

「彼女はあなたの友達だった。ここの事務室まであなたに会いに来た」

「ルーシー・チャンピオンは主人の患者でした」彼女は抑揚なく言った。「ゆうべ、そう教えたでしょう」

「あなたは嘘をついていた。今朝、ご主人はあなたをかばって嘘をついた。ルーシーの記録がないことを長々と言い訳したうえ、なんの病気で治療していたのかを説明しなければならなかった。体の病気なら遺体解剖で見つかってしまうことを、彼は承知していた。だから心身症だったことにするしかなかった。恐怖が原因で体の具合が悪くなった患者だとね。恐怖症は剖検で調べようがない」

「彼女は確かに心身症でした。サムからそう聞きました」

「健康をそんなに心配していながら、一日に少なくとも一度体温を測らない人なんて知らないな。ルーシーは二週間、体温計に触れていなかった」

「でも、それは法廷でも通じるかしら、医師とその妻が言っていることに逆らうなんて?」

「私には充分ですよ。それに、あなたは今ここで裁かれるほうが身のためだ」

「あら、そう。あなたが判事であり、陪審であり、その他すべてってわけね。小者一人で、荷が重いでしょ」

「堪忍袋の緒を引っ張らないでくれ。私が切れたら、あとはどうなる? この街の裁判所で、どんな判事があなたを裁こうとしゃしゃり出てくるか。証拠を警察に提出する前に、あなたが自分から話す機会をあげているんだ」

「どうして？」彼女はわざと私に肉体を意識させた。やや向きを変え、片手を頭まで上げたので、ウール地の下で片方の乳房が非対称にもちあがった。幅広の袖が下に落ちて、むっちりした白い前腕があらわになり、白い顔は夢見るように上を向いた。「どうしてとるに足りないあたしなんかに、そこまで手間ひまをかけるの？　とるに足りない、火つけ役のあたしなんかに？」

「少しも手間じゃありませんよ」私は言った。

彼女は冷たい手を私の頰に当て、肩まで撫でていってから、ひっこめた。「キッチンに来て。コーヒーをいれてたの。あっちで話しましょう」

私はついていった。どっちがどっちにやらせたいことをやらせているのか、よくわからなかった。キッチンは広く、光は流しの上の窓からだけで、薄暗かった。流しには皿がたまっている。私は端の欠けた琺瑯《ほうろう》びきのテーブルの前に坐り、彼女がコーヒーメーカーのガラスのポットからコーヒーを二杯注ぐのを見守った。彼女が注ぎ終えると、私はたっぷり入った自分のカップをテーブル越しに押しやり、かわりに彼女のカップをとった。

「目の前に見えていても、あたしを信用しないのね、男らしいこと。名前はなんですって？」

「アーチャーです。アーチャー一族では、私がうちの家系の最後の一人なんだ。毒を盛られてふいに家が断絶するのは困る」

「子供はいないの？　奥さんは？」

「どちらもなし。興味がありますか？」

「かもね」唇を突き出した。肉厚で、形のいい唇だった。「たまたま、あたしにはとても満足のいく——夫がいるの」

「彼に満足している？」

顔のほかの部分と違って柔らかく変化していなかった彼女の目は、細くなり、冷たく青い裂け目に変わった。「彼のことを話に持ちこまないで」

「今までうまい具合に騙しつづけてきたから？」

「彼のことは持ちこまないでと言ったでしょ。顔に熱いコーヒーをぶちまけられたいの？」彼女はカップに手を伸ばした。

「熱いガソリンはどうかな？」

カップがテーブルの上で小刻みに揺れ、中身がすこしこぼれた。「あたしが人殺しに見える？」

「美男美女の人殺しだって見たことがありますよ。あなたがタフな女だってことは否定できないでしょう」

「タフな人生教室で揉まれたもんでね」彼女は言った。「インディアナ州ゲイリーの工場地域を知ってる？」
「通ったことはある」
「あたしはあそこを優等で卒業したのよ」その微笑には妙な誇りのきらめきがまじってい
た。「だからって、犯罪者だというわけじゃないけど。サムがあそこから連れ出してくれ
なかったら、犯罪者になってたかもしれない。結婚したとき、保護観察中だったのよ」
「どんな罪で？」
「たいしたことじゃない。いわゆる非行少女だったのよね。そんな気はしてなかったけど。
父親は移民労働者、ほんとに故国を出てきたまんまのね。移民労働者らしく、考えること
といったら、土曜の夜はぐでんぐでんに酔っ払って、女たちを殴る、そればっかり。あた
しはベッドの下に隠れるのにうんざりして、独り立ちした。大きな世界へ飛び出したって
わけ、ははは。しばらくウェイトレスをやってるうちにコネができた。そのコネから、イ
ーストサイドのクラブの一つで帽子預かり所の仕事を与えられたの。たいしたクラブじゃ
なかったけど、十六歳になったころには、チップで稼ぐおカネは、父親がどんなに工場で
汗水たらして働いたって手にしたことのないような額だった。ところが、運の尽きね。働
いてたところでは賭博をやっていて、誰かがお目こぼし料をちゃんと払わなかったために
手入れが入り、あたしもつかまっちゃったの。軽いほうの罪を申し立てて、保護観察処分
になった。意地悪な判事は、あたしがもう二度とクラブでは働けないようにしたのよ。そ

れどころかもっとひどいことに、あたしは家に帰って、家族と一緒に暮らさなきゃならなくなった」

彼女が睡眠中に戦っていた悪夢が、今では覚醒した頭の中を占拠しはじめていた。私は一言も口を挟まなかった。

「もちろん、チャンスがきたらすぐ、口喧嘩ばかりのあの薄汚いアパートを出てやったわ。でもソーシャル・ワーカーたちは目を離さず、夜はあたしが家にいるようにさせたので、また家で父親に殴られてたんだけど、サムが命を救ってくれたのよ。ある日、映画館で声をかけられたの。最初は女たらしかと思ったけど、初心《うぶ》な人だった。お医者さんなのにこんなに初心だなんて、笑っちゃった。当時、サムは海軍の衛生兵で、グレート・レークスに駐屯していた。結婚しようと言ってくれた男は初めてだったから、あたしは受けた。彼はカリフォルニアへ異動命令をもらって、翌週出発することになっていた。それで一緒にこっちに来たの」

「彼はどういう女を手に入れたか、わかっていたのか?」

「見るだけは見えたでしょうね」淡々と言った。「白状するわ、保護観察中の逃亡だってことは彼に言わなかった。でも、サムとあたしについて、一つはっきりさせておくわよ、話題を変える前にね。あたしのほうが彼にいい目を見せてやったの。最初からずっとそうだった」

彼女を見て、夫のことを考えると、それは信じられた。「小さな街の医者の妻にしては、ずいぶん華やかな履歴だな。まだ半分も聞かせてもらっちゃいないんだろうが」

「そうね。もっとコーヒーは？」

「もっと情報を。ベニングと一緒にこっちに出てきたのはいつ？」

「一九四三年の春。ポート・ワイニーミ勤務になったの、こっちだと彼の実家に近いから。アロヨ・ビーチに半年、コテッジを借りた。それから彼は航海に出された。次の二年間、海の生活よ。大きな軍用輸送船の軍医。船がサンフランシスコに入港したとき、何度か会ったわ」

「ほかには誰と会っていた？」

「たいした質問ね」

「たいした答えだな。どうして二年前にベニングのもとを去ったんだ？」

「よく調べたもんね。個人的な理由よ」

「シングルトンと一緒に逃げたんだろう？」

彼女はテーブルから立ちあがろうとしたが、つと身をこわばらせてテーブルにもたれ、顔をそむけた。「ほっといてくれない？」

「シングルトンは今朝、焼き殺された。マッチを擦ったのは誰か、調べ出すのが私の仕事だ。ほっとくわけにはいかない。興味がないとは不思議だな」

「そう?」

彼女は自分用にコーヒーのお代わりを注いだ。手は震えていない。シカゴの無法な生活のどこかで、あるいは戦中戦後にあちこちを渡り歩いていたあいだに、彼女はしだいに力をつけ、バランスを保つことを学んでいた。私は彼女の引き締まった白い脚を見た。彼女はその視線をうけとめ、スローなカーブを投げ返してきた。窓の外から覗く人がいれば、日曜日の朝の明るい家庭の一光景に見えただろう。そうならいいのにと思わないでもなかった。

私は立ちあがり、窓から外を眺めた。裏庭には茶色い雑草が茂り、何年もの生活のゴミが雑然と散らばっている。奥に小さなおんぼろの納屋があり、コショウボクの木陰で屋根がたわんでいた。

彼女がすぐうしろに来た。首筋に息を感じた。体が背中に触れた。

「あたしの迷惑になることはやめて、アーチャー。トラブルならさんざん経験してきた。老後はちょっと静かに暮らしたいのよ」

私は向きを変えた。思いがけず、彼女の腰に軽くぶつかった。「今、いくつなんだ?」

「二十五。このあたりじゃ、教会は長引くの。あの人、たいてい居残って日曜学校の世話もするし」

私は両手で彼女の頭をつかんだ。豊満な、力強い乳房が二人のあいだにあった。彼女の両手は私の背中にまわった。私は艶のない黒髪の中を走る白い分け目を見ていた。分かれた髪の生え際に細く、金髪の部分があった。

「金髪の女を信用したことはないんだ、ベス」

「あたしは生まれついての黒髪よ」彼女はくぐもった声で言った。

「ともかく、生まれついての嘘つきだ」

「かもね」違う声音になっていた。「自分がなにかだって感じがぜんぜんしない。この件で、あたし、まっぷたつに裂けちゃったのよ、それが真実。なんとか自分がばらばらにならないように、塀のこっち側にいられるように、努力してるだけ」

「それに、友達が困ったことにならないように」

「友達なんて、いないわ」

「ユーナ・ドゥラーノはどうかな？」

ぼんやりとした顔になった。知らないせいか、驚いたせいか。

「このまえの春、帽子を買ってもらったろう。よく知ってる相手だと思うがな」

口がねじまがって渋面になり、泣きそうに見えた。言葉は出てこなかった。

「誰がシングルトンを殺した？」

彼女は首を左右に振った。短い黒髪が顔にかかった。顔は土気色で、無惨だった。私は自分が彼女をこんな目にあわせていることを恥ずかしいと思いながら、かまわず先を続けた。

「シングルトンがアロヨ・ビーチを出たとき、あなたも一緒だった。誘拐だったのか？　彼をギャングに売って、そのあと殺さなければならなかった？　殺すしかなかったのは、ルーシーが出しゃばってきたからなのか？　ルーシーは五千ドルを夢見て、それが実現する前に死ぬ運命だった？」

「まるで誤解してるわ。あたしはチャーリー・シングルトンを売ったりしてない。あの人を傷つけるようなことなんて、絶対にしない。ルーシーもね。あなたの言うとおり、ルーシーは友達だった」

「続けてくれ」

「できません」彼女は言った。「あたし、たれこみ屋じゃないもの。できない」

「遺体安置室へ行って、チャーリーを見てみろ。そうしたらしゃべることになるさ」

「だめ」腹の中に吐き気がこみあげてきたかのように言葉が吐き出された。「あんまりしつこく食いさがらないで。うるさくしないって約束してくれたら、あなたの知らないことを教えてあげる。大事なこと」

「どのくらい大事だ？」

「うるさいわね。あたしは完全にシロよ」

「じゃ、そのでかい事実とやらを聞かせてもらおう」

彼女はうなだれていたが、細い青い目は私の顔に向けられていた。「遺体安置室にいるのは、チャーリー・シングルトンじゃありません」

「なら、誰なんだ？」

「知りません」

「シングルトンはどこにいる？」

「これ以上、質問には答えられないわ。ほっといてくれると約束したでしょ」

「どうして遺体がシングルトンでないとわかる？」

「そんな質問は取引に入ってなかった」彼女はおずおずと言った。ぴくぴく動くまぶたの下で、青い目が不安定なガスの炎のように躍った。

「では、仮説を立てて質問しよう。今朝死んだ人物はシングルトンではないとわかっている。なぜなら、シングルトンは二週間前に殺されたからだ。彼は撃たれ、あなたは現場を目撃した。イエスか、ノーか？」

彼女はなんにも答えなかった。かわりに前のめりに倒れ、私にぐったり寄りかかった。小動物のように速い息づかいになっていた。私は彼女を支えてやらなければならなかった。

第二十三章

私の背中を甲高い声がぴしっと打った。「家内から手を離せ」

ベニング医師がノブに片手をかけ、台所のドアのすぐ内側に立っていた。黒革の聖書を小脇に抱え、帽子を頭にのせている。私は彼とその妻とのあいだに立った。「お会いしようと、お待ちしていました、先生」

「けがらわしい」彼は叫んだ。「みだらだ。神の家から帰ってくるなり、この――」口がぶるぶる震えて、最後まで言えなかった。

「なんにもなかったわ」私の背後から女は言った。

ベニングは斧で殺された去勢牛の目をしていた。片手をノブに、肩をドア枠にかけて体重を支えている。体は音叉のように絶え間なく震えていた。「嘘をついているな、二人とも。おまえは彼女に手をかけていた。肉欲行為――」言葉が喉に詰まって、息が止まりそうだった。「犬どもだ。わたしの家の台所で、二匹の犬みたいに」

「いいかげんにして」女は私の前に出た。「うるさいわね、なにもなかったと言ってるのに。これでもし、ほんとになにかやってたら、どうするつもりよ?」

彼はつながりなく答えた。「きみを助けてやったんだ。どん底から引き揚げてやった。今のきみがあるのは、すべてわたしのおかげだ」ショックで頭の中の罠が跳ね、陳腐な決まり文句にがんじがらめになっていた。

「ご親切な医者のおじいちゃん! 人助けの善きサマリア人! もしなにかやってたら、どうするつもりよ?」

彼はむせぶように言った。「男が女から侮辱されて、我慢するにも程がある。デスクに銃が入って——」

「あたしは犬だから、犬らしく撃ち殺してやろうってわけ?」彼女は両脚を踏ん張り、いかにも下層階級の女という姿勢で彼のほうへ身を乗り出した。その体は彼の弱さからとてつもないエネルギーをもらい、自分の持つパワーを大いに楽しんでいるようだった。

「自殺する」彼は高い声で叫んだ。

目から数粒の涙がしぼり出され、小鼻の脇から伸びる不運が刻まれたしわのほうに流れ落ちた。彼はどうしても自殺を実行する勇気の出ない自殺志向者なのだ。ルーシーの恐怖を描写したとき、なぜあんなに説得力があったのか、ふいに気がついた。あれは彼自身の恐怖だったのだ。

妻は言った。「どうぞ。引き止める気はないわ。悪くないんじゃない」言葉で相手を鞭打ちながら、彼女は両手を腰にあててじりじり近づいた。

彼は身をすくめてあとずさりしながら、慈悲を求めて片手を彼女のほうへ伸ばした。帽子がタオル掛けの端にひっかかって、床に落ちた。彼の体は崩れ散っていくかのように見えた。

「よしてくれ、ベス」言葉が聞きとれないほど早口になっていた。「そんなつもりはなかったんだ。愛してる。きみはぼくのもの、ぼくのすべてだ」

「あたし、いつからあんたのものになったの？」

彼は壁のほうを向いた。ざらざらした漆喰に顔をつけ、肩を波打たせて立っていた。聖書が床に落ちた。

私はうしろから彼女の肘をとった。「そっとしておいてやれ」

「どうして？」

「誰であれ、男が女に打ちのめされるのを見たくない」

「出てって」

「出ていくのはあなたのほうだ」

「生意気ね、誰に向かって言ってるつもり？」まだ熱気があったが、それは焚《た》きなおしの熱気にすぎなかった。

「シングルトンのガールフレンドに向かってだ」耳打ちしてやった。「さあ、ここから出てくれ。ご主人にひとつふたつ質問があるんだ」

私は戸口から彼女を押し出し、ドアを閉めた。彼女はキッチンに戻ってこようとはしなかったが、ドアの背後に気配が感じられた。

「ドクター・ベニング」

彼は落ち着きをとりもどしつつあった。しばらくすると、私のほうに向きなおった。頭は禿げ、中年で打ちのめされていながら、どことなく失恋した少年が扮装しているように見えた。

「彼女はわたしの持てるすべてなんだ」彼は言った。「奪い去らないでくれ」一段、また一段と梯子を滑り、自己卑下の地獄へ堕ちていこうとしていた。

私は我慢できなくなった。「熨斗《のし》つきでも、もらう気はありませんよ。さあ、少し気持ちを集中させて考えてください。昨日の午後五時から六時のあいだ、奥さんはどこにいましたか？」

「ここです、わたしと一緒に」悲しみにしゃくりあげるのが、句読点になった。

「昨夜十二時から今朝八時のあいだには、彼女はどこに？」

「ベッドです、もちろん」

「聖書にかけて誓えますか？」

「はい」彼は聖書を拾いあげ、右手を表紙にぺたりと押しつけた。「誓って申します。妻エリザベス・ベニングは昨日の午後五時から六時までのあいだと、深夜十二時から今朝まで一晩中、わたしとともにこの家の中にいました。これで満足しましたか？」

「ええ。ありがとうございます」満足はしなかったが、証拠を見つけないうちは、これが精一杯だった。

「それだけですか？」がっかりしたような口ぶりだった。家の中に彼女と二人きりで残されるのを恐れているのだろうか。

「いや、まだです。昨日まで、使用人がいたでしょう。フロリー、だったか？」

「フロリダ・グティエレス、ええ。無能を理由に家内が解雇しました」

「彼女の住所をご存じですか？」

「もちろんです。一年近く、うちで雇っていました。東ヒダルゴ・ストリート四三七番地、F号室」

ミセス・ベニングはドアの外に立っていた。壁に体を押しつけ、私を通した。たがいになにも言わなかった。

木造平屋の長い建物はヒダルゴ・ストリートと直角に建っていた。その通りはゴミの散らかった小路だった。小路を挟んで筋向いは高い金網のフェンスに囲まれた材木置き場で、車を降りると、切ったストローブ松材の匂いが鼻に届いた。

建物の外壁に沿った屋根つき回廊のこちらの端に、とても太ったメキシコ人が一人、壁に背をつけた椅子の上であぐらをかいていた。鮮やかな緑色のレーヨンのシャツが体にまとわりつき、腹と胸の出っぱりとくぼみが残らず見える。

私は声をかけた。「おはよう」

「もう午後だと思うがね」

彼は茶色い煙草を口からとり、体の重心を変え、スリッパを履いた両足を下におろした。鉄灰色の頭が寄りかかっていた部分の壁には油の染みが残っていた。すぐ横の開いたドアに、素人っぽい赤い文字で大きく〈A〉と書いてあった。

「じゃ、あらためて、こんにちは。F号室はどこですか？」

「最後から二番目のドア」彼は手にした煙草で奥のほうをさした。そこでは日曜日の晴着を着た肌の黒っぽい男女が数人、回廊の日陰に坐って材木置き場を眺めていた。「フロリダならいないよ、探してるんならね」

「フロリダ・グティエレス？」

「グティエレス」私の発音を正すように、第二音節にアクセントを置いて繰り返した。

「出ていったよ」

「どこへ？」

「知るわけないだろ？　サリーナスで姉と一緒に暮らすと言ってたがね」彼の茶色の目に

は穏やかな皮肉の色があった。

「いつ出かけました？」

「ゆうべ、十時ごろ。家賃を五週間ぶんためていた。札束を握ってやって来て、〝借りはいくら？ 引っ越すの、サリーナスで姉さんと暮らすのよ〟と言った。外にでかい自動車がとまってて、待っている男が見えたから、〝フロリダ、姉さんは様子が変わったね〟と言ってやったら、〝あれは義兄よ〟だとさ。それで、言ったんだ。〝運のいいお嬢さんだな、フロリダ。今朝は食うにも困っていたのに、夜にはビュイックに乗った兄さんに連れられてお出かけとはな〟」彼はにんまり笑った白い歯のあいだに煙草をくわえ、煙を勢いよく吐き出した。

「ビュイックだって？」

「立派なでかいビュイックさ」彼は言った。「脇に穴があいてたがね。あの馬鹿娘こそ、頭が穴だらけだよ。その車で颯爽と出ていった。どうしようもないだろう？」あきらめたという身振りで、陽気に両手を広げた。「マルティネス家の一員じゃないからな。ありが《グラシア》たいことに《ス・ア・ディオス》」最後の一言は小声でつけ足した。

「車の色は見ましたか？」

「自信はないな。暗い夜だった。青か緑だったと思うが」

「男のほうは？」

彼はどうでもいいような目つきで私を吟味した。「フロリダは厄介なことになってるのか？　あんた、警察の人かい？」

私は身分証を見せ、彼が声を出してゆっくり読み上げるのを聞いた。「厄介ごとだと思ったんだ」彼は静かに言った。

「若い、ハンサムな男でしたか？」

「中年の男だった。車を離れなかった。フロリダが荷物を運び出してるときさえね。マナーってもんがない！　見た目が気にくわなかった」

「どういう男だったか、説明できますか？」

「あんまりよく見えなかったからな」

「こいつじゃないかという男がいます」私は言った。「茶色の短い髪、太り気味、ずるそうな様子、酒飲みの目、パナマ帽、薄茶色のジャケット。自称ジュリアン・デズモンド」

彼はパチンと指を鳴らした。「そいつだ。フロリダはジュリアンと呼んでた。ほんとに彼女の義兄なのか？」

「いいえ。あの男はあなたの思ったとおりのやつですよ。ところで、この街には詳しいんでしょうね、ミスター・マルティネス？」

そう訊かれて気分が浮き立ってきたようだった。「六十三年！　親父はここで生まれたんだ」

「じゃ、教えていただけるでしょう。もしあなたがジュリアンだとして、フロリダを一晩ホテルに連れこみたいとしたら、どのホテルへ行きますか？」

「街の南側のホテルなら、どこだっていいんじゃないかね」

「いちばんそれらしいのをいくつか教えてもらえますか？」私はメモ帳をとり出した。

彼はいやな顔をしてメモ帳を見た。自分の言ったことが書きとめられるのが不安なのだ。

「この一件だがね、深刻なものなのかい？」

「彼女には問題ありません。証人として必要とされているんです」

「証人？　それだけか？　どういう種類の証人だ？」

「彼女が乗っていったビュイックが今朝事故にあいました。運転手の身元を確認しようとしています」

老人はほっとため息をついた。「喜んで役に立つよ」

彼のもとを離れたとき、手元にはいくつものホテルの住所があった——〈ランチェリア〉、〈ベーラ〉、〈オクラホマ〉、〈カリフォルニア〉、〈グレート・ウェスト〉、〈パシフィック〉、〈リヴィエラ〉。運よく、三軒目が当たりだった。〈グレート・ウェスト〉だった。

第二十四章

それは線路と幹線道路に挟まれたメイン・ストリート沿いにある古い鉄道ホテルだった。細い窓の並んだ煉瓦の顔は陰気で、何年も前からそばを走り続ける大型トラックに蒸気機関時代の精神を挫かれてしまったかのようだ。ロビーの床には使い古した真鍮の痰壺がいくつも置かれ、壁にはユニオン・パシフィック鉄道の古いグラビア写真が掛かっている。正面の窓際に近いカード・テーブルでは、四人の男がコントラクト・ブリッジをやっていた。その無表情な顔と自信に満ちた手は、いかにも時刻表どおりに年をとったベテランの鉄道マンらしい。

受付係はやせた老人で、緑色のまびさしをつけ、黒いアルパカの上着を着ていた。はい、デズモンドご夫妻はお泊まりです。三階の三一〇号室。電話はありませんので、どうぞそのままお部屋へ。日曜日はベルボーイが休みでして、と哀れっぽくつけ加えた。

エレベーターのほうへ向かおうとすると、受付係にうしろから呼び止められた。「ちょっと待ってください、お客さん。どうせ上がられるんなら、ついでに頼みます。今朝、この電報がミスター・デズモンド宛に届きました。早くからお呼び立てしたくなかったもので」まびさしのせいで、顔全体を死人のような緑色が覆っていた。

私は封をした黄色い封筒を受けとった。「ミスター・デズモンドに渡すよ」

「エレベーターは動いておりません」彼は申し訳なさそうに言った。「階段をお使いください」

二階は一階より暑かった。三階は息が詰まりそうだった。二十ワットの電球に照らされた窓のない廊下の突き当たりに、目当てのドアがあった。ボール紙の〈入室ご遠慮ください〉の札がノブからぶらさがっていた。

ノックした。ベッドのスプリングがきしんだ。眠そうな女の声がした。「だれ？　ジュリアン？」

私は言った。「フロリー？」

よろめく足音がドアに近づいてきた。彼女は錠を無器用にいじった。「ちょっと待って。今朝は目がよく見えないの」

私は電報を上着の内ポケットにそっとしまった。ドアが内側へ開くと同時に中に入った。フロリーは五、六秒呆然とこちらを見つめていた。黒い髪は艶がなく、縮れていた。はれぼったいまぶたの下で、黒い目がどんよりしている。体がおびえた姿勢をとっているので、あらわな腰や乳房は妙にちぐはぐに見えた。青白い顔の口紅で汚れた口は、粘土細工に挿したしおれた赤いバラのようだった。

彼女はあわててベッドに飛びこみ、シーツで体を覆った。口が大きく開いて、血の気の薄い下の歯茎が見えた。彼女は努力してなんとか口を閉じた。「なにが欲しいの？」

「きみが欲しいんじゃない、フロリー。こわがらないでくれ」

部屋のむっとした空気には安いアルコールと香水の匂いがまじっていた。半分飲みかけのマスカテル・ワインの半ガロン壜がベッド脇の床に立っていた。彼女の衣類は床と椅子と化粧だんすの上に散らばっている。きっと酔っ払ったあげく、怒り狂って服を脱ぎ散らし、すぐ眠りこけてしまったのだろう。

「あんた、だれ？　ジュリアンがよこしたの？」

「ホテル協会に雇われて、宿帳の記載に嘘がないか調べています」その方面の仕事は十年前にやめてしまったことは言わなかった。

彼女は両手でぴんと伸ばしたシーツの端ごしにさえずった。「あたしは記載してません。彼がやったの。みんな彼が悪いのよ。だいいち、あたしたち、なんにもやってない。彼はゆうべあたしをこの部屋に連れてくると、マスカなんとやらの壜をあてがって、ぽいと置き去り。出てったきり、見てないわ。夜が更けるまで待ってたけど、結局帰ってこなかった。だとすれば、あたしにどういう罪があるの？」

「取引をしよう。協力してくれたら、告発はしない」

疑念で顔が暗くなった。「どういう意味よ、協力って?」シーツの下で不安げに体をもぞもぞさせた。

「質問に答えてくれればいい。探しているのはデズモンドだ。あいつ、きみを棄てていったようだな」

「いま何時?」

「一時半」

「日曜の午後?」

「ああ」

「棄てられた! 旅行に連れていくって約束していたのに」ベッドの上で背を起こし、大きすぎる胸をシーツで隠した。

「どういうきっかけで彼と出会ったんだ?」

「出会ったんじゃないわ。先週のある晩、彼がオフィスに来たのよ。木曜の夜ね。あたしは掃除を終えるところだった。先生はもう図書館かどこかへ出かけていて、あたしはオフィスに一人だった」

「ミセス・ベニングはどこにいた?」

「二階、だと思う。ああ、そうよ、友達と二階で会ってたわ、有色の女の子」

「ルーシー・チャンピオン?」

「そう、その人。おかしな友達を持ってる人って、いるのよね。そのルーシーって女が奥さんに会いに来て、二人は二階へ上がって話をしてた。ジュリアン・デズモンドはあたしに会いたくて来たんだと言ったわ。ハワイで働く看護助手を求めている、月給は四百ドル、なんてうまいこと言っちゃって！　あたし、いいカモにされたのよね。雇い主のことを訊かれるままべらべらしゃべって、その晩、彼はあたしを酔っ払わせたあげく、ミセス・ベニングと例のルーシーについて、いっぱい質問したの。あたしはルーシーのことなんかこれっぽっちも知らないし、ミセス・ベニングのことだっておんなじだと言ってやった。彼は、奥さんはいつご主人のところに戻ったかとか、髪を染めているのかとか、二人はほんとに結婚しているのかとか、そんなことを知りたがった」

「なにを教えたんだい？」

「奥さんが週末に戻ってきたときのことを教えた、二週間前ね。月曜日の朝、出勤したら、彼女がいるじゃないの。先生は〝紹介するよ、家内だ。今まで療養所に入っていたんだ〟と言った。病み上がりってふうには見えなかったけど――」フロリーはふいに言葉を切った。口がぴたりと閉じた。「話したのはそれだけ。彼がたくらんでることがわかったのよ。あたし、恐喝屋の口車なんかに乗りやしませんからね」

「そのとおりだ。ほかにはどんな話が？」

「ほかはなんにも。ぜんぜん。ミセス・ベニングのことはなんにも知らない。あたしにと

って は謎の女よ」

私は違う方向から接近を試みた。「ゆうべ、彼女はどうしてきみを首にしたんだ?」

「首になんかされてません」

「どうして仕事をやめた?」

「もうこれ以上、あの人のために働きたくなかったから」

「でも、昨日は働いただろう」

「ええ、そうよ、それは首に――いえ、やめる前だもの」

「きみは土曜日の午後、ずっとあの家の中にいた?」

「ええ、六時までね。とくによけいな掃除がなければ、六時に終える。いえ、終えることにしてたの」

「ミセス・ベニングは午後じゅう家にいた?」

「だいたいはね。午後遅く出かけたわ、日曜日に必要なものを買ってくるって」

「何時に出た?」

「五時ごろ、五時ちょっと前」

「何時に帰ってきた?」

「あたし、彼女が帰ってこないうちに出たから」

「先生は?」

「いたわ、知るかぎりではね」

「奥さんと一緒に出かけなかったのか？」

「ええ。昼寝《シエスタ》をすると言って」

「そのあと、いつ彼女に会った？」

「会ってません」

「八時ごろ、〈トムズ・カフェ〉で会っただろう」

「ああ。そうだ、忘れてた」フロリーは動揺してきた。

「彼女からカネをもらったのか？」

フロリーはためらった。「いいえ」そう言いながらも、つい首を動かし、化粧だんすの上にのった赤いビニールのハンドバッグに目をやらずにはいられなかった。

「彼女はなんできみにカネを渡した？」

「そんなことしてません」

「いくらなんだ？」

「未払い分ていうだけよ」どもって答えた。「未払いのお給料があったから」

「いくら？」

「三百ドル」

「未払い給料にしては、ずいぶんの額だ。違うか？」

彼女ははれぼったい目を天井に向けてから、その目をまた化粧だんすの上の赤いハンドバッグに落とした。まるでバッグが生きていて、今にも飛んでいこうとしているかのように、ひたと見つめていた。「ボーナスよ」うまい言葉を見つけたらしい。「ボーナスをくれたの」

「なんで？　彼女はきみを嫌っていたんだろう」

「あんたこそ、あたしを嫌ってるじゃない」子供じみた声だった。「悪いことなんか、なんにもしてないのよ。なんであたしを責めるのか、わからないわ」

「嫌ってなんかいない」嘘をついた。「ただ、たまたま殺人事件を解決しようとしていてね。きみは重要な証人なんだ」

「そう、あたしが？」

「きみがだ。彼女がカネを払ったのは、なにを黙っていてもらいたかったからなんだ？」

「証人になると、おカネを返さなくちゃいけない？　その、ボーナスを」

「そんなことはない、黙っていればね」

「あんたは誰にも言わないでいてくれる？」

「人に言ったって始まらない。奥さんは、きみからカネでなにを買ったんだ、フロリー？」

私は彼女の息づかいを聞きながら待った。

「血のこと」彼女は言った。「診察室の床に、乾いた血のしみが残ってたの。あたしはそれをきれいにした」

「いつ?」

「二週間前の月曜日、ミセス・ベニングを初めて見た日よ。先生に血のことを訊いたら、週末に急患が来たんだって——指を切った旅行者だと言ってた。ゆうべ、ミセス・ベニングがそのことを持ち出すまで、なんとも思ってなかったのに」

「鼻の穴に豆を詰めるなと子供たちに教えた女みたいだな」

「その人、誰なの?」フロリーはほとんど明るいといってもいい口ぶりで訊いた。

「物語さ。教訓はね、女が目を離したすきに、子供たちはすぐさま鼻の穴に豆を詰めたってこと。ミセス・ベニングが目を離したすきに、きみは血のことをすぐさまデズモンドに教えただろう、五セント賭けたっていいね」

「そんなことしてません」妙にぐちっぽい抑揚が意味するところはお馴染みのものだった——おっしゃるとおり、やりました。でもみんながあたしに悪いことをさせようとするんだもの、しょうがないでしょ。

　彼女は牽制に出た。

「ともかく、彼の名前はデズモンドじゃないわ。ハイストとか、なんかそんなようなの。運転免許証をちらっと見たのよ」

「いつ？」

「昨日の夜、車の中で」

「ビュイックかな？」

「ええ。たぶん盗んだ車ね。あたしはぜんぜん関係してませんからね。アパートから引っ越せと言って迎えに来たとき、あの人、もうあれに乗ってたんだもの。たまたま見つけた車だなんて言うのよ、ばかばかしい。五千ドルか、もしかしたらそれ以上の価値があるって。中古のビュイックにしてはすごい額ねと言ってやったら、彼はただ笑っていた」

「緑色の一九四八年型ツードア・セダンだろう？」

「年式はわかんない。ツードアのビュイックで、そう、緑色だった。あの人、盗んだんでしょ？」

「見つけたというのは本当だろうな。どこで見つけたか、教えたか？」

「いいえ。でも、街のどこかね。夕食どきには車を持ってなくて、十時にあたしをアパートに迎えに来たときには、そのビュイックを運転してた。ビュイックなんて、どこで見つけるのよ？」

「いい質問だ。さあ、服を着てくれ、フロリー。向こうを向いてるから」

「あたしを逮捕しないのね？　悪いことなんてぜんぜんやって――してませんから」

「ある人物の身元を確認してもらいたい、それだけだ」

「だれ？」

「それもいい質問だ」

私は窓に近づき、開けようとした。この狭い部屋に封じこめられたむっとするような空気の中では、呼吸が難しかった。窓は四インチ上がり、そこでひっかかっておしまいだった。北向きで、遠くに市庁舎とミッション・ホテルが見える。照りつける太陽のせいで活動の止まった通りでは、歩行者が数人、とぼとぼと歩き、車が数台、這ったりいびきをかいたりしていた。背後から、櫛の歯が髪の毛にひっかかって折れる音、フロリーの静かな罵声、ガードルを引っ張ってぱちんと留める音、絹のストッキングが滑って伸びる音、床に当たるヒール、洗面台に流れる水音が聞こえてきた。

窓の下に見えるバス駅のうしろでは、埃っぽい青いバスが乗客を乗せていた――半裸の茶色い子供たちを連れたメキシコ人の妊婦。オーバーオール姿の農業労働者は子供たちの父親かもしれない。アスファルトに三本脚の影を落としている杖を持った老人。若い兵士二人は、どんな空の下、どんな盆地を抜ける旅であれ、考えるだけでうんざりだという顔をしている。列は陽射しにぐったりした彩色した蛇のように、ゆっくり前進していった。

「支度できました」フロリーは言った。

薄手木綿のブラウスの上に真っ赤なジャケットをはおっていた。髪の毛はうしろへ梳かしてあり、白と赤の化粧をした仮面の下で、その顔は前よりきつく見えた。彼女は赤いビニールのハンドバッグを抱え、不安げにこちらをじっと見た。

「どこへ行くの？」

「病院だ」

「その人、病院にいるの？」

「まあ、行ってみよう」

私は彼女のボール紙製スーツケースをロビーまで運んでやった。ハイスは部屋代を前払いしていた。老いた受付係は電報をどうしたかと尋ねてこなかった。コントラクト・ブリッジをやっている男たちは、私たちがロビーを通り抜けて道路へ出るのを心得顔で見送った。

車に乗ると、フロリーは緊張を緩め、二日酔いのせいで居眠りを始めた。私は街を抜け、郡立病院まで運転した。埃と虫の死骸で汚れたフロントガラスを通して見ると、熱のせいで揺らめく道路と建物は、フロリーの頭の中で屈折した都市の画像のようだった。タイヤが触れるアスファルトは肉体のように柔らかかった。

遺体安置室は充分に冷えていた。

第二十五章

彼女はがたがた震えながら出てきた。赤いハンドバッグを、押さえてもじっとしていない外につけた心臓のようにしっかり胸に抱えている。私はその肘を支えた。救急車用入口まで来ると、彼女は私から身を引き、一人で車まで出ていった。まぶしい光に目がくらみ、ハイヒールを履いた足が砂利の上でふらついた。

私が運転席に乗りこむと、彼女は私の顔が黒焦げになっているかのように、おびえた目つきでこちらを見ると、尻を滑らせてできるだけ離れ、反対側のドアに寄りかかった。目は黒いガラス製の大きなビー玉のようだった。

私は内ポケットからウェスタン・ユニオンの黄色い封筒をとり出した――カリフォルニア州ベーラ・シティ、グレート・ウェスト・ホテル気付、ジュリアン・デズモンド殿。ハイスが生きていれば、開封するのは犯罪だ。しかし彼は死んでいるから、これは正当な証拠物件だった。

中には夜間割引電報が入っていた。デトロイトから送り出され、差出人は〝ヴァン〟と署名していた。

ドゥラーノの件、簡潔に。追って航空便にて報告。レオは一九二五年に暴行罪で逮捕、当時二十歳。服役六ヵ月。一九二七年、誘拐罪で逮捕、証拠不充分で不起訴。パープル・ギャングの一員、または保護下にいると目された。一九三〇年、殺人容疑で逮捕、原告側訴訟取りさげ、証人なし。一九三二年、殺人容疑、完璧なアリバイで釈放。パープル・ギャング分裂し、レオはシカゴへ。三、四年間暴力団を指揮、その後大規模組織と提携。表向きの合法事業は帽子預かり所。未成年者の非行に関与して逮捕。一九四二年初めに州立精神病院に収容、病名不明。一九四二年十月退院。後見人は姉のユーナ、公認速記士、会計士。ナンバーズ賭博グループの元締めとなり、ルージュとウィローの組織の乗っとりを試みる。密売事業は一九四三年に崩壊。一九四四年にレオとユーナはデトロイトを本拠地にナンバーズ賭博グループを組織、グループは現在も活動中。保護料収入は毎週の純益二、三千ドルと推定。一月以後、レオとユーナはミシガン州で目撃されていない。イプシランティの家は閉鎖。ウィリアム・ガリバルディ、別名ガーボルドが胴元として経営、かつてのパープル・ギャング仲間。エリザベス・ベニングの記録はなし。レオはミシガンを出る前にベス・ウィノフスキーと同棲していた。さらに調べる必要あれば連絡を。

「どこかで横になりたい」フロリーは小声で言った。「彼が死んでるなんて、教えてくれなかったじゃない。トーチランプで焼かれたなんて、教えてくれなかった。あんなショックを受けたら、女の子なら死んだっておかしくない」

私は電報をしまった。「すまない。きみが確認するまで、誰だかわからなかったんだ。どうして彼だと言いきれる？」

「歯医者で働いてたことがあるの。だから、人の歯に目がいくのよ。ジュリアンの歯はひどかった。詰め物を見て、彼だとわかったわ」彼女はガラスのような目を片手で覆った。「横になれるところへ連れてってくれない？」

「まずは警察だ」

ブレークはデスクで、大きくかじられたサンドイッチを片手に坐っていた。かじりとったぶんでふくらんだ頬がリズミカルに動いた。その合間に言った。

「ピクニックは中止だと知らせるのを忘れていてな、電話したときには女房がもう、一個大隊を養えるほどのサンドイッチをこしらえてしまっていた。なら、ここに持ってきてくれと言ったんだ。昼めし代が浮く。あれもばかにならんからな」

「これだけ残業しても？」

「残業代はヨットを買うために貯めてるのさ」警察官に残業代は出ないと、私が知っていることをブレークは知っていた。

「こちらのミス・グティエレスがついさっき、おたくのトーチランプ被害者の身元を確認してくれた」彼女のほうを向いた。「こちらはブレーク警部補だ」

しりごみして戸口に立ったままだったフロリーは、おずおずと一歩進んだ。「はじめまして。義務を果たすようにミスター・アーチャーから説得されて」

「いいことをしてくれたな、アーチャー」ブレークは残りのサンドイッチを口に押しこんだ。これからなにが起きようと、どんな話が出ようと、サンドイッチは食べ終えると決めている。「彼女はシングルトンの知り合いか？」

「いや。あれはシングルトンじゃない」

「なにを言うんだ。車両のライセンスはシングルトンの名前で発行されているし、エンジン番号も合っている」〈未決〉箱にたまった書類のいちばん上にのったテレタイプの黄色い薄紙をとんとんと叩いた。

「あれはシングルトンの車だが、中にあったのは彼の遺体ではない。遺体はマックスフィールド・ハイス。ロサンジェルスの探偵だ。フロリーは彼をよく知っていた」

「そんなによくは知りませんでした。彼は言い寄ってきて、あたしの雇い主について根掘り葉掘り聞き出そうとしたんです」

「中に入ってください、ミス・グティエレス、ドアを閉めて。さてと、雇い主というのは、誰です?」

「ドクター・ベニング夫妻だ」私は言った。

「彼女に自分で話をさせろ。彼は夫妻について、なにを知ろうとしていたんですか、ミス・グティエレス?」

「ミセス・ベニングがいつ戻ってきたか、彼女は髪を染めているか、そんなようなことです」

「殺人については?」

「いいえ、サー。ジュリアンは殺人のことはなにも」

「ジュリアンて、誰です?」

「ハイスは偽名を使っていたんだ」私は言った。「すぐベニングの家に行ったほうがいい」

私はドアのほうを向いた。脇にコルク製の掲示板があり、端のすりきれた〈指名手配〉の回報が何枚も画鋲で留めてあった。こういう粗雑な白黒写真にされたら、ミセス・ベニングはどんなふうに見えるだろうと思った。

ブレークは言った。「遺体がその男のものであると、誓言《スウェア》できますか、ミス・グティエレス?」

「たぶんね、どうしてもとおっしゃるなら」

「どういう意味ですか、たぶんとは？」

「ののしるのはいやです、レディのすることじゃないもの《スウェア》」

ブレークは鼻を鳴らして笑い、立ちあがって出ていった。私とフロリーは立ったまま部屋に残された。警部補は制服の女性警官を伴って戻ってきた。白髪に御影石のような目をした女性だった。

「ミセス・シンプソンがここでつき添います、ミス・グティエレス、わたしが戻るまでね。勾留ではありませんから、念のため」

ブレークと私は傾斜路を駐車場まで上った。

「私の車で行こう。読んでもらいたいものがある」デトロイトからの夜間割引電報を渡した。

「あの娘より、もうちょっと意味が通じる話だといいがね。彼女はど阿呆だ」

「目で見て、記憶する能力はある」

彼は鼻を鳴らして車に乗りこんだ。「なにを見たというんだ？」

「血糊。ベニングの診察室の床に乾いた血の跡があった。彼女はそれを掃除させられた」

「いつ？　昨日か？」

「二週間前。シングルトンが撃たれた週末のあとの月曜日だ」

「彼は撃たれたと、確信があるのか？」

「電報を読んでくれ。どういう意味に受けとれるかな」私は車を発進させ、市内横断道路からベニングの家の方向へ曲がった。

ブレークは黄色い紙から目を上げた。「たいして意味をなさないな。ほとんどが聞いたこともないギャングの一員の警察記録じゃないか。このドゥラーノって、何者なんだ？」

「ミシガンのナンバーズ賭博の元締めだ。今はカリフォルニアにいる。彼の姉のユーナはそもそも最初に私を雇った人物だ」

「理由は？」

「弟がシングルトンを撃ったんだと思う。ルーシーは目撃者で、ユーナ・ドゥラーノは彼女を探し出して黙らせようとしていた」

「弟は今、どこにいるんだ？」

「知らないね」だが、おもちゃの銃を持つ、病いに蝕《むしば》まれた男の姿は、目の裏に鮮やかに焼きついていた。

「この話を教えてくれなかったとは、不思議だな」

私はいくぶん嘘をまじえて答えた。「知らないことは教えようがなかった。電報はついさっき、ハイスが泊まっていたホテルで手に入れたんだ」

「ちっぽけな電報一本から、ずいぶん大きな話を築きあげているじゃないか。それに、こいつは証拠にすらならない、差出人をひっつかまえないかぎりはな。誰なんだ、このヴァンてやつは?」

「デトロイトの探偵局の潜行調査員のようだな」

「探偵局を使うのはカネがかかる。ハイスは一流だったのか?」

「とんでもない。だが、希望は捨てなかった。この事件は大きなカネになりそうだと思っていたんだ。手始めがシングルトンの懸賞金だった」

「シングルトンの車とのつながりは?」

「車は見つけたものだと彼はフロリーに言ったそうだ。証拠物件さ、懸賞金をもらうためのね。その前にはルーシーを証人として利用しようとした。だが、シングルトンの懸賞金は、彼にとっては初手にすぎなかった。もっとでかいカネを予想していたんだ」

「恐喝か? ドゥラーノからカネを?」

「可能性はある」

「じゃ、例のギャング一味に焼き殺されたと思うのか?」

「それも可能性はある」

ベニングの家のそばまで来た。隣の床屋の前に駐車した。ブレークは車から出ようとする素振りを見せなかった。「可能性があると言ってることの一つでも、確実にわかってることがあるのか?」

「確かなことは一つもない。それがこの事件のおかしなところだ。物的証拠はろくにないし、正直な証人もいない。推理の根拠にしても倒れない程度がっちりした事実は一つとしてない。だが、全体像についてはゲシュタルト（心理学で、対象を要素の寄せ集めとしてではなく、まとまった構造を持つ全体としてとらえること）がある」

「ゲシュなんだって？」

「勘だな、この事件がどうまとまってひとつになっているのかわかる、ということさ。大勢の人間が関わっているから、単純ではない。たとえ二人だって、人の行動が単純であることはない」

「哲学はいい。事件の話に戻れ。もしこれがみんなギャングの殺人なら、われわれはここでなにをしてるんだ？　ミセス・ベニングはぜんぜん関係ないじゃないか」

「ミセス・ベニングこそ、全体像の中心人物だよ」私は言った。「彼女は男三人、ドゥラーノ、シングルトン、ベニングを操っていた。ドゥラーノは彼女の愛人シングルトンに嫉妬して彼を撃った。彼女はそれで調べられたくなかったから、警察には通報せずに、ベニングに助けを求めて戻ってきた」

「で、彼女はシングルトンをどうしたんだ？」

「本人に訊いてみるのがいちばんだ」

第二十六章

ブラインドがおりた窓、灰色の壁板、ベニングの家はそれ自身のみすぼらしい黄昏を吐き出しているかのように見えた。ドアまで出てきた医師は黄昏どきの動物のように青ざめ、目をしばたたかせていた。

「こんにちは、警部補」

私にも目をくれたが、なにも言わなかった。ブレークはバッジをさっと見せ、これが社交上の訪問でないことを示した。ベニングはびくっとあとずさり、ホールの帽子掛けに手を伸ばして、帽子を頭にのせた。

「お出かけですか、先生?」

「ああ、いや、違います。家の中で帽子をかぶることがよくあるんです」ブレークに向かって、ばつの悪そうな笑顔を向けた。

ホールは薄暗く、ひんやりしていた。前には気づかなかった、腐りかけた木材の臭いが、ほかのさまざまな臭いの下にあった。ベニングのような挫折感を持った男というのは、挫折にふさわしい環境を選ぶ、あるいは自分の周囲にそういう環境を生み出すのがなぜからまい。私は家の中にあの女の物音がしないかと耳を澄ました。どこかで蛇口が緩慢な内出血のように、水音を立てているだけだった。

ブレークは堅苦しい口調で言った。「ミセス・ベニングとして知られる女性にお目にかかりたいのですが」

「うちの家内、という意味ですか？」

「そうです」

「では、なぜそうおっしゃらないんです？」ベニングは辛辣に言った。帽子の下で、気持ちを引き締めている。

「ここにおいでですか？」

「いいえ、留守にしております」長い鼻の下の内側を噛んでいるので、医師は苦いものを反芻する心配顔のラクダに似ていた。「いろいろと凝った言い方をなさるにしても、出てくる質問にお答えする前に、ここに公用でおいでになったのかどうか、教えていただきたいですな。それとも、バッジを見せびらかすことに子供じみた喜びを感じておられるだけですか？」

ブレークの顔が鈍い赤色に染まった。「喜びはありませんよ、先生。殺人が二件すでに記録され、もう一件が疑われている」

ベニングは何度も唾をのみ、喉仏がゆがんだヨーヨーのように喉の中で上下した。「まさか、つながりが」言葉は沈黙の中に消え、その沈黙は彼を動揺させているようだった。

空白を埋めようとして、あらためて言った。「家内とその殺人事件とのあいだにつながりがあると、お考えではないでしょうね？」

「ご協力をお願いしているんです、先生。今朝、ご協力をいただいたでしょう。市民からの協力なしに、犯罪件数を抑えることはできません」

男二人は一分間、黙ってにらみ合った。ブレークの沈黙は重く、頑固で、厚く、木の切り株のようだ。ベニングの沈黙は緊迫し、油断ない。私たちの耳には高すぎて聞こえない音に耳を傾けているのかもしれなかった。

医師は咳払いした。ゆがんだヨーヨーがひょこひょこ動いた。「ミセス・ベニングは数日サンフランシスコへ行っています。先日うちに戻ってきてから、ベーラ・シティと——結婚生活に、また慣れるのがたいへんで。この二日間、不愉快なことが続きましたので——彼女は休みをとったほうがいいと、二人とも思ったわけです。一時間ほど前に出かけました」

私は言った。「サンフランシスコではどこにお泊まりですか？」

「申し訳ないが、行き先の住所は存じません。ベスは個人の自由を最大限満喫するのを大事に思っていますし、わたしはそれを許してやるのを大事に思っています」彼の薄い色の目は私を見つめ、このまえ会ったときのことは絶対に口にするなと脅しをかけていた。

「いつお戻りですか？」

「一週間かそこらでしょう。泊めてくれる友人たちの都合にもよりますが」

「友人というと？」

「これもお教えできませんね。家内の友人はよく知りません。ここ二年間、別々に暮らしておりましたから」

彼は言葉をごく慎重に選んでいた。すこしでも扱いを間違うと、言葉の中からふいに彼と彼の家を破壊する意味が噴出してしまうとでも思っているようだった。ベスは彼を置いて出ていき、もう帰ってこないのだと、私は気がついた。ベニングが私とブレークから、それにおそらくは自分自身から隠そうとしているのは、この事実なのだ。

「彼女はどうして二年たって帰ってきたんです？」

「わたしのもとを離れたのは間違いだったと気づいたのだと思います。もっとも、そんなことをわたしに訊く権利はあなたにありませんがね」

「先生のおっしゃるとおりだ」ブレークは言った。「まったく、そのとおりです。ところで、奥さんは車でお出かけですか？」

「車です。わたしのに乗っていきました」彼はこわばった口調でつけたした。「使ってよいと、わたしが許可を与えましたから」

「ええと、たしかシヴォレーのセダンでしたね、先生？」

「一九四六年型シヴォレーの青いセダンです」

「ナンバーは？」

「5T1381」

ブレークはメモをとった。「どういうルートで？」

「ぜんぜんわかりません。まさか、ミセス・ベニングを道路上でつかまえようというんじゃないでしょう？」

「まず、彼女がここにいないことをはっきりさせたい」

「わたしが嘘をついていると思われるんですか？」

「いいえ、少しも。すべき仕事をしているだけですよ。家の中を見回ってよいという許可をいただけますか？」

「捜査令状をお持ちですか？」

「ありません。なにも隠しておられるものなどないと思いこんでいましたから」

ベニングはなんとか微笑を浮かべた。「もちろんだ。たんなる好奇心でね」彼は片腕を四分円を描くように動かし、最後には手の甲が壁を打った。「お二人とも、どうぞわが領地をご自由にご覧ください」

ブレークはホールのいちばん奥にある階段を上りはじめた。わたしはベニングとともに表の部屋を回り、診察室で足を止めた。彼は戸口から静かに言った。

「わたしは自分の敵を知っています、ミスター・アーチャー、家内の敵もね。あなたのようなタイプ、食欲旺盛な男なら、よく理解している。手に入らないものは、破壊しようとするんだ」声は不運をもたらす風のように高まり、前回会ったときのこだまが響いていた。

「奥さんはなぜあなたのところに戻ってきたんです？」私は訊いた。

「わたしを愛していたからです」

「では、どうして今日また出ていったんですか？」

「恐れていたからです」

「ドゥラーノ一家を？　警察を？」

「彼女は恐れていた」彼は繰り返した。

私はみすぼらしいオイルクロス張りの壁と拭き掃除をしたリノリウムの床を見回した。蛇口はいまだに漏れていて、間断なく流しに水滴が落ちていた。

「フロリーが血を見つけたのはこの部屋ですか、先生？」

「血？」彼は言った。「血だって？」

「奥さんが戻ってきた翌日、床にいくつか血痕が残っていた。フロリーの話ではね」

「ああ、そうだ。あの日曜日、急患があった。指を切って」

「その急患は土曜日の夜遅くやって来たのだと思いますが、違いますか？　ミセス・ベニングが治療のために彼をここに連れてきた。彼は指を切ったのではなく、体に弾丸を入れていた。名前はシングルトン。彼はどうなったんですか、先生。あなたが治療するあいだに死んだ？」

「そんな患者はいなかった」

「あなたは瀕死の男に秘密裏に手術を施したが、救うことができなかった、違いますか？」

「ブレークにもそう示唆したのか？」

「いいえ。私はあなたの敵ではありません。医療倫理違反には興味がない。私は殺人犯を追っているんです。だが、シングルトンが殺害されたかどうかさえ、まだ立証できていない。彼は殺されたのですか？」

視線が合い、にらみ合ったが、ベニングのほうが先に目を逸らした。「心配なのは、わたし自身のことじゃないんだ」どもりながら言った。

「奥さんが？　撃ったのは彼女なんですか？」

彼はまた私の目を見ようとしなかった。ブレークが一人で階段を降り、家の中を抜けて近づいてくる足音に、私たちはどちらも耳を澄ましていた。

ブレークは部屋に入ってくるなり、ベニングと私とのあいだの緊張感を読みとった。

「どうした？」

「どうもしない」私は言った。

ベニングは感謝して私を一瞥すると、目に見えて背筋を伸ばした。「ベッドの下もご覧になりましたか、警部補？」

「ええ。なにもないといえば、クロゼットに女物の服がなかった。奥さんは当分帰ってこないつもりじゃありませんかね？」

「服をたくさん持っていないんです」

ブレークは部屋を横切り、私が前夜開けたクロゼットへ行った。やはり鍵がかかっていた。苛立ってノブを乱暴に動かした。「この中は調べたのか、アーチャー？」

「ただのクロゼットですよ」ベニングは言った。「なにも入っていません。骸骨だけで」

「なにだけだって？」

「解剖模型です」

「開けてください」

ベニングは手にしたキーリングを打ち鳴らしながらクロゼットのドアに近づいた。鍵をあけるとき、肩越しに振り返って、こちらに明るい微苦笑を向けた。「まさか、わたしが家内をこの中に閉じこめているなんて、本気でお考えではないでしょう？」

ドアをぱっと開けた。肉のない顔が、時を超えた隠れ家から、不動の嘲笑を浮かべて横柄にこちらを見おろしていた。ベニングは一歩さがり、私たちがショックや驚愕を示すか見守っていた。そんなものは示さなかったので、がっかりしたようだった。

「死神くんか」私は言った。「どこから持ってきたんです？」

「医療用品の会社から手に入れました」彼は肋骨の一本につけてある長方形の真鍮のタグを指さした――サンセット病院機器有限会社。昨晩は見落としていたものだった。

「このごろでは、こういうのを持っている医者は少なくなったでしょう？」

「こいつを持っているのには特別な理由がありましてね。わたしは働きながら医学校を出たもので、解剖学の基礎を充分学ばなかった。それで、こいつに助けてもらって、ずっと独学自習してきたんですよ」ニスをかけた肋骨が檻状に並んでいる部分を指でつつくと、全身がぶらぶら揺れた。「かわいそうなやつ。誰なんだろう、どういう人間だったんだろうと、よく思います。重罪犯人か、それとも慈善病院で死んだ貧民か？　死を忘るなか《メメント・モ》れ《リ》」

　ブレークはそわそわしていた。「行こう」だしぬけに言った。「仕事がある」

「まだあと二つばかり、ドクター・ベニングに伺いたいことがある」

「じゃ、早くしてくれ」ブレークは薄氷を踏み破って二の足を踏んでいるように見えた。自分の権威を私には利用させないとでもいうように、部屋を離れ、待合室へ行った。

　医師はブレークのあとに従った。その動きは力関係の変化を強調するものだった。今までは二人が彼に対抗していた。今では二人が私に対抗している。

「いいんですよ、警部補。わたしとしては、ミスター・アーチャーをすっかり満足させて、きりをつけたいと思います。ミスター・アーチャーを満足させることが可能ならですがね」ベニングは待合室で向きを変え、私のほうを向いた。役がつかめずにいた俳優がようやく役になりきって演じ始めたかのようだった。

「証言に不一致があります」私は言った。「フロリー・グティエレスは、奥さんとルーシー・チャンピオンは友達だったと言っている。あなたはそうではなかったとおっしゃる。フロリーは、昨日の午後、ルーシーが殺された時間に、奥さんは家にいなかったと言う。あなたは奥さんは自分と一緒にここにいたとおっしゃる」

「この件に関して、客観的ではいられませんよ、家内の評判がかかっていますからね。フロリダ・グティエレスについては、わたし自身の経験から申しましょう。あの女は紛れもない大嘘つきだ。昨日、家内から解雇されたものだから――」

「奥さんはどうして彼女を解雇したんですか？」

「無能が理由です。不正直と無能です。グティエレスは仕返しをしてやると脅してきました、そういう言い方をしてね。わたしたちを傷つけるためなら、どんなことでもやる気だろうとわかっていました。しかし、ここまでやるとは、さすがのわたしも驚いています。人間の悪意には限界というものがないらしい」

「奥さんは昨日の五時から六時のあいだ、家にいましたか？」

「いました」

「どうしてわかります？　あなたは昼寝《シエスタ》をしていたでしょう」

彼は三十秒近く黙っていた。ブレークは不偏不党の傍観者といった雰囲気で戸口から見守っていた。

「眠らなかったんだ」ベニングは言った。「家の中の彼女の存在は意識していた」

「しかし、姿は見えなかった？　フロリーだったかもしれない？　奥さんだったと誓って言うことはできないのでは？」

ベニングは帽子をとり、いい考えが見つかるとでも思っているように、帽子の内側を凝視した。それからゆっくりとつらそうに言った。「その質問、あるいはどんな質問でも、お答えする義務はない。たとえこちらが法廷に立っていたとしても――夫が妻に不利な証言をするよう、人が強制することはできない」

「あなたは自分から彼女のためにアリバイを提供した。そういえば、彼女があなたの妻だと、まだ立証していただいていませんが」

「それなら簡単だ」彼は大股に診察室に入ると、折りたたんだ書類を持って戻ってきて、それをブレークに渡した。

ブレークはさっと眺め、私によこした。一九四三年五月十四日付、インディアナ州で発行された結婚証明書だった。サミュエル・ベニング、三十八歳はこの日、エリザベス・ウィノフスキー、十八歳と結婚した、と書いてあった。

ベニングはそれを私の手からとりあげた。「さて、それでは言わせてもらいましょう。わたしの私生活、家内の私生活は、あなたがたにはなんの関係もない。彼女は不在で、自己弁護ができない立場ですから、あらためて申しあげますが、名誉毀損に関する法律があります。それに不法逮捕は訴訟の対象になりうる」

「わたしにあらためて教えてくれる必要はない」ブレークは人称を強調した。「逮捕なし、嫌疑なし。ご協力ありがとうございました、先生」

ブレークは玄関ドアから視線を投げ、それが輪縄のように私を締めあげた。ベニングはホールに残った。頼りない控え壁のように、腐りかけた壁に寄りかかっている。結婚証明書を薄い胸にぴったり押しつけているのが、愛の形見か、湿布材か、銀行券のように見えるが、あるいはその三つぜんぶの組み合わせかもしれなかった。

車の中は溶鉱炉なみに熱かった。ブレークは上着を脱いでたたみ、膝に置いた。シャツには汗の染みがついていた。

「やりすぎだ、アーチャー」

「やりたりなかったと思うね」

「それはわたしのような責任がないせいさ」

そのとおりだと認めた。

「わたしは危険を冒すわけにはいかない」彼は続けた。「証拠なしに行動はできない。ミセス・ベニングの逮捕令状をとれるようなことはなにもないんだ」

「アレックス・ノリスを逮捕したのと同じ程度のことならあるじゃないか。ノリスはまだ留置場だ」

ブレークは頑固に言い返した。「彼は二十四時間、罪状なしに勾留されている。それは合法だ。しかし、ミセス・ベニングのような人物にそれはできない。いいか、医者の奥さんだぞ。ベニングの家に行くだけでも相当の危険を覚悟のうえだった。彼はずっとこの街に住んできた。父親は高校の校長を二十年つとめた」守りの姿勢になってつけたした。

「ともかく、彼女に関してなにがわかってる？」

「結婚証明書に書いてあった彼女の旧姓に気がついたか？　エリザベス・ウィノフスキー。電報にあったのと同じ名前だ。彼女はドゥラーノの女だったんだ」

「だからシングルトンについてなにか立証できるってもんじゃない。たとえそれが証拠だとしてもな。だが、証拠なんかじゃないよ。あんたの筋書きでわからないのは、女がパートナーをとっかえひっかえするってところだ。スクエア・ダンスじゃあるまいし、そんなことは起きない」

「女によるさ。一度に六人の男を操っていた女だって何人も知っている。ミセス・ベニングは三人をとっかえひっかえしていたんだ。彼女が七年間、ついたり離れたりだが、シングルトンの愛人だったと言っている証人がいる。彼女がベニングのもとへ戻ってきたのは、助けが必要だったから――」

ブレークは言葉を蚊のように頭から払いのけた。「それ以上なにも言うな。この件は慎重に、ゆっくりやらなきゃならん。さもないと、転覆しておさらばだ」

「あんたか、ノリスか、どっちかがな」

「それに、ああしろこうしろとつつくのはやめてくれ。わたしはこの事件をわたしなりの方法で扱う。あんたがミセス・ベニングを連れてきて供述させるというんなら、いいだろう、話は聞く。だが、わたしが自分で出ていって、彼女を連行するわけにはいかない。奥さんが家を出たからって、先生になにかするわけにもいかない。彼女は誰にも出るなと命じられちゃいないんだ」

彼の狭い額の傾斜に汗が流れ、茂みに降りた露のように眉毛にたまった。その目は寒々としていた。

「ここはあんたの街だ、警部補」

私は市庁舎の裏で彼を降ろした。次は何をするつもりかとは訊かれなかった。

第二十七章

アロヨ・ビーチの街を抜け、海岸道路へ向かったのは午後遅くだった。ヤシの木の並んだ砂浜には、砂漠の戦場のように人の体があちこちに転がっていた。水平線で海と空が青くうっすらとまじり合い、そこから海峡の島々のインディゴ色の山が立ちあがっている。その向こうでは、重なる斜面をなす空間に太陽の火がぎらぎらと燃えていた。

南方向へ曲がると、退却中の軍隊さながら、車が隙間なく並んで渋滞していた。こぶの多い木々が墓地の丘に長いごつごつした影を落としている。ドゥラーノの家の影は鉄柵のほうに向かって伸び、荒れ果てた芝生の半ばまで達していた。私は交通の流れから抜け出し、ドライヴウェイに続く入口に近づいた。

門には今も鎖と南京錠がかかっていた。門柱にはボタンが一個あり、その上に風雨にさらされた小さな札がついていた――〈ベルを鳴らして庭師をお呼びください〉。三度鳴らしたが、音は聞こえず、私は車に戻って待った。しばらくすると、小柄な人物が家から出てきた。ユーナだった。ほっそりしたココナッツ・ヤシの並木に挟まれ、太めのずんぐりした体がドライヴウェイをいらいらした様子でこちらに向かってくる。

金色のラメの上着が門の鉄棒のあいだで鎖帷子《かたびら》のようにきらめいた。「ちょっとあんた、なんの用？」

私は車を降りて近づいた。彼女は私を見て、それから家を見た。目に見えない針金がそれぞれの方向から、かわるがわる彼女を引っ張っているかのようだった。それから回れ右をして、離れていこうとした。

「レオのことで話がある」私は交通騒音に負けじと声を張りあげた。

弟の名前が彼女を門に引き戻した。「なんのことかわからないわ」

「レオ・ドゥラーノは弟さんでしょう？」

「だったらどうなの？　あなたなら昨日首にしたと思ってたのに。何度首にしたら、首になったたままでいてくれるのかしら？」

「マックス・ハイスの問題はそれだったのかな？　首になったたままでいてくれなかった？」

「マックス・ハイスがなんだっていうの？」

「彼は今朝、死にました。殺害された。おたくの雇い人の出入りの速度はめっぽう速い。しかも、元雇い人たちがみんな同じ運命に終わっている」

彼女の表情は変化しなかったが、ダイヤモンドに覆われた右手が伸びてきて、門の鉄棒の一本をつかんだ。「ハイスの考えることといったら、酔っ払いの寝言。誰かがあいつを殺したって、あたしとはなんの関係もありません。弟ともね」

「それは不思議だな」私は言った。「遺体安置室でハイスを見たとき、あなたとレオのことが頭に浮かんだ。レオはそういう方面でたいした前科があるだろう」

彼女の手は鉄棒を離れ、燦然と輝くカニのように喉元に跳びついた。「ベス・ウィノフスキーに会ったのね」

「ちょっとおしゃべりした」

「どこにいるの？」喉が痛いような様子で話していた。

「またいなくなった」私は言った。「門を開けてくれないか。こんなところで話はできない」

「しょうがないわね」

彼女は金ラメの上着の大きな四角いポケットを探った。私は銃の用心鉄に指をかけていた。彼女がとり出したのは鍵だけで、それを使って南京錠を開錠した。私は鎖を外し、門を押し開けた。

彼女の手が私の腕をつかんだ。「マックス・ハイスはどうなったの？　切られたの、ルーシーみたいに？」

「ジャンヌ・ダルクみたいに焼かれた」

「いつ？」

「今朝早く。山の中で見つかったんだ。めちゃくちゃになった車の中にいた。車はチャールズ・シングルトンのもので、ハイスはシングルトンの服を着ていた」

「誰の服ですって？」

指が腕に食いこんでいた。彼女との接触は、棘だらけの小さい木の枝につかまれたように、不快で違和感があった。私はその手を振り払った。

「彼ならご存じだろう、ユーナ。ベスがつきあっていた、例のゴールデン・ボーイだよ。何者かがハイスをトーチランプで焼いた。シングルトンの服を着せてね。シングルトンが今朝死んだように見せかけたんだ。だが、われわれはそれが事実ではないことを知っている、そうだろう？」

「レオがやったと考えてるんなら、あなた、頭がおかしいわよ」

「おたくの家族でそんな言い方を今も使っているとは、驚いたな」

それまでしっかり私の顔をとらえていた視線が逸れた。彼女はうなだれて言った。「レオは今朝、家でベッドに入っていました。看護師に証言してもらえます。レオは重い病気なんです」

「妄想症《パラノイア》？」私は明瞭に言った。「進行性認知障害《GPI》？」

こわばった冷静さが写真のように裂けた。「嘘つきのやぶ医者ども！　職業上の秘密は守ると約束したくせに。今度請求書を送ってきたら、職業上の秘密はどうしたと責めてやる」

「医院が悪いんじゃない。私は精神病院収容を決める裁判をたくさん見てきたから、妄想症の症状ならわかるんだ」

「弟に会ったことなんかないでしょ」

暗にこめられた質問には答えなかった。「これから会いにいく、あなたと一緒にね」

「レオの面倒はちゃんとみてきました」彼女はやにわに泣きだした。「必ず資格のある看護師に手伝ってもらって、最高の介護をしてきた！　医者が毎日往診に来ます。あたしはあの子のために身を粉にして働いてるわ。スプモーネとかミネストローネとか、食べたがるものを作ってやって。必要とあらば、あたしがこの手で食べさせてあげる」とめどなく続く言葉を涙ながらにのみこみ、私から顔をそむけた。家族を思いやる老女という人格が、ほかのさまざまな人格を押しやって前面に出てきてしまったのを恥じているのだ。

私は彼女のこわばった肘に片手を当て、家のほうへ向かわせた。赤い瓦屋根の頂きが太陽をさえぎっている。私は鉄棒の嵌まった窓を見上げた。あの背後でレオ・ドゥラーノは最高の介護を受けている。壁からのこだまのように何度となく繰り返される沈黙の言葉が耳に届いた。

玄関を入ると、鉄製の手すりのついた階段が螺旋を描いて二階へ続いていた。ユーナはその階段を上り、先に立って、埃の積もった廊下を歩いていった。突き当たりのそばの、閉まったドアの脇に肘掛椅子を置いて、白いスモックを着たあの大柄な青年が坐っていた。

私を見て彼はびっくりした。「お医者さんですか？」ユーナに訊いた。

「ただのお客さんよ」

彼は頰を揺らして首を横に振った。「やめたほうがいいですよ、ミス・ドゥラーノ。今日の午後は扱いがたいへんだった。拘束しなくちゃならなかった」

「ドアを開けなさい、ドナルド」ユーナは言った。

彼はテントのようなスモックから鍵をとり出した。部屋の中には、ふとんのない鉄製ベッドが一つ、それに詰め物のなくなった台つき揺り椅子が床にボルトで固定してあるだけだった。鉄棒を嵌めた窓には、以前掛かっていたカーテンの切れ端がまだ残っている。窓の横の漆喰壁にはいくつも手の跡がつき、へこみがあるのは拳で殴った結果かもしれない。オーク材のドアの内側は割れ、のっぺりしたオーク板で修理してあった。

ドゥラーノは部屋の奥、窓に近い片隅の床に、壁にもたれて坐っていた。組んで膝にのせた両腕は茶色い革製の拘束具に収められ、革には歯型がついていた。彼は顔を上げ、額にかかった汚れた黒髪の隙間から私たちを見た。血の流れる口が、ひとつの言葉をとらえようと、開いたり閉じたりした。

その言葉は「赦す」のように聞こえた。

ユーナは部屋を横切って駆け寄り、ズボンを穿いた脚をぶかっこうに折ってひざまずいた。「こんなふうにして、ごめんなさいね、レオ。赦してちょうだい」弟の頭を自分の金色の胴体に引き寄せた。

「赦す」彼はとぎれとぎれに答えた。「おれはおれを赦す。告発なしに釈放。屑拾いどもに言ってやったんだ、正直な男や、正直な男の息子を浮浪者として逮捕することはできないってな。おれは親父の商売をやってただけだと言ってやった」

ぶつぶつつぶやいている頭を両腕で抱いたまま、ユーナは顔を上げて私を軽蔑するように見た。「このみじめな無力な男が今朝殺人を犯した、ですって？　言ってやりなさい、ドナルド、レオは今朝どこにいた？」

ドナルドは苦しげに唾をのんだ。「警察か？」

「そんなようなものだ」私は言った。

「ここ、この部屋にいた。夜も朝も、ずっと。毎晩、毎朝ここにいる。ドゥラーノはもうこのごろはあんまり外に出ない」

「お黙り」ユーナは弟から離れ、ドナルドに迫った。「生意気な口をきくんじゃないよ、おデブちゃん。この人はね、今だってあんたには真似のできない立派な男よ。レオ・ドゥラーノがいなければ、あんたは今でも月に六十ドルもらって病人の便器洗いがいいところでしょ。ミスターと呼びなさい」

男はあとずさりした。おどしつけられたドイツ人の主婦のように、顔を赤くし、縮こまった。「あなたが質問したから、ミス・ドゥラーノ」

「お黙り」彼女は小さな冷たい風のように彼の前を通り過ぎ、さっさと廊下を歩いていってしまった。

私は言った。「ドナルド。二週間前の土曜日はどうだった？　ドゥラーノはこの部屋にいたか？」

「おれはここにいなかった。おれたち、ふつうは土曜の夜は休みなんだ」

「おれたち？」

「おれとルーシーさ、彼女はやめちゃったけど。ゆうべは家にいるようにって、ミス・ドゥラーノが割増金を払ってくれた。彼、ゆうべは具合が悪かったから」

「来ないの？」階段の降り口からユーナが声をかけてきた。

彼女は私を家の裏手の大きな窓のある部屋へ連れていった。太陽の火はすでに西の空全体を焼きつくし、海の縁に食いついていた。浜が湾曲したところでは、海岸沿いに数人、こんな時間でもまだ泳いでいる人たちがいて、打ち寄せる波の血染めの泡の中に放り出されて浮き沈みするマッチ棒のように見えた。私は脇の壁際の椅子に坐った。ここからだとドアや窓を含め、部屋全体を見張ることができた。

明るい時間に中から見ると、昔風な作りの広々した立派な部屋だった。きちんと維持していれば、美しい部屋だったろう。だが、カーペットも家具の表面も灰色に埃が積もり、何週間分ものゴミが散らかっていた――破れた雑誌、くしゃくしゃの新聞、煙草の吸殻、洗っていない食器。鉢の果物は腐りかかって虫がたかっている。壁の観葉植物はしおれて枯れている。天井には蜘蛛の巣がかかり、あちこちから見苦しい糸が垂れている。ここはヴァンダル族に破壊しつくされた古代ローマの荘園だった。

ユーナは大きな窓のそばのカード・テーブルに陣どった。前の晩に彼女とドナルドが使っていたカードが、紙吹雪のようなポテトチップスのかけらにまじって、テーブルに散らばっていた。端には汚れて曇ったグラスが二個載っている。ユーナの手がそっとテーブルに出てきて、カードを集めはじめた。

「レオの精神障害はいつからなんだ？」私は訊いた。

「どうだっていいでしょ。彼はハイスを殺してないとわかってるんだから」

「殺されたのはハイスだけじゃない」

「じゃ、ルーシー・チャンピオン。彼はルーシーを傷つけたりするはずがない。彼女がやめて出ていくまでずっと、二人のあいだはうまくいっていたもの。すごくいい看護婦だったのよ、その点は認めるわ」

「あなたが彼女をぜひとも連れ戻したかったのは、それが理由ではない」

「そう？」彼女は微笑のようなものを浮かべた。ニガヨモギなみに苦い憤りに裏打ちされた表情だった。

「彼の精神障害はいつからなんだ、ユーナ？」

「元日から。新年を迎えるパーティーでおかしくなって、それ以来よ。〈ダイアル〉というデトロイトのナイトクラブで。オーケストラに同じ曲を、あるオペラの一曲だけど、何度も何度も演奏させようとしたの。オーケストラは三度演奏して、やめた。彼らが偉大なイタリア人作曲家を侮辱したと言って、指揮者を銃で撃とうとしたレオを、あたしが止めた。

大晦日《おおみそか》だったから、みんな酔っ払いのおふざけだと思った。でもそうじゃないと、あたしにはわかっていた。夏から彼を見張っていたの。去年はずっとひどい頭痛に悩まされていて、秋ごろには、急に激しく怒りだすのが毎日だった。引き金になるのはベス。そもそもあの女が戻ってきたとき、彼は迎えてやるべきじゃなかったのよ。二人はいつだって野良猫みたいに喧嘩していた。それから、彼は記憶を失いはじめた。自分の集金人《コレクター》たちの名前すらわからなくなってきたの」

「コレクター？」

テーブルのカードは途中までしかまとまっていなかったが、手が止まった。彼女は組んでいた脚をほどき、また組み直した。「彼は取立て代行業を経営してるのよ」

「銃を持って？」

「レオはいつも大金を持ち歩いていたから、銃は自衛のため。あの指揮者を撃とうとしたときまで、彼が危険な状態だなんて気がつかなかった。デトロイトの医者は、回復の見こみはない、長くは生きられないだろうと言った。それで、ミシガンから連れ出さないとだめだとわかったの。弟を精神病院に強制入院させるつもりはなかった」

「二度目はね」

「ええ、二度目。ふん、いやによく知ってるじゃないの」

「それであなたは看護師を二人雇って、カリフォルニアに引っ越した。万一、彼がまた誰かを撃とうとした場合、カリフォルニアの人間なら消耗品だからかまわないと考えてのことだろうがね」

彼女はカード・テーブルから向きを変え、言葉の意味を見きわめようと、私の顔を見た。

「カリフォルニアは彼女の思いつきだった。ともかく、あなたがなんで殺しにこだわってるのかわからないわ。彼にはいつもしっかり監視をつけています。おっしゃるような人殺しをレオがやったなんて考えるのはばかげてる」

「さっきその話を持ち出したとき、そう軽く受けとりはしなかったろう。私がここに来て以来、あなたはやっきになって彼のアリバイを築こうとしてきた。そのうえ、〝心神喪失の理由により無罪〟の申し立てで弁護するという計画まで示してくれた、医療上の証人つきでね」

「レオを殺人罪で裁判にかけることはできない、だからもちろん有罪にはできないと教えてあげたのよ」

「殺人がばかばかしいほどありえないことなら、どうしてそこまで手間ひまをかける？」

彼女は椅子に坐ったままこわばった姿勢で半身を乗り出し、両足をしっかり床につけた。

「気の毒な病人を苦しめたくはないでしょう。もしあなたが警察に知らせたらどうなる？レオには前科があるから、あいつら、ありもしない罪を着せてくるか、それがうまくいかなかったら、精神病院へ送りこむ」

「州立病院より悪い場所ならたくさんある」私が今坐っている場所もそのひとつだった。

「考えるのもいや」彼女は言った。「前に入ったとき、どういう扱いを受けるのかを、この目で見ました。人生最後の日々を、彼を愛している人間とともに暮らす権利が彼にはあります」

たいへんな熱をこめて話していたが、言葉に効果はなかった。金色の上着から斜めに四角く突き出ている、彼女の固い頭を私は観察した。窓を向いた側は、射しこむ陽が顔をバラ色の浮き彫り像にしていた。反対側は黒々した影になっていて、コントラストが強いために半分に切った女のように見える。いや、半分は肉、半分は闇でできた女か。

「余命はどのくらいだと医者から言われた？」

「一年たらず。医院で訊いたらいいわ。よくても二年」

「ざっと見積もって、十万から三十万だな」

「いったいどういう意味？」

「情報によれば、レオにはミシガンのナンバーズ賭博グループから週に二、三千が入っているという。二年のうちにはそいつが積み重なって、合計三十万ドルになりうる。税金を払ってるんなら、税引き前の金額だがね」

「なんのことか、さっぱりだわ」

「カネのことさ」私は言った。「レオのカネを扱っていないなんて言わないでくれ。どうせ信じないから」

微妙なお世辞を言われたかのように、思わず口元にかすかな微笑が現われた。「物入りなのよ、すごくおカネがかかる」

「そうだろうな。ミンク、ダイヤモンド、海辺の大邸宅。どれもこれもカネがかかる」

「医療費よ」彼女は言った。「信じられない額」

「ああ。彼を生かしておかなきゃならない。収入は彼が生きているかぎり続く。実情を隠しておきさえすれば、彼は休暇中の元締めであって、毎週収入を懐に入れていられる。だが、彼が死んだら、あるいは警察につかまって監禁されたら、あるいは病状がミシガンに伝わったら、それまでだ。あなたはかなりタフなタイプだが、ミシガンに戻って、彼のギャングの組員を相手に跡目相続の闘争を始めるとは思えない。それができるくらいなら、そもそも私のところに来たりしなかったろう」

彼女は黙って坐っていた。金ラメの上着の中で、すこし震えていた。それから、半分集めてあったカードをとり、テーブルにぞんざいに放り投げた。袖が触れて、グラスが一個、床に落ちて壊れた。

「あなた、ひとりで推理したんじゃないわね」内にこもった冷たい怒りが感じられた。

「ベス・ウィノフスキーに教えられたんでしょう」

「多少手を貸してもらったかもしれない」

「恩を仇で返すのがウィノフスキーよ」血管の中でごく小さな動物が罠にかかって暴れているかのように、左こめかみが激しく脈打っていた。「去年、レオがまた家に入れてやったとき、彼女は文無しだったのよ。あたしたちが賠償金を払ってデトロイト市の刑務所から身請けしたうえ、女王様みたいにちやほやしてやった。カリフォルニアに出てくるときは、どの街に住むか、彼女に選ばせてやったのよ。この場所を選んだのにはわけがあると、気づくべきだった」

「シングルトンだな」私は言った。

その名前はユーナには電気ショックのような効き目があった。いきなり立ちあがり、実体のあるものはすべて憎らしいとでもいうように、床のガラスの破片を蹴りつけた。「薄汚い裏切り者の小娘。今どこにいるの？　どこ？　あんたに隠してもらって分け前を待ってるんなら、言ってやんなさい、あたしはたれこみ屋なんかに口止め料を払いやしませんてね」

憎々しい怒りに燃えて、私を見おろして立ちはだかった。今では女の半分ですらない。腹話術でわめきたてている、邪悪で男っぽい小さな人形にすぎなかった。

「現実に戻れよ」私は言った。「さもないと、偏頭痛が始まるぞ。私もベスも、あなたの汚いカネなんか欲しくはない」

「あたしのおカネがそんなに汚いんなら、なにが欲しくてとりいろうとしてるのよ？」

「真実だよ、スイートハート。シングルトンになにがあったのか、知っている人間がいるとすれば、それはあなただ。話してもらおう」

「話さなかったら？」

「警察に話すことになる。日が暮れる前に、警察を呼ぶ」

彼女は椅子の端に腰をのせ、窓の外に沈んでゆく太陽を見た。水平線に半分隠れた太陽の赤い半円は、腫れた青い下まぶたがゆっくり閉じようとしている、巨鳥の目のようだった。

「どういう経緯だったんだ？」私は訊いた。

「ちょっと考えさせて――」

「考える時間なら二週間あった。さあ、話せよ」

「すべてベス・ウィノフスキーが悪いのよ。大きなお屋敷も、贅沢な生活も、あのシカゴのあばずれには物たりなかった。このまえの春、彼女は高台《ヒル》に住む、そのシングルトン家の息子とデートをするようになった。戦争中に彼女がこっちに住んでいたときからの知り合いだろうと、あたしは見当をつけたわ。まもなく彼女は彼のところに泊まるようになった。レオに知られないように気をつけたんだけど、どうやったのか、彼にわかってしまった。頭がはっきりしているときも、たまにはあるのよ。まあとにかく、二週間前までは確かにあった。土曜日の夜、ベスはご大層なボーイフレンドと一緒に山の中、愛の音楽を合奏しましょうってわけね。あの晩、レオは彼女の居場所を知った。たぶんルーシー・チャンピオンが教えたんでしょう。ルーシーは彼の世話をすることになっていたのに、彼が癇癪を起こして手に負えなくなった。ルーシーはタクシーを呼んで、山へ行った──恋人たちに警告するためにね」ユーナの口から出ると、〝恋人たち〟の一語に猥褻な響きがこもった。

「あなたはどこにいたんだ？」

「ダウンタウン。帰ってきたら、レオが銃を持って待ちかまえていた。ベッドのスプリングを外してドアを破り、あたしの部屋にあった銃を見つけたの。車を運転して、シングルトンのスタジオまで連れていってやるしかなかった。銃を突きつけられてたの。シングルトンが戸口に出てくると、レオは彼の腹を撃った。レオが銃を逸らしたとたん、あたしはうしろから組みついた。彼を抑えて縛るのに、四人全員でかからなきゃならなかった」

「四人全員？」

「あたしとベスとルーシー。ルーシーはその場にいたの。それにシングルトン」

「シングルトンは撃たれたと言ったじゃないか」

「最後に見たときは、まだちゃんと歩けてたわ。あたしはレオがおとなしくなるとすぐ、その場を離れた。レオを家に連れて帰らなきゃならなかったから」

「だから、シングルトンがどうなったのかは知らないのか？」

「知りません。三人とも消えてしまったのよ。あたしはマックス・ハイスを雇って、シングルトンが生きているのか死んだのか探らせた。彼が先週ずっとシングルトンの家を見張っていたら、木曜日にルーシーが現われた。きっと懸賞金を狙って嗅ぎまわっていたんでしょ。ハイスは彼女と同じバスでベーラ・シティに戻ってきて、それまでにあたしに伝えたよりよっぽどたくさんのことを探り出した。金曜日の夜、彼はあたしに報告しに来て、ベーラ・シティでルーシーを見失ったと言い張った。裏切ってることはわかったわ、銃撃事件のことをほのめかしたから。あたしに口止め料を払わせて、そのうえシングルトンの懸賞金を手に入れようって魂胆だったのよ」

「それで、あなたは欲深になったあいつを殺した」

「残念、違います」

「あなたはこの事件ですべてを失う立場だった。ルーシーとハイスが動けば、本当にすべてを失うところだった」

「今だって、すべてを失う立場よ。もしあたしがシロでなかったら、こんなふうになにもかも銀のお盆に載っけて、はいどうぞと差し出すと思う?」

「二人を殺す理由があった人間がほかにいるか?」

「ベス」きつい声音だった。「ルーシーはベーラ・シティでベスと接触していた。それはルーシーと話をしただけでわかったわ。マックス・ハイスは彼女を追っていた。ベスがシングルトンをどうしたかなんて、知るわけないでしょ。きっと、彼女の目の前で死んだんじゃない? それで彼女は従犯になった。ベスは警察に捜査されたらおしまい。十年も前から前科があるんだもの」

私は立ちあがってユーナに近づき、上から見おろした。「シングルトンの山小屋で、ベスに前科のことを思い出させてやったのか、弟がシングルトンを撃ったあとで? だから彼女はシングルトンとともに姿を消したのか?」

「勝手に推理して」

「彼女を脅して黙らせたんだな? もちろん、純粋に姉としての献身からだ、弟を守り、彼の収入を守るためのね」

彼女は坐ったままもじもじし、椅子の下で脚を重ねて防衛の姿勢になった。「そのほかに理由があるかしら？」

「理由を見つけようと、いろいろ考えていたんだ」私は言った。「十五年ほど前、ロサンジェルスで起きたある事件を思い出した。男と妻と息子が関わっている。息子は先天性の疾患で、男はそんな息子を自分に与えた妻を憎んでいた。息子が十歳か十二歳のころ、父親は猟銃を買って、息子を砂漠に連れ出し、射撃を教えた。少年には猟銃の引き金を引く程度の頭脳はあったんだ。ある晩、父親は息子に銃を渡して、母親を撃てと命じた。母親はベッドで眠っていた。父親を喜ばせたい一心で、少年は母親の頭を吹っ飛ばした。彼は起訴されなかった。だが、父親は起訴された。実際に殺人を犯したわけではないのにね。男は第一級謀殺で有罪になり、青酸で死刑に処された」

「気の毒にね」

「代理人を使って人殺しをやろうとする人間には気の毒な話さ。精神が健常でない人物に犯罪を教唆すると、法律上、教唆したほうがその罪で有罪になる。弟をシングルトンの山小屋へ連れていって銃を手渡したとき、その法律のことを知っていたのかな？」

彼女は憎悪をあらわにして私を見上げた。口のまわりで筋肉がさざなみのようにひくついた。節くれだった血管が脈打つ顔の左側は腫れあがって左右の対称がくずれ、あたかも精神の緊張が顔を内側から圧迫し、溶かして、形がゆがんでしまったかのようだった。窓からの光は、溶鉱炉の開いた扉から放たれる熱が目に見える形をとったかのように、彼女の上に落ちた。

「あたしに罪を着せることなんかできっこない」彼女は言った。「死体さえないのよ。ゴールデン・ボーイがどこにいるか、あたしは知らないし、あんただって知らないでしょ」

センテンスは最後には疑問形に変わっていた。私はその疑問形がナイフのように彼女の脳に突き刺さって回るにまかせた。

第二十八章

パラディオ様式のヴィラの窓の背後で、明かりが公爵未亡人の浅知恵のように輝いていた。芝生と木々がつくる緑の濃淡は家の周囲で濃さを増し、完全な緑の闇に変わりつつあった。私は車寄せのひさしの下に駐車し、脇の入口の横に垂れている旧式な呼び鈴の紐を強く引いた。

エプロン姿のでっぷりした女がドアをあけた。握ったドアノブに白い小麦粉がついた。

「なんでしょうか？」

「ミス・トリーンはおいでですか？」

「お仕事中だと思いますけど。どちらさま？」

「ミスター・アーチャーです」

玄関ホールに通してくれた。優美な湾曲脚の椅子に坐ろうとすると、女が振り返って非難の目で見たので、立ったままでいた。賢者の耳たぶを持つ中国紳士は、低地から谷間の川を渡り、高地に入り、雪を頂いた山を登って聖堂に達する、永遠の旅を壁沿いに続けていた。旅の段階ごとにその姿があり、合わせて七人の彼がいる。こちらは私ひとり、しかも私の耳たぶは賢者にはほど遠いように感じられた。

ホールの突き当たりにシルヴィアが現われた。制服のような黒いスーツを着て、顔は青ざめ、ぼんやりとした表情だった。「いらしてくださって、本当にほっとしました」

「ミセス・シングルトンはいかがです?」

「具合はあまりよくありません。今日の午後、いろんなことがありすぎました。警察がベーラ・シティから電話してきて、チャールズの車が見つかった、中に彼の遺体があったと告げたうえ、ミセス・シングルトンに正式な身元確認を求めました。ところが、出かける支度もできないうちに、また警察から電話があって、遺体はほかの人物——探偵だったと確認されたというんです。あなたでなくて本当によかった」

「同感です。あれはマックス・ハイスだった」

「ええ。あとでわかりました。どうして殺されたんでしょう、ご存じですか? なぜチャールズの服を着ていたんですか?」

「チャールズが今朝、事故で死んだように見せかけたいと思った人間がいる。遺体は身元確認が難しくなるように、焼かれていました」

ぞっとした表情で口を結ぶと、唇が歯の上で引っ張られて細くなった。「この世界にはなんとも恐ろしいことがあるものですね。どうしてそんなことに?」

「恐ろしいことは人間の頭の中にある。この事件なら、説明はわりに簡単です。もしチャールズが今朝事故死したのなら、二週間前に撃たれて死んだはずはないことになる」

「つまり、彼はやはり二週間前に死んだと？　まさか」静かな声が、取り消せない事実を呼びさました。

「チャールズはおそらく死んでいますよ、シルヴィア。撃たれたことはわかっている。その傷で死んだのだと思います」

「誰がチャールズを撃ったりするんです？」

「チャールズはベスという名の女と関わっていた。彼女にはほかにも愛人がいた。その一人が、チャールズがスタジオで彼女と一緒にいるところを見つけ、彼を撃った。ベスには前科があり、銃撃事件を隠さざるをえない立場に追いこまれた。彼女はチャールズを自分の夫、ベーラ・シティで医者をしている男のもとへ連れていった。チャールズはそこで死んだらしい。その後は誰も彼を見ていない」

「彼女は見ている」シルヴィアは囁き声で言った。

「だれ？」

「その女性、ベス。すこし前にここに電話してきたんです。絶対に同じ女性だと思います」

「話をしましたか？」

「はい。ミセス・シングルトンと話したいと言い張ったんですけど、ミセス・シングルトンはとてもそんな状態ではありませんでした。女は名乗りませんでしたが、必要はなかった。話の内容から——チャールズの愛人だとわかりました」

「どういう話です？」

「情報を渡せると言いました」

「五千ドルの価値がある？」

「ええ。チャールズの居場所を知っていると言いました」

「会うてはずをつけた？」

「ここに来るよう招いたんですが、いやがりました。七時にまた電話して、待ち合わせの場所を決めると言いました。お金を現金で、番号を控えていない紙幣で用意しておくようにと。運よく、ミセス・シングルトンは現金を手元にお持ちです。懸賞金を出すと発表して以来ずっと、いつでも渡せるようにしてあるんです」

「では、ミセス・シングルトンは言われたとおりにするおつもりなんですね？」

「ええ、それがいいとおすすめしました。とんでもない間違いをしているかもしれませんけど。相談相手がなくて。警察にも、ミセス・シングルトンが使っている探偵社にも、彼女の弁護士にも連絡するなと、女は具体的に警告しました。そんなことをしたら、取引はおしまいだと言って」

「でも、私はその中に入っていない」

「あなたがついていてくださるといいんですけど、ミスター・アーチャー。わたし、こういう種類の——取引、でしょうか、扱う力がありません。証拠としてなにを要求したらいいのかさえわかりません」

「どういう証拠があると言っていましたか？」

「チャールズの居場所を自分が知っている証拠だそうです。どういうものか説明はしませんでしたし、こちらは落ち着きを失っていて、つっこんで質問しようと思いつかなかったんです。なにしろびっくりしてしまって。チャールズは死んだのかと尋ねることすら忘れていたくらいです」彼女はためらい、それから感情をあらわにして言った。「いえもちろん、尋ねるつもりでした。でも、訊くのがこわかったんだと思います。後回しにしていたら、電話交換手がお金を追加してくださいと言って、それで彼女は切ってしまった」

「長距離電話だった？」

「ロサンジェルスからだという印象を受けました」

「交換手はいくら入れるように言いましたか？」

「四十セントです」

「たぶんロサンジェルスだ。ベスは名前を名乗らなかった？」

「ええ。でも、彼をチャーリーと呼びました。そう呼ぶ人は多くありません。それに、彼女はわたしの名前を知っていた。チャールズが話したのだろうと思います」唇を嚙んだ。「そう気がつくと、なんだか裏切られたような気がしました。ファースト・ネームで呼ばれたことだけじゃないんです。彼女は優越感を持っていた。わたしのことなら——チャールズに対する気持ちも含めて——すべて知っている、といった様子で」

「彼女のことをすべて知ったら、気分がよくなりますよ」

「ご存じなんですか？」

「誰もすべては知らない。二十五年の人生に、数人分の人生を詰めこんできた女だ」

「そんな年、たったの二十五歳？　もっとずっと上だと想像していました、チャールズより年上だと」

「ベスは幼いころからせっかちに成長したんだ。十代のときに倍も年上の男と結婚した。夫は戦争中に妻を連れてこっちに来た。彼女は一九四三年にチャールズと出会った」

「そんな昔に」打ちひしがれた口ぶりだった。以前からうすうす自覚していたのだろうが、チャールズを失ったことが、これで決定的になった。「わたしと知り合うよりずっと前ね」

「ワイルディングはチャールズに同伴していた彼女と一九四三年に会っています」

「教えてくれなかったわ」

「それはそうだろう。その後、彼女は全国を行ったり来たり、刑務所に入ったり出たり——

「――」

「ご主人がいるとおっしゃったでしょう。その方は？」

「彼女はもう何年も前に彼の気持ちを打ちのめしていた。そして必要なときには利用する、ほかにすることがないとね」

「わからない――理解に苦しみます。チャールズがそんな女とつきあっていたなんて」

「美人なんです。それに、絶対に離婚を承知しない男と結婚していて、安全だった」

「でも、彼は理想を追う人です。その基準がとても高くて。チャールズにとっては、これでいいってことがなかった」

「たぶん、自分はその基準を離れて生きていたんじゃないかな。チャールズに会ったことはないが、欠陥だらけの男のように思える。生まれてこのかた、なにか現実のものをつかもうとしながら、一度も成功していない」こんなふうに歯に衣着せずに言ってしまったのは、生きている娘を思いやってか、死んだ男に嫉妬を感じるからか、自分でもわからなかった。「腹に受けた弾丸は、きっと生涯でいちばん生々しいものだったろうな」

彼女のはしばみ色の目は苦しみをたたえていたが、井戸の中の水のように澄んでいた。

「彼のことをそんなふうにおっしゃってはいけません」

「死者の悪口を言うなと？」

「死んでいるかどうか、ご存じないのでしょう」おごそかな身振りで左の乳房を右手で覆った。「彼は生きているって、ここに感じるんです」

「撃たれるところを見たという証人から、今日、話を聞きました」

「でも、どうしてこんなに強く感じるのかしら、彼が生きていると」

「生きているかもしれない」確信なく言った。「私の聞いた話が決定的証拠というわけではありません」

「なのに、わたしにはいっさい希望を持たせてくださらない。彼が死んでいればいいとお考えなんだわ」

まだ乳房の上に置かれている手の甲に私は触れた。「あなたほど長所をたくさん持った若い女性はほかにいません。自分以外の誰も思いやったことのない男を偲《しの》んでそのよさを使い果たしてしまうのは、見るにしのびない」

「そんな人じゃありませんでした！」怒りに顔が紅潮し、輝いていた。「すばらしい人でした」

「申し訳ない」私は言った。「疲れているんです。他人の人生を指図しようとするなんて。うまくいきっこないんだ」私は湾曲脚の椅子に腰をおろし、頭の中のあれこれの考えが数珠つなぎになって渦巻く暗黒に消えていくにまかせた。

肩に彼女の手が触れ、私は背筋を伸ばした。彼女は賢さの加わった無垢の微笑を浮かべて私を見おろしていた。

「謝ったりなさらないで。それに、わたしのことで怒らないでくださいね。ちょっと礼儀知らずでした」

礼儀なら彼女のミドル・ネームだ。だが、それは胸にしまっておいた。腕時計に目をやった。

「そろそろ七時です。彼女になんと言うつもりですか？」

「教えてくだされば、なんでもそのとおりにします。電話を受けてはいただけません？」

「彼女は私の声を知っている。あなたが話をしてください。カネはあると言いなさい。彼女が持っている情報を、裏づけとなる証拠があるなら、買うつもりだと。もし彼女がロサンジェルスか、どこか車で行ける範囲にいるなら、十時に会う約束をとりつけてください。どうしてもと言うなら、もっと遅くてもいい。西ハリウッドへ行って、サンセット・ブルヴァード八四一一½番地の前に駐車するよう指定して。あなたはそこで彼女と接触する」

「わたしが？」

「われわれ二人です」私はメモ帳に住所を活字体で書きつけ、ページをちぎって彼女に渡した。「どんなに文句を言われても、待ち合わせ場所は彼女に選ばせないでください」

「どうして？」

「あなたは私と一緒にいる。ベス本人は危険ではないかもしれないが、危険な友達がいろいろいますからね」

彼女は私が書いた住所を読んだ。「ここはどういう場所なんですか？」

「私のオフィスです。彼女と話をするのに安全ないい場所だし、隠しマイクを設置してあるんです。速記ができますか？」

「あんまり。でも、メモくらいはとれます」

「記憶力はどうかな？　さっきの指示を繰り返してください」

彼女はそのとおりにした。間違わなかった。礼儀正しく振る舞って得意がっている子供のような話し方だった。

「読書室へおいでください、ミスター・アーチャー。待っているあいだにお茶をいれましょう。それとも、お酒のほうが？」

お茶でけっこうだと言った。味わう暇もないうちに電話が鳴った。ベスがロサンジェルスからかけてきたのだった。

第二十九章

九時半に私たちは西ハリウッドのオフィスに着いた。私は受信サービスに電話して、伝言をもらった。ベヴァリー・ヒルズのミスター・イライアス・マクブラットニーなる人物が土曜日に二度電話してきて、月曜日にまたかけ直すそうだ。スピノザ海浜衣料社のジェイムズ・スピノザ・ジュニアは例の不足分に関して私からできるだけ早急に電話をもらいたいとのこと。名前を名乗ろうとしない女性が八時十分から九時二十分のあいだに四回電話していた。私は交換手に礼を言い、次に連絡するまでは自分で電話を受けると告げた。

デスク・ランプを消した。奥のオフィスは、マジック・ミラーのパネルの嵌まったドアを通して外側の部屋から射しこむ長方形の白い光でぼんやり照らされているだけだった。眼下のサンセット・ブルヴァードから届く変化する色の光で、娘の姿が窓を背景にシルエットになった。

「見て、丘の斜面に光がずうっと上まで連なって」彼女は言った。「この街を夜見たことがありませんでした。とても新しくて、将来に希望を持っている」

「まあ、新しいのは確かだ」

私は彼女のうしろに立ち、道路を走っていく車を見ていた。薄闇の中で、私はシルヴィアにとても親しい気持ちを抱き、同時に時間を強く意識した。ヘッドライトはキラッと光っては消え、数々の瞬間が輝きながら次々に闇から飛び出し闇につっこんでいくかのようだった。

「いつか、ぐいっと持ちあげて、下に基盤を据えてやらなきゃならなくなる」

「今のままが好き」彼女は言った。「ニューイングランドは基盤ばかりで、ほかにはなにもない。基盤なんて、誰が気にするかしら？」

「たとえば、きみは気にする」

彼女がこちらを向くと、闇そのものが優しく動いたかのように、その肩が軽く私を撫でた。「ええ、そう。あなたには基盤があるでしょう、アーチャー、違います？」

「ちょっと違うな。私の下にあるのはジャイロスコープだ。回転を止めるのがこわい」

「それは基盤よりいいわ。それに、あなたはなんにもこわがっていらっしゃらないと思います」

「そうかな」私はシニカルな伯父さんふうな笑いを漏らし、それが大きな笑いに変わった。シルヴィアは一緒になって笑わなかった。

デスクの電話が鋭く鳴った。手を伸ばし、送話口に向かって言った。

答えはなかった。かすかな電気音、細い空間の中で細い電線が立てる雑音だけだ。切れる音がして、通話は絶えた。

「もしもし」

受話器を架台に落とした。「誰も出なかった」

「あの女の人だったのかもしれない。ベスよ」窓に入ってくる光を下から受けたシルヴィアの顔は白く、目が大きく見えた。

「そうは思わないな。ここが私の住所だと、彼女には知りようがない」

「来ると思います?」

「思います。逃亡のためにカネを必要としている」私は札束で膨らんだ内ポケットを叩いた。

「逃亡ね」シルヴィアは言った。外国語の単語を覚えたばかりの観光客のようなしゃべり方だった。「どんなにかみじめな生活をしてきたんでしょうね。今もまだ同じ。ああ、来てくれるといいんですけど」

「そんなに大事なことですか?」

「チャールズについて、結果がどうあれ、知らなければなりません」それから、声をひそめてつけたした。「それに、彼女を見たいんです」

「見られますよ」マジック・ミラーを嵌めたドアと、外側の部屋にあるマイクに接続したイヤフォンを示した。「あなたはここにいて、メモをとる。私は彼女をあっちの部屋にとどめておく。厄介なことにはならないと思います」

「こわくはありません。あまりにも長いこと、すべてを恐れていて。急に恐れが消えてしまいました」

十時八分前、青いシヴォレーのセダンが道路の反対側をロサンジェルス方面へ向かってゆっくり通り過ぎた。対向車のヘッドライトが写真のフラッシュのように運転席の女の顔を照らし出した。

「あれはベスだった。この部屋で動かないでいてください。窓から離れて」

「はい」

ドアを閉め、階段を駆け下りて外の通りに出た。十時二分前にシヴォレーは戻ってきて、私が待っていた戸口のまん前の歩道際に寄ってきた。私は三歩で歩道を横切り、車のドアを開けるなり、女の脇腹に銃を押しつけた。彼女はハンドブレーキを外し、エンジンをふかした。私はイグニションからキーを引き抜いた。彼女は私の顔をひっかこうとした。私はその指をがっしりつかんだ。

「落ち着け、ベス。つかまってしまったんだ」

「つかまってないときなんか、あったかしら?」ため息をつくように長く息を吐いた。

「あんたがちょろちょろ出てくる前は、まだしも我慢できたのに。それじゃ、おにいさん、今度はどうしろっていうの？」

「前と同じさ。ただし、話をする相手は私だ」

「あたしが話をするって、誰が決めた？」

「五千ドルが決めた」

「持ってるというの、あたしにくれるおカネを？」

「それだけのことをしてくれたらだが」

「そしたら自由にしてくれる？」

「きみがまずまずきれいな身体ならね。ただし、風俗取締班の使う意味じゃない」

彼女はぐっと身を乗り出し、私の目をじろっと見た。目のうしろに自分の未来が隠れているとでもいうように。私は身を引いた。

「おカネを見せてよ」

「二階のオフィスにある」

「じゃあさっさと行きましょ」

彼女は車から出た。正面に金ボタンが縦一列に並んだ黄色いジャージーのドレスを着たその体は豊満で、感嘆を禁じ得なかった。階段のところで、身体検査のために体に触れ、銃を持っていないことを確かめたとき、ちょっと手をやけどした感じだった。しかし明かりのついた部屋に入ると、前に持っていたものを失いつつあることが見てとれた。あぶり出し文字のように、過去がその顔に浮かび出ていた。蛍光灯の下で、白粉は青白く、口紅はオレンジ、どちらもひび割れ、剝げてきている。鼻の頭の毛穴や首の横に垢がたまっている。今日、夫からうつされた死病のように、崩壊が彼女の内側で急進していた。

私の視線を冷たく感じたのか、彼女は反射的に髪に手をやった。緑がかった黄色と黒が縞になっていた。きっと午後の半分を費やして漂白剤を使い、安ホテルの鏡を見ながら、自分のイメージを元どおりに作り直そうとしていたのだろう。マジック・ミラーの背後にいる娘はなにを考えているのだろうと思った。

「こっちを見ないで」ベスは言った。「たいへんな一日だったのよ」

照明からなるべく離れるように、外側のドアのそばの椅子に坐り、脚を組んだ。脚は昔のまま、変わりようがなかった。

「たいへんな一日になったのは自分のせいだ」私は言った。「さあ、話をしろ」

「おカネをのぞかせてもらえない？」

私は彼女と向き合うように坐り、茶色い紙包みを五個、二人のあいだのテーブルに置いた。テーブル・ランプにマイクが仕掛けてあり、そのスイッチを入れた。

「五千、と言ったわよね？」

「相手は正直な人たちだ。私の言葉を信じてくれていい」

「こっちからはどれだけ渡さなきゃならない？」

「ぜんぶ。きみの知っていることすべてだ」

「それじゃ、何年もかかるわよ」

「どうかな。まずは簡単なところから行こう。誰がシングルトンを殺した？」

「レオ・ドゥラーノが撃ったの」彼女の曇った青い目はカネの包みに戻った。「レオ・ドゥラーノって誰だか知りたいでしょうね」

「会ったことがある。前科なら知っている」

彼女はもう驚きもしなかった。「レオのこと、あたしほどは知らないわよ。あんなやつに出会わなきゃよかった」

「彼は十年ほど前に未成年の非行に関与してつかまった。その未成年者とはきみか？」

「ええ。前に教えてあげたコネっていうのが彼、ナイトクラブの帽子預かり所の仕事をくれた人。二人とも同じ晩の手入れでつかまって、同じホテルの部屋で暮らしてるって、警察にばれちゃったのよ。彼は軽い罰ですんだ。裁判所の医者が彼は頭がおかしいって言ってね。そのくらいのことなら、あたしが教えてやったのに。精神病院へ送られてしばらく監禁されてたけど、ユーナがうまいこと言って退院させた。ユーナは彼が子供のころから、困ったことになるとなんとかうまいこと言って救ってやる役なの」

「今回はだめだな」私は言った。「それで、シングルトンは？」

「あたしとチャーリー？」

「きみとチャーリー」

「彼はあたしが一生でいちばん愛した人」ひび割れた唇がそう言った。蒼白の手が滑らかなジャージーに包まれた体を乳房から太腿まで撫でおろした。思い出を拭き消しているのか、それとも再生しようとしているのか。「会ったのが遅すぎたのよ、サムと結婚したあとでさ。サムとはアロヨ・ビーチで所帯を持ったんだけど、サムは仕事一筋で遊びはなし。そんなの、あたしはお呼びじゃなかった。チャーリーにはバーで誘われたの。なにもかもそろってたわ。ハンサムで、上流出身で、しかも空軍士官の制服姿でね。本物の上流。そういう上品さって、あたしがどうしても欲しかったものだった。その最初の晩、彼についていって、そりゃもう、魔法みたいにいい感じだったわ。チャーリーに教えてもらうまで、いい感じっていうのがどういうものか、知らなかったのよ。レオやサムやほかの男たちは、あたしの殻をむくことさえできなかった。

チャーリーはハミルトン基地へ帰らなきゃならなかったけど、週末には飛行機で来てくれた。週末が待ち遠しかった。それからサムが航海に出て、そうしたらもうどんな顔だったか思い出せもしなくなった。今だって思い出せない。チャーリーが出かけたときは違ったわ。彼ははるか遠くのグアムまで行ったのよ。そこからじゃ、飛んで帰ってくるわけにはいかなかった。待っている時間がどんどん長くなって、しかも彼は手紙をくれなかった。でも、サムは手紙をよこしたし、帰ってきたのはサムが先だった。楽しくもない生活だけど、せいぜいがんばってやっていったわ。とにかく、この男と結婚してたんだもの。ベーラ・シティに落ち着いて、彼にごはんを食べさせ、彼のところに来るくだらない患者たちに、こんにちは、ご機嫌いかがと言って暮らしたわ。彼の前でチャーリーのことは絶対に口にしなかったけど、それで逆にあたりをつけたんじゃないかしらね。サムが帰ってきてからの生活は、ぜんぜんうまくいかなかった。一年は我慢したのよ。アロヨの新聞の社交欄でチャーリーの行動を追って、カレンダーに印をつけて消していった。一年のあいだ、毎日印をつけたっけ。朝早く起きて印をつけたら、ベッドに戻ってまた寝るの。

ある土曜日の朝、ベッドに戻るのをやめた。バスに乗ってアロヨ・ビーチへ行って、チャーリーに電話して、また始めたの、ほとんど毎週末ね。それが、ええと、四六年の夏。長くは続かなかった。彼は九月にさよならと言って、ハーヴァードの法学大学院で勉強するためにボストンに戻った。その冬、あたしはサムと一緒に過ごした。長い冬だった。夏が来ると楽しかったけど、続かなかった。続いたことはないの。翌年、ヴァレーに雨が降り出して、山に緑が芽吹くのを見ると、もう我慢できなくなった。サムの言ってる言葉さえ聞こえなかった。風みたいに頭の中を通り過ぎていっちゃうのよ。

あたしは汽車に乗ってニューヨークへ、そこからマサチューセッツ州のボストンへ行った。チャーリーはベルモントにある自分のアパートメントに住んでいたけど、あたしを見て喜ばなかった。きみはカリフォルニアの夏休みの一部で、ぼくのボストン生活には合わない。さあ、さあ、帰った、帰った。あたしはこのろくでなしと言ってやって、ドレス一枚で飛び出した。三月で、雪が降ってたのよ。川に入って死んでやるつもりだった。チャールズ川って名前なんだもの。そしたら彼はショックで頭がおかしくなる。とまあ期待したわけ。

しばらくのあいだ、雪が舞って落ちていく川を見ていた。それから地下鉄の終点まで歩いて、地下鉄でダウンタウンへ行った。地下から出たときの寒ささえわからなかった。そのあと長いこと、スコレイ広場に住んだわ、チャーリーへの仕返しにね。一度彼に電話して、あたしがなにをしてるか教えてやったら、いきなり電話を切られた。その夜、あたしが眺めたのは地下鉄の三番目の線路だった。立ったまま一時間以上も眺めて、進むことも引くこともできなかった。

糊のきいた襟のワイシャツに燕尾服で正装した人物が、あたしが三番目の線路を見つめてるのを見て、声をかけてきたの。モントリオールから来た、失業中の社交ダンスのダンサーだとわかった。ポール・トゥリエ。その年の末まで、あたしが彼を支えながら、二人で演《だ》し物を考えた。モントリオールのラゴーシュティエール・ストリートって、聞いたことがある？」

「ないな」

「がさつな街よ。演し物も同じだった。ポールにダンサーの素質があると言われてあたし、すごく努力したのよ。でも不器用というんだかなんだか。彼は彼で年をくって、関節はぎしぎしてるしさ。あたしたち、三流のクラブでなんとか出演契約をとりつけた。ナイアガラ・フォールズ、バッファロー、トレド。結局、デトロイトでにっちもさっちもいかなくなった。あたしはビアホールでウェイトレスをやって、関節ぎしぎしおじいちゃんがダンス・スタジオを開くお金を貯めようとしたんだけど、どうにもならなかった。二度ばかり、美人局《つつもたせ》を試したりしてね。ポールはしくじったあげく、カナダへ逃げて、あたしは置き去り。そこで、レオがまたあたしの人生に関わってきたわけ」

「そろそろそうこなくちゃな」

「ぜんぶ聞きたがったのはそっちでしょ」彼女は動じもせずに微苦笑を浮かべて言った。これは彼女の一代記、人生について見せられるものはこれがすべてなのだ。断固として自分なりのやり方で最後まで話すと決めていた。

「あたしがゆすりでつかまって、デトロイトの刑務所に入ってることを、レオは聞きつけた。彼、また調子がよくなって、ミシガンのナンバーズ賭博で中の上くらいの元締めをやっていた。警察にコネがあったし、あたしのことを忘れていなかった。おかげで釈放されたの。何年ぶりかで、またレオと姉さんの家に転がりこんだわ。上流じゃないけど、おカネはあった。あたし、羽振りがよくなったのよ」

「そしていつまでも幸せに暮らしましたとさ。だから本当は今、きみはここにいない」

「よして、おかしくもない」彼女は言った。「レオはまた頭が変になってきた。いつになくひどくね。あんまりひどいから、あたし、サムにちょっとおカネを送ったのよ、保険として。どうしようもなくなったら、こっちに戻ってきて、老後はサムに頼って暮らせばいいと思ってね。あいつら、サムのことは知らなかった」

「あいつら？」

「レオと姉さん。レオの記憶力が衰えてから、彼女はおカネの面倒をみていた。去年の暮れにレオは狂ったの。オーケストラの指揮者を、これって理由もないのに、銃で撃とうとしたのよ。医者に連れていったら、レオは二十年も前から病気で、進行性認知障害の最終段階に入っていると言われた。そのあと、彼をミシガンに置いておくわけにはいかなくなった。組織の中に敵がいたんだもの。手下の集金人たちも、競争に負けてたやつらも、銃を持って迫ってきていた。レオは胴元の分け前を確保するために、なにかを犠牲にするようなあぶない賭けに出ることは絶対になかった。彼が頼っていたのは、抜け目ない男だという自分の評判と、持っていたコネ。もし頭がおかしくなったなんて知れたら、連中は彼を押しのけるか、殺してしまう。それでね、三人そろって、カリフォルニアよこんにちはってわけ。アロヨ・ビーチがいいって、あたしがユーナに売りこんだの。

ボストンでチャーリー・シングルトンにお払い箱にされて以来、ずっと頭から離れない考えがあったのよ。彼はあたしが食うに困ってつきまとってくると思ってたから、もし金持ちになってアロヨ・ビーチに戻ったら、鼻をあかしてやれる。道ですれ違っても知らんぷりしてやる。そう思いこんでたの。でも、実際にまた彼を見たら、すぐさま方向転換して、昔のまんま、土曜の夜は彼のスタジオ。過去に受けた仕打ちなんか、どうでもよくなった。一緒にいたい男といったら、彼ただひとりだった。昔みたいに楽しくやってたのよ。ところが、二週間前にばれちゃった。レオがチャーリーとあたしの仲を嗅ぎつけたの」彼女は言葉を切った。その目は霧にかすんだ青い鋼鉄のようだった。

「彼はルーシーから聞いたのか？」

「まさか。ルーシーはあの家であたしの唯一のほんとの友達だった。そのうえ、看護婦よ。精神病患者を扱う資格を持っていた。自分の患者をそんなひどい目にあわせるなんてこと、絶対にしない。レオが殺しに来るって警告してくれたのは彼女よ。タクシーを飛ばして、レオよりなんとか一足先に山に来てくれた」

「誰がレオを出したんだ？」

「ユーナよ。少なくとも、あとになってそうだったんだと気がついた。あの日、あたしはチャーリーと待ち合わせしていて、ルーシーがホテルまで車で送ってくれたの。ルーシーが家に帰ると、あたしがどこにいるか、誰といるかって、ユーナに問い詰められた。ルーシーは答えようとしなかったから、ユーナは彼女を首にした。ユーナはもうすべて知っていたんだろうと思う。レオを自由にしてやって、あたしたちにけしかけたの。

頭がおかしいのは遺伝かもね。ともかく、なんの病気か知らないけど、相当ひどくなってたに違いないわ、レオに弾丸をこめた銃を渡して、ゴーサインを出すなんて。そのときはまだ、そこまで理解してなかったんだけど。事が起きたとき、あたしはルーシーと一緒にスタジオにいた。窓から外を見たら、レオがユーナとステーションワゴンに乗ってやって来て、チャーリーは迎えに出ていったの、危険に気づかないでね。チャーリーがステーションワゴンのそばまで近づくと、レオは彼を撃った。チャーリーは倒れて、でも立ちあがった。ユーナはレオから銃を奪った。あたしたちはみんなで力を合わせて、レオをとりおさえた。それからユーナは、レオに強制されたんでここまで連れてくるしかなかった、という芝居をした。そのときは信じたわ。こわくて、信じないわけにいかなかった。あたしはいつだってユーナにおびえてきたのよ。

銃撃事件は隠しておかなきゃだめ、口を割ったらおしまいだからね、とユーナは脅した。なにもなかったことにする。チャーリーは病院へ連れていかない。車の中で苦しんでるっていうのによ。あたしはこわくてユーナに逆らえなかった。スタジオの自分の衣類を持ち出して、チャーリーとルーシーを車に乗せると、峠を越えてベーラ・シティへ行った。

春夏のあいだに、二度ばかりサム・ベニングに会いにいっていたの、いつか彼が必要になった場合に備えてね。彼はあたしがロサンジェルスでモデルの仕事をしていると思ってたわ。悪い間柄じゃなかったけど、サムに真実は教えられなかった——ボーイフレンドの一人がもう一人を撃った、サムはそれをめでたしめでたしに終わらせる役目だ、なんてね。あたしはサムの前でできるだけ大げさに演技した。チャーリーに荒っぽく迫られたから撃った、と言ったの。ルーシーがそうだと裏づけてくれた。そのころにはチャーリーはもう口をきける状態じゃなかったのよ。

サムは信じた。それで、もしチャーリーが助かったら、そのあとあたしはベーラ・シティに戻って、サムのそばを離れない、彼の妻として暮らす、と約束させた。あたしは約束した。こっちはお手上げだもの、言うなりよ。

傷が意外に重かったのか、サムに外科医の腕がなかったのか。彼はルーシーのせいにしたわ。手術のあいだに彼女が手を貸そうとして、かえって台無しにしたって。サムは昔から、ほかの人に責任を押しつける男だったのよ。とにかく、チャーリーはその晩死んだ。診察室の台の上で、麻酔から醒めないうちにね」

「麻酔をかけたのは誰だった？」

「知らない。あたしはその場にいなかったから。彼が血を流すのを見るなんて、耐えられなかった」

「きみはおかしな女だな、ベス」

「そうは思わないわ。サムが彼を切り開くところを見るなんて、できるはずがないでしょ？　チャーリーはあたしの男。愛していたのよ」

「ほんとにおかしいのはね」しばらく間を置いてから先を続けた。「愛している相手は絶対にこっちを愛してくれないってこと。こっちを愛してくれる人、サムがあたしを愛したみたいにね、そういう人たちはこっちが愛せない。知り合ったばかりのころ、サムはいい人だった。でも、あたしに夢中になりすぎていた。あたしは彼をどうしても愛せなかったし、彼は頭がいいから、騙せなかった。それで彼はぼろぼろになったの。

あの日曜日の朝、彼はすごいことをやってのけた。チャーリーは死んで、家の中。サムはあたしが彼を撃ったんだと思っている。ここまで来た以上、もう話を変えることはできなかった。サムはまたあたしを失うんじゃないかと恐れて、それで気がおかしくなったんだと思う。チャーリーの体を切り刻んだのよ、肉屋みたいに。地下室にこもってドアに鍵をかけ、あたしを入れてくれなかった。音を聞けば、なにをやってるのかわかった。地下室には、お母さんが死んだときに残していった金属の洗濯桶と古いガス・レンジがあった。仕事がすむと、骨のほかにはなんにも残っていなかった。サムはそれから三日がかりで作業して、骨を針金でつなげた。もともと手先は器用な人なの。ぜんぶ針金でつないで、ニスを塗って乾かし、医療用品会社のタグをとめつけて、出来上がったものをクロゼットの中に掛けた。そしてあたしに言ったのよ、これはおまえのクロゼットの中の骸骨（「外聞をはばかる秘密」の意味の成句）だ、もしぼくのもとを離れたら――」彼女は爪で喉元を一文字に切る仕草をした。

奥の部屋で、押し殺した泣き声がした。

「で、それがきみの証拠なのか？」私は大きな声で言った。

「診察室のクロゼットに入ってるわ。それとも、もう見つけたのかしら？」

「彼はチャーリーの車をどうした？」

「納屋に隠した、古い板切れや防水シートをかぶせて。あたしも手伝った」

「マックス・ハイスを焼くのも手伝ったのか？　マックスが車を見つけたとき？」

ベスは私の言葉を聞いていなかった。奥の部屋から、とぎれとぎれにすすり泣き、喘ぐ音が高く低く漏れ聞こえてきた。ベスはそれに耳を澄ましている。骨の目立つやつれた顔をしまりなく覆った肉は、鎧の上に垂れた濡れた粘土のようだった。

「あんた、裏切ったわね」彼女は言った。

ガラスを嵌めたドアの内側で、なにかが静かにどさりと倒れた。私は近づいた。ドアを開けるのは難しかった。気を失ったシルヴィアがもたれていたからだ。細い隙間から手を入れ、彼女の体をあおむけにした。表情のない白い顔を金属のイヤフォンが左右から挟んでいた。目が開いた。

「ごめんなさい。ばかでした」

私は冷水器のほうへ行こうとした。ベスは外側のドアの前にいて、イェール錠を開けようと必死になっていた。札束の包みはテーブルから消えていた。

「坐れよ」私は彼女の張りつめた黄色い背中に向かって言った。「まだ用がすんでいない」

彼女は答えなかった。残っているエネルギーはすべて逃亡に向けられていた。そのとき錠がぱちんとはずれ、ドアが部屋の中に向かって開いた。ユーナが廊下側からドアを押し開けて入ってきた。

ユーナの口は濡れていた。目はなにも見ていない。以前、弟の顔に見えたのと同じ闇をたたえていた。手にした銃は本物だった。

「あの男とここにいるだろうと思ったのよ。お返しだよ、ウィノフスキー、たれこみ屋や偽の友達はこうしてやる」

「やめて」まだ逃げようとしていたベスは、半開きのドアによろけてもたれかかっていた。

私は横に歩いて壁に近づき、銃をすばやくとり出したが、間に合わなかった。ユーナの銃の第一弾でベスはぐらりとあとずさり、第二弾で倒れた。二連発の銃声は骨が砕けるように私の頭の中に響きわたった。

私は殺す目的で撃った。ユーナは立ったまま死んだ。こめかみに焦げた穴が開き、床に重たく倒れた。警察が到着するまで、私はシルヴィアの手を握っていた。はじめ、その手は氷のように冷たかった。しばらくするとやや温まり、血液の脈動を感じることができるようになった。

第三十章

星をちりばめた空が街を水晶の丸屋根のように覆っていた。ヴァレーの底は洞穴の床、山々はきらめく壁を背景に立ちあがる丸みをおびた石筍《せきじゅん》のようだ。幹線道路を降りると、ベーラ・シティの街路には人も車もなかった。深夜の建物は青白い月光に色を奪われ、みずからの黒い影の上に立つ灰色の影のようだった。

ベニングの家の前の歩道際に駐車し、呼び鈴を押すと、そのぐちっぽい音が家の中から聞こえた。廊下の奥のドアがきしんで開いた。隙間から射す光がしだいに幅広くなり、その光を横切って出てきたベニングがドアを閉めた。割れたガラスをふさいだボール紙の上に彼の顔が現われた。丸めて捨てた木炭画の肖像のように、くしゃくしゃで黒い線が縦横に走っていた。

彼は玄関のドアを開けた。「なんだ？　どうしてここに来た？」

「手を見せてください、先生」こちらの手にある銃を見せた。

彼はポーチに出てきた。ファスナーつきの青いオーバーオール姿で、着ぶくれしている。

彼は空っぽの両手を差し出した。

「汚れている」彼は言った。「家の掃除をしていたもんでね」

「奥さんが亡くなりました」

「ええ。知っています。ロサンジェルスから電話をもらった。出かける支度をしていたところだ」彼は私の銃にちらと目をくれた。話題にすべきでない猥褻物を見るような目つきだった。「迎えに行くよう頼まれたのか？」

「私の一存で来ました」

「どんなふうに悲しんでいるか、覗いてみたかったのかな、ミスター・アーチャー？」中途半端な皮肉をこめて言った。「がっかりさせて悪いが、わたしは悲しみを感じられない、彼女のためにはね。今まであまりにも苦しめられてきた」彼は汚れた掌を上に向け、じっと見おろした。「わたしにはもうなにもない」月光を握りしめるように、手がゆっくり拳になった。「彼女を殺したという女だが、誰なんだ？」

「ユーナ・ドゥラーノ。彼女も死にました。私が撃った」

「感謝しますよ」両方の拳に握られた月光と同じくらい、実体のない言葉だった。「その女はどうしてベスにそんなことを？」

「理由はいろいろあった。奥さんはシングルトン銃撃事件の目撃者だった、それも一つです」

「ベスが？　目撃者？」

「シングルトンが撃たれたとき、その場に居合わせた」

「シングルトンというのは誰なんだ？」

「説明は不要でしょう、先生。彼は奥さんの愛人だった、ほとんど結婚直後からね」

ベニングはがらんとした通りの左右に目をやった。「入ってくれ」緊張した様子で言った。「数分しか時間がないが、中で話そう」

彼は私を先に通そうと、脇へのいた。下を見るのを怖れる綱渡り師のような態度で堅苦しく礼儀を守っている。私は銃を振って彼を先に入らせ、そのあとについて待合室を抜け、診察室へ入った。外の冷たい夜気から一転して、家の中は息が詰まりそうだった。

私は回転椅子を部屋の中央へ引っ張り出した。「坐ってください、デスクから離れて」

「なかなかのおもてなしだな」口をへの字にしたいつもの微笑を浮かべて言った。「ベスも、彼女なりに愛想よく人を迎える女だった。シングルトンとの情事を知らなかったとは言わない。彼女があの男を撃ってよかったと思ったことも否定しない。あの傲慢な若い男を殺すはめになったのが彼女だとは、実にぴったりだと思えた」

「ベスは彼を殺さなかった」

「いや、考え違いだね。ベスが死んでしまったから、忌憚なく真実を教えられる。彼女はあいつを撃ったとわたしに告白した」

「それは嘘だった」

照明の下で、彼は脚を広げ、踏ん張って立っていた。長い頭を左右に振った。「嘘をついていたはずはない。こういうことに関して、嘘をつくものはいない」

「ベスは嘘をついた。あなたが彼の治療をするよう説得するには、それしかなかったからだ。実際に罪を犯したのはユーナ・ドゥラーノだ。さっき言ったように、ベスは目撃者だった」

彼はぐったりして椅子に坐りこんだ。「知っているのか、事実として？」

「法廷で立証しろと言われてもできません。だが、その必要はない。ユーナは死んで、ほかの心身健全な証人、シングルトンとルーシーとベスも死んでしまったから」

「その女が全員を殺害した？　どういう女なんだ？」

「とてつもなく非情で悪意に満ちた女ですよ。だが、全員を殺したんじゃない。彼女が殺したのはベス一人だ。ベスが裏切って自分のことを密告したと思った」

「彼女はシングルトンを殺害したと、さっき言っていたじゃないか」

「ちょっと違うな」

「罪を犯したのは彼女だ、と言った」彼は食いさがった。

「その罪とは、代理人によって実行された殺人未遂だ。そしてあなたがシングルトンにとどめを刺した。もしあなたが彼の体にメスを入れていなければ、まだ生きていただろうと思いますね」

ベニングの体がびくっとのけぞった。黒ずんだ大きな両手が、デニムに覆われた腹の上でたがいに近づいた。右手の親指と人差指がオーバーオールのファスナーをせわしなくつまんだ。肉を切開したあとの縫合傷を気にしているかのようだった。

なんとか声をとりもどした。「まったくのナンセンスだ。その事実も意図も立証することはできない。シングルトンの死は純粋に事故だった。わたしは内出血を止めることができなかったんだ」

「あなたは死体を破壊した。その罪は重い」

「もし立証できればね。だが、死体はどこにもない。あなたにはなにもない」それはさっき彼が自分について言った台詞のこだまだった。

「シングルトンの骨で充分だ」

「骨?」

「ベスを抑えておくために組み立てた骸骨さ。それが自分の足をすくう罠になった」

「お話についていけませんな」

私は手にした銃を動かし、彼の注意を惹いた。「クロゼットを開けろ」

私の非難に一撃された腹をまだ押さえながら、彼は立ちあがった。妙に協力的だった。

クロゼットは空だった。彼は戸を閉めて寄りかかった。長い歯を見せた陰気な笑いは、そこにない頭蓋骨の嘲笑にそっくりだった。

「どこにあるんだ、先生？」

「ベスが持っていってしまったんじゃないかな。それもまた、お似合いだ」

クロゼットの戸の脇の床に近い幅木に鉄格子が嵌まっていた。ベニングの視線が思わずそこにとどまったのが、一秒長すぎた。鉄格子は旧式な熱気暖房システムの排気口カバーだった。銃をベニングに向けたまま、屈んで触れてみた。暖かかった。その下に、火が燃えるかすかな振動が感じられた。

「暖房炉を見せてくれ」

ベニングは戸にぴたりと背をつけて立っていた。薄青くぎらつく目は、彼の内側にうずくまって苦しがる動物の目のようだった。ふいにしおらしくなったが、私はこの男の従順さを信用しなかった。張りつめた危険なものだった。私は銃を彼の背中につきつけ、二人で家の中を抜け、地下室へ続く階段を降りた。

地下室にはまだ明かりがついていた。電線から下がった裸電球が陰気な黄色い光を投げ、棚に並んだ空き瓶、壊れた家具、古新聞や古雑誌、何世代にもわたる蜘蛛の巣が見てとれた。階段脇のベンチの上には、火口が三つの錆びついたガス・レンジが置いてあり、その上の壁には、あちこちが凹み、古びて緑色に変色した銅製の洗濯桶が掛かっていた。ベニングは地下室のその一隅をよけて進んだ。

ていた。奥の隅には、雑な板で隔てられた古い鋳鉄製の炉があり、雄牛の鼻息のような音を立てていた。靴の先を使って炉の戸を開けると、火のまん中にあるものが目に入った——骨を重ねた不死鳥《フェニックス》の巣の中で、頭蓋骨がひとつ、炎に舐められている。

隣でベニングはぼんやりと夢想にふけっていた。火のオレンジ色の光が彼の顔の下部をちろちろと照らした。ほんの一瞬、若く、にこにこしているように見えた。

「火を消せ」

彼はびくっとしてわれに返った。「できない。どうするのかわからない」

「なんとかしろ、さっさと。あの骨はこっちにはカネになるんだ」

彼は温水槽の蛇口に庭用ホースをとりつけ、火に水をかけた。蒸気がジューッと音を立て、炉の戸から噴出した。彼は咳こみながら出てきて、仕切り板の前に積んだたきつけの山の上に坐った。私は黒ずんだ火室を覗き、五千ドルの価値のある炭になった骨を見た。ゴールデン・ボーイの最後の遺物だった。死人の骨を売ってカネにするとは、ぞっとしない稼ぎ方だ。私は鉄の戸を蹴って閉めた。

ベニングは目をつぶり、頭をだらりと反らせてうしろの板につけ、もう一人の死人のように見えた。

「すっかり白状する気になったか？」

「とんでもない」彼は言った。「警察はわたしを有罪にはできない」

「あっちは三回挑戦できるんだぞ」

「三回？」

「もしシングルトンだけなら、疑問の余地があるし、同情の余地さえある。彼はあなたからベスを奪った。わざとメスを滑らせて彼の内臓を刺したことに多少の正当性はあった」

彼はさっきより低い声で言った。「敵がこの手の中に送りこまれてきた」それから、寝言を言って悪夢から目覚めたかのように、戸惑い顔で目を開けた。

「だが、それはルーシーにはあてはまらない。彼女は手伝おうとした」

ベニングは笑った。たいへんな努力でその笑い声を締めつけ、みずからに沈黙を課した。

「今夜、殺される前に、ベスは私にルーシーが手術の手伝いをしたと教えてくれた。誰がどうやってシングルトンを死なせたのか、ルーシーは知る立場にあった。いろいろ問題が重なってきたとき——大家さんとのトラブル、失業、探偵の尾行などなど——彼女はその知識をシングルトン家に売ろうと考えた。だが、昨日ここに来て、決定的な行動に出る前にあなたにチャンスを与えようとしたのが間違いだった。

もしあなたからカネをもらえれば、彼女はあなたを売ったり、殺人事件にかかわりあったりする必要はない。あなたは手持ちのカネを与えた。汽車の切符を買って、この街から出ていけるだけの額だ。万一、彼女がその汽車に乗らない場合に備えて、あなたは彼女のハンドバッグからモーテルの鍵を盗んでおいた。ルーシーは乗り遅れたんだ、あらゆる意味でね。それでモーテルに戻ると、あなたが部屋で待ち伏せしていた。ナイフで自衛しようとしたが、あなたの力には勝てなかった」

「立証できない」ベニングは言った。身を乗り出してうなだれ、濡れたコンクリートの床を見つめている。

「証人が出てくるさ。あなたが出かけるのを見た人がいるはずだ、たとえフロリーが見ていなくても。ここととマウントヴュー・モーテルとのあいだを往復するあいだに、誰か知り合いとすれ違っただろう。必要なら、私はこの街の住民全員に訊いて回ったっていい」

顎の下で紐をきつく締められたかのように、彼の頭が上がった。誰かに見られたと知っているのだ。「どうしてこんなことをしたいんだ？　どうしてわたしを憎む？」私ひとりに向けられた質問ではなかった。今までの人生で彼を知りながら愛してくれなかった人々すべてに質問しているのだった。

「ルーシーは若かった」私は言った。「結婚しようというボーイフレンドがいた。二人のハネムーンは遺体安置室だった。アレックスはまだ留置場にいる。あんたの罪をかぶってだ。これだけのトラブルを起こしておいて、自分には罪を免れる価値があると思うのか？」

彼は答えなかった。

「あんたが殺したのは、個々の人間だけじゃない。切り刻み、煮つめ、焼いて消し去ろうとしてきたのは、人間らしさという観念だ。人間らしさという観念が我慢ならなかった。あんたやユーナ・ドゥラーノはそういう観念にはまるで手が届かないし、あんたはそれを知っている。人間らしさという観念を前にすると、自分はくだらない存在に見える。マックス・ハイスのようなカネ目当ての小悪党と比べても、自分がくだらない存在に見える。だから、あいつの顔をトーチランプで焼いて消さなければならない。それがあんたのやったことじゃないか？」

「違う。彼はカネを要求した。わたしには渡せるようなカネがなかった」

「苦い薬を飲みくだして、罪を認めてしまえばよかったんだ」私は言った。「そんなことは思いつきもしなかった。いまだに考えてもいない。納屋の中に隠したビュイックを見つけたマックスは敵になった。当然、死ななければならない。彼がカネを受けとりに戻ってきたとき、あんたは準備万端整えていた。シングルトンの衣類、トーチランプ、それにガソリンの缶。たいした名案に思えたろうな。一石二鳥、ハイスを消して、同時にシングルトンの事故死を確立する。だが結果は、あんたのやったことをベスに覚《さと》られてしまっただけだった。中から遺体が見つかった車のことを私から聞いたとたん、あんたがマックスを殺したんだとベスは悟った。それで、彼女はあんたを棄てた」

「わたしを棄てた、そのとおりだ。あれだけ彼女のためにしてやったのに」

「彼女のためじゃない。自分のためだ。あんたは男二人と女一人を殺した、彼らが安全な生活を脅かしたからだ。ベスだって、出ていくのが遅れたら殺されていただろう。私にそうは言わなかったが、彼女はわかっていたと思う。そもそものはじめから、あんたが殺したかったのは彼女だ。実際にはこわくてできなかったがね」

彼はがたがた震え、広げた指で目を覆った。「どうしてわたしを苦しめる？」

「告白が欲しい」

落ち着きをとりもどすのに何分もかかった。手を下げると、その顔は滑らかで、細くなっていた。目は前より小さく、黒っぽくなったように思える。動物の目ではなくなっていた。

彼は薪の山からぎごちなく立ちあがり、おずおずと一歩私に近づいた。

「告白をしましょう、ミスター・アーチャー。ただし、ちょっと薬品戸棚に行かせてもらえませんか？」

「だめだ」

「時間と手間の節約になりますよ、われわれみんなにとって」

「それでは簡単すぎる。この事件から一つだけ満足を引き出すと自分自身に約束してきたんだ。あんたが中に入り、アレックス・ノリスが外に出てくるのを見届けるとね」

「あなたは無情な男だ」

「そうありたいね。悪夢にうなされる原因になるのは、あんたみたいな軟弱なやつ、自分がかわいそうでめそめそする男どもさ」もうこの地下室にはうんざりだった。壊れた品物が散らかり、濡れて、暑くて、壊れた欲望で汚れている。「さあ行こう、ベニング」

外に出ると、ひびの入った白い月が星々のあいだに前より高くかかっていた。ベニングは空を見上げた。夜が本当に影の洞穴に変わってしまい、月は雲のかかった丸窓、星々は覗き穴で、その向こうに恐ろしく明るい光が隠れていると思っているような様子だった。

「彼女を思って、本当は悲しんでいるんです。愛していました。彼女のためならなんでもする覚悟だった」

彼はポーチの階段を降りはじめた。うしろに引きずられた短い黒い影が、一段ごとにはじけながら踵にまつわりついた。

訳者（片割れ）によるあとがき

松下祥子

一九五〇年代、六〇年代ごろからのミステリ読者なら、ロス・マクドナルドは懐かしい名前だろう。ダシール・ハメット、レイモンド・チャンドラーに続くアメリカン・ハードボイルド〝御三家〟の一人として、その作品は必読書だった。

本書は私立探偵リュウ・アーチャーを主人公とするシリーズの比較的初期の作品（第四作）、『象牙色の嘲笑（*The Ivory Grin*, 1952）』の新訳である。年季の入ったファンにも、マクドナルドは初めての読者にも、この機会に巨匠の名作をお楽しみいただければと思う。

ロサンジェルス、サンセット大通りに探偵事務所を構えるリュウ・アーチャーのもとに、九月のある朝、一人の中年女が訪ねてきた。自宅で雇っていた若いメイドがいなくなったので探し出してほしいと言いながら、自分の苗字や住所は明らかにせず、話は二転三転する。不審に思いながらも興味を惹かれて仕事を引き受けたアーチャーは郊外の小さな街で娘を見つけたものの、まもなくモーテルの一室で彼女の遺体を発見することに。そのハンドバッグに入っていた新聞の切り抜きには、地元の富豪の息子が最近失踪し、情報提供者には母親が多額の謝礼金を出すとの報道が載っていた。殺された娘と行方不明の青年のあいだに関係はあるのか？　依頼人は何者で、本当の目的は？　謎を追うアーチャーの前に、欺瞞の網が広がっていく——

本書が出版された一九五二年といえば、ミッキー・スピレインが超ベストセラー作家として君臨していたころだ。チャンドラーのキャリアは終盤にさしかかり、『ロング・グッドバイ（長いお別れ）』が五三年に刊行されている。

マクドナルドの伝記でトム・ノーランはこの時代の出版状況に触れ、スピレインの荒っぽい私立探偵小説が何百万部と売れまくっていて、ハメット＝チャンドラー系の洗練された作品を買うような読者の多くが怖気づいて書店に寄りつかなくなった、と書いている。マクドナルド自身、自作の売れ行きに不満と不安を感じ、批評家アンソニイ・バウチャーへの手紙で、「ハードボイルド・ミステリはすたれかかっているんでしょうか、それとも一時的に落ちこんでいるだけ？」と懸念を表わした。出版社から『象牙色の嘲笑』にはもっとアクション場面を加えたほうがいいと指摘され、修正を試みたこともあったが、最終的にはマクドナルドが説得して、出版社はバイオレンスはスピレインに任せ、マクドナルド本はもっと文学のわかる読者に売っていくと決めたという。

マクドナルドは文学を志した人だった。大学で英文学・ヨーロッパ文学を学び、英国ロマン派の詩人・批評家・哲学者であるコールリッジをテーマにした論文で博士号を取得したのだが、その博士論文と『象牙色の嘲笑』を同時進行で「七カ月のあいだに両方完成させた」と語っていたから、この作品にコールリッジ的な詩的表現や心理描写が見られるのは当然だろう。もっとも、マクドナルドの文章に特徴的な隠喩や直喩がここではいくぶん目立ち気味かもしれない。

それからだいぶたって、《ニューヨーク・タイムズ・ブック・レヴュー》がマクドナルドに目をつけた。一九六九年六月、第一面から続けて掲載された『別れの顔』の書評とインタヴュー記事は読者を驚かせたが、それだけでは終わらない。七一年二月には、彼の大ファンを自称し、作品はすべて読んでいるという文芸作家ユードラ・ウェルティが『地中の男』の長文の批評を書き、それがまた《レヴュー》の第一面を飾ると、本はまたたくまにベストセラーになり、マクドナルドは売れっ子のミステリ作家というだけでなく、ジャンルを超えて、現代アメリカ社会を描くシリアスな作家として認識されるようになった。

これはもちろん幸福な転機だった。好意的なエッセイに感激した彼はウェルティに送った手紙にこう書いた。

「書評を拝読し、うれしくて胸がいっぱいになりました。……あなたには告白してしまいますが、学問の世界を離れて大衆小説を書くようになったとき、心の中では、いつか曲がりくねった地下のトンネルを通り抜け、闇を全身から滴らせながら、また光の中に出てくるんだ、と希望していたのです。そんな夢のような計画にも多少の見どころはあったのだと、あなたのおかげで考えさせてもらっています……」

このころ《レヴュー》に関わっていた批評家の一人が、同誌がマクドナルドを押し出したのは自分たちが企てた「文学的陰謀」だったとのちに書いたが、それは軽妙な誇張表現であって、事実は、この時期に複数の文芸批評家の注目がすでにマクドナルドの作品群に集まってきていた、ということだ。

ハイ（高尚）・カルチャーとロウ（低俗）・カルチャーのあいだに線を引きたがる人は昔も今もたくさんいて、ハイはロウを「くだらない」と軽蔑し、逆にロウはハイを「鼻持ちならない」と嫌悪する。大衆小説の中に文学の要素を持ちこみ、文芸小説に近づけようとしたマクドナルドは、だから両サイドから批判されることがままあった。比喩や象徴表現、モチーフの使い方、人物の内面に隠れた心理と過去、物語（ドラマ）が展開し収束する全体の構成、といった要素は、さらりと一読したときに目に飛びこんでくるものではないが、そこまで目に入れなければ片手落ちの読書で終わってしまう。マクドナルドに限らず、ハメットやチャンドラー、そのほか誰であれ、アメリカン・ハードボイルドの作家だからといって、過去の英米文学やヨーロッパ文学、西洋の歴史や宗教から隔絶した存在ではない。

作家自身の基盤となるハイ・カルチャーとロウ・カルチャーを合わせて理解するのもセンスのよい読者のつとめだろう。

一九六五年に発表された“The Writer as Detective Hero”――みずから創造した探偵ヒーローに自己を投影する作家のあり方を論じたエッセイ（小鷹信光訳『ミッドナイト・ブルー』に収録）――で、マクドナルドは「（彼を創造したとき）私はアーチャーそのものではなかったが、アーチャーは私だった」と、「ボヴァリー夫人は私だ」と言ったフローベールにならった表現をしている。内側から外側へ、つまり自分自身を中核に据え、そのまわりに私立探偵という衣を着せていって出来上がったキャラクターだ、という意味だ。

ポーからドイルへ、ハメットからチャンドラーへと探偵小説の流れをたどりながら、作家はいつも多かれ少なかれ探偵像に自己を投影してきた、とマクドナルドは論じる。作家はみずからの理性を代表する探偵を盾にすることで、みずからの深みにひそむ暗い想像力が生み出す悪夢に初めて立ち向かえるのだ。ただし、チャンドラーがマーロウをほとんどお伽話《とぎ》の遍歴の騎士、それどころか、世の罪を取り除くべく遣わされた無辜《むこ》の贖《あがな》い主キリスト的な存在（「卑しい街」を行く「自分は卑しくなく、穢《けが》れなく、恐れない」男）に仕立て、小説をマーロウ中心の物語にしていることに対して、このころのマクドナルドは非常に批判的になっており、自身の作品について、初期にはチャンドラーの影響が強かったが、一九五八年の『運命』できっぱりチャンドラーに別れを告げ、「犯罪や人生の憂いの数々に自分なりのアプローチができるようになった」と書いている。

作家が探偵ヒーローに自分の憧れをこめ、自意識過剰、魅力を押し売りする人物（スーパーヒーロー?）にしてしまうと、物語の意味がぼやける、とマクドナルドは警告する。アーチャーは自意識の薄い、「ほとんど透明な」人物、アクション・マンではなく質問者であって、問いの答えから調査の対象である人々の人生が理解され、断片が組み合わさっていく。その人々のほうがアーチャーよりずっと重要で、作者である自分に密接につながっているというマクドナルドにとって、探偵ヒーローとは実は主人公ではなく、小説全体を支える意識（精神）なのであり、探偵ヒーローの概念をそのように変えない限り、探偵小説はメインストリームの小説に近づけない、と彼は主張する。

『象牙色の嘲笑』は、アーチャー・シリーズの長篇としては『運命』の三作前で、まだチャンドラーの影が濃く差していた時期の作品だが、ハードボイルド私立探偵小説の枠から踏み出そうとする試みも確かにうかがえる。冒頭、ミンクとダイヤモンドを身につけた女性が依頼に来る、というのはお定まりのオープニングだが、相手はちっとも美女ではなく、ずんぐりした男っぽい女。ユーモラスに期待をはぐらかされたと思っていると、その女が少女に見えたり、少年に見えたり、だがどちらにしても半人前、という表現が出てくるあたりから、女の怪しさ、もろさが少しずつわかってくる。

「分裂した女」というのはこの作品のもともとの仮題で、マクドナルドがはっきり意図していたテーマだった。女でもなく男でもないユーナをはじめ、黒人でありながら白人のふりができるほど肌色の薄いルーシー、なかなか正体をつかめない謎の女性など、完全な〝一個〟になれない、現状に満足できない、逃げ惑う女たちが登場する。関わる男たちもまた、完全になれない。AはBを愛するが、BはAを愛さない、BはCを愛するが、CはBを愛さない……という、ラシーヌの『アンドロマック』やチェーホフの『ワーニャ伯父さん』を思わせる報われぬ恋の連鎖、それも枝分かれした何本もの鎖がしだいに物語の中心に浮かび上がり、謎が解明されると、ラストシーンから照射される光で、悲劇の全体像が見えてくる。

ハリウッド映画流の陳腐なファム・ファタール――探偵を魅了する金持ち美女、娼婦、聖女、悪女、といった記号でしかない女――とは一線を画した、複雑な人生を背負った生身の女たちに出会えるのがこの作品だ。チャンドラーより、むしろハメットを感じさせるところがあるかもしれない。彼女たち一人ひとりを冷静に、だが同情をもって見つめるアーチャーの視線、その背後にあるマクドナルドの人間に対する真摯な態度に感動する。そしてここから先、彼の作品は一作ごとにさらに読みごたえのあるものになっていくのである。

本書は故小鷹信光氏と私との共同で翻訳された。まず私が全体を訳し、小鷹氏が綿密にチェックして、疑問点を二人のあいだで話し合い、解釈を決定した。翻訳にゴールはないから、もっと考えたい、表現を磨きたいと思っておられただろうが、亡くなる直前まで病床で原稿を修正し、きちんと責任を果たされたその情熱には頭が下がった。最後の翻訳にパートナーとして協力させていただけたのは、悲しいけれども光栄なことであった。
葬儀が営まれた二〇一五年十二月十三日は、奇《く》しくもロス・マクドナルドの生誕百周年。天国に行かれたばかりの小鷹氏は、ロスマク氏百歳のバースデー・パーティーに駆けつけ、ケーキ片手にあれこれ質問をぶつけたのではないかしらと、私は想像したのだった。

二〇一六年二月

本書には、今日では差別的ともとれる表現が使用されています。しかし作品が書かれた時代背景やその文学的価値、著者が差別の助長を意図していないことを考慮し、当時の表現のまま収録いたしました。その点をご理解いただきますよう、お願い申し上げます。（編集部）

本書は、一九七六年五月にハヤカワ・ミステリ文庫より刊行された『象牙色の嘲笑』の新訳版です。

訳者略歴
小鷹信光　早稲田大学第一文学部英文科卒，翻訳家，作家，評論家　2015 年没　訳書『マルタの鷹〔改訳決定版〕』ハメット（早川書房刊）他多数
松下祥子　上智大学外国語学部英語学科卒，翻訳家　訳書『午前零時のフーガ』ヒル（早川書房刊）他多数

HM=Hayakawa Mystery
SF=Science Fiction
JA=Japanese Author
NV=Novel
NF=Nonfiction
FT=Fantasy

象牙《ぞうげ》色《いろ》の嘲笑《ちようしよう》
〔新訳版〕

〈HM⑧-15〉

二〇一六年四月　十　日　印刷
二〇一六年四月十五日　発行

（定価はカバーに表示してあります）

著者　ロス・マクドナルド
訳者　小《こ》鷹《だか》信《のぶ》光《みつ》
　　　松《まつ》下《した》祥《さち》子《こ》
発行者　早川　浩
発行所　株式会社　早川書房
郵便番号　一〇一 - 〇〇四六
東京都千代田区神田多町二ノ二
電話　〇三 - 三二五二 - 三一一一（大代表）
振替　〇〇一六〇 - 三 - 四七七九九
http://www.hayakawa-online.co.jp

印刷・信毎書籍印刷株式会社　製本・株式会社明光社
Printed and bound in Japan
ISBN978-4-15-070515-2 C0197

本書は活字が大きく読みやすい〈トールサイズ〉です。